青少年爱读的

MINGJIA BIXIA DE RENWU SHIJIAN

名家笔下的人物事件

陈刚 编

黄河水利出版社

图书在版编目(CIP)数据

名家笔下的人物事件/陈刚编.—郑州:黄河水利出版社,2016.8 (2021.8 重印)
(青少年爱读的)
ISBN 978-7-5509-1545-9

Ⅰ.①名… Ⅱ.①陈… Ⅲ.①故事—作品集—世界 Ⅳ.①I14

中国版本图书馆CIP数据核字(2016)第219333号

出版发行:黄河水利出版社
社 址:河南省郑州市顺河路黄委会综合楼14层
电 话:0371-66026940 邮政编码:450003
网 址:http://www.yrcp.com

印 刷:三河市人民印务有限公司
开 本:787mm×1092mm 1/16
印 张:14
字 数:224千字
版 次:2016年8月第1版 2021年8月第3次印刷
定 价:58.00元

目　录

名家简介

方志敏(1900~1935),江西弋阳人,中国无产阶级革命家。1935年1月,在江西德兴市陇首村与国民党军作战时,因叛徒出卖被捕,在狱中坚贞不屈,同年8月在南昌英勇就义。遗著有《可爱的中国》、《狱中纪实》等。

清　贫

方志敏

我从事革命斗争,已经十余年了。在这长期的奋斗中,我一向是过着朴素的生活,从没有奢侈过。经手的款项,总在百万元;但为革命而筹集的金钱,是一点一滴的用之于革命事业。这在国方的伟人们看来,颇似奇迹,或认为夸张;而矜持不苟,舍己为公,却是每个共产党员具备的美德。所以,如果有人问我身边有没有一些积蓄,那我可以告诉你一桩趣事:

就在我被俘的那一天——一个最不幸的日子,有两个国方兵士,在树林中发现了我,而且猜到我是什么人的时候,他们满肚子热望在我身上搜出一千或八百大洋,或者搜出一些金镯金戒指一类的东西,发个意外之财。哪知道从我上身摸到下身,从袄领捏到袜底,除了一只时表和一支自来水笔之外,一个铜板都没有搜出。他们于是激怒起来了,猜疑我是把钱藏在哪里,不肯拿出来。他们之中有一个人,左手拿着一个木柄榴弹,右手拉出榴弹中的引线,双脚拉开一步,做出要抛掷的姿势,用凶住我,威吓地吼道:

"赶快将钱拿出来,不然就是一炸弹,把你炸死去!"

"哼!你不要做出那难看的样子,来吧!我确实一个铜板都没有存;想从我这里发洋财,是想错了。"我微笑淡淡地说。

"你骗谁!像你这样当大官的人会没有钱!"拿榴弹的兵士坚不相信。

"决不会没有钱的,一定是藏在哪里,我是老出门的,骗不得我。"另一个兵士一面说,一面弓着背重来一次将我的衣角裤裆过细的捏,总企望着有新的发现。

“你们要相信我的话，不要瞎忙吧！我不比你们国民党当官，个个都有钱，我今天确实是一个铜板也没有，我们革命不是为着发财！”我再向他们解释。

等他们确知在我身上搜不出什么的时候，也就停手不搜了；又在我藏躲地方的周围，低头注目搜寻了一番，也毫无所得，他们是多么的失望呵！那个持弹欲放的兵士，也将拉着的引线，仍旧塞进榴弹的木柄里，转过来抢夺我的表和水笔。后彼此说定表和笔卖出钱来平分，才算无话。他们用怀疑而又惊异的目光，对我自上而下地望了几遍，就同声命令地说：“走吧！”是不是还要问问我家里有没有一些财产？请等一下，让我想一想，啊，记起来了，有的有的，但不算多。去年暑天我穿的几套旧的汗褂裤，与几双缝上底的线袜，已交给我的妻放在深山坞里保藏着——怕国军进攻时，被人抢了去，准备今年暑天拿出来再穿；那些就算是我唯一的财产了。但我说出那几件“传世宝”来，岂不要叫那些富翁们齿冷三天！

清贫，洁白朴素的生活，正是我们革命者能够战胜许多困难的地方！

名家简介

鲁迅(1881~1936),中国现代伟大的文学家、思想家、革命家,新文化运动的奠基人。浙江绍兴人,原名周树人,字豫才。1918年5月,首次用"鲁迅"为笔名,发表中国现代文学史上第一篇白话小说《狂人日记》。其文学创作涉及短篇小说、诗歌、散文、杂文等领域,并著有《中国小说史略》等学术著作,大部分收录于《鲁迅全集》中。

忆刘半农君

鲁 迅

这是小峰出给我的一个题目。

这题目并不出得过分。半农去世,我是应该哀悼的,因为他也是我的老朋友。但是,这是十来年前的话了,现在呢,可难说得很。

我已经忘记了是怎么和他初次会面,以及他怎么能到北京的。他到北京,恐怕是在《新青年》投稿之后,由蔡孑民先生或陈独秀先去请来的,到了之后,当然更是《新青年》里的一个战士。他活泼,勇敢,很打了几次大仗。譬如罢,答王敬轩的双簧信,"她"字和"他"的创造,就都是的。这两件,现在看起来,然琐屑得很,但那是十多年前,单是提倡新式标点,就会有一大群人"若丧考妣",恨不得"食肉寝皮"的时候,所以的确是"大仗"。现在的二十左右的青年,大约很少有人知道三十年前,单是剪下辫子就会坐牢或杀头的了。然而这曾经是事实。

但半农的活泼,有时颇近于草率,勇敢也有失之无谋的地方—但是,要商量袭击敌人的时候,他还是好伙伴。进行之际,心口并不相应,或者暗暗的给你一刀,他是绝不会的。倘若失了算,那是因为没有算好的缘故。

《新青年》每出一期,就开一次编辑会,商定下一期的稿件。其时最惹我注意的是陈独秀和胡适之。假如将韬略比作一间仓库罢,独秀先生的是

外面竖起的一面大旗，大书道“内皆武器，来者小心！”但那门却开着的，里面有几支枪，几把刀，一目了然，用不着提防。适之先生的是紧紧地关着门，门上粘一条小纸条道：“内无武器，请勿疑虑”，这自然可以是真的，但有些人——至少是我这样的人——有时总不免要侧着头想一想。半农却是令人不觉其有“武库”的一个人，所以我佩服陈胡，却亲近半农。

所谓亲近，不过是多谈闲天，一多谈，就露出了缺点。几乎有一年多，他没有消失掉从上海带来的才子必有“红袖添香夜读书”的艳福思想，好容易才给我们骂掉了。但他好像到处都这么的乱说，使有些“学者”皱眉。有时候，连到《新青年》投稿都被排斥。他很勇于写稿，但试去看旧报去，有几期是没有他的。那些人们批评他的为人，是：浅：不错，半农确是浅。但他的浅，却如一条清溪，澄澈见底，纵有多少沉渣和腐草，也不掩其大体的清。倘使装的是烂泥，一时就看不出它的深浅来了，如果是烂泥的深渊呢，那就更不如浅一点的好。

但这些背后的批评，大约是很伤了半农的心的，他的到法国留学，我疑心大半就为此。我最懒于通信，从此我们就疏远起来了。他回来时，我才知道他在外国抄古书，后来也要标点《何典》，我那时还以老朋友自居，在序文上说了几句老实话，事后，才知道半农颇不高兴了，“驷四不及舌”，也没有法子。另外还有一回关于《语丝》的彼此心照的不快活；五六年前，曾在上海的宴会上见过一回面，那时候，我们几乎已经无话可谈了。

近几年，半农渐渐地据了要津，我也渐渐的更将他忘却；但从报章上看见他禁称“蜜斯”之类，却很起了反感：我以为那些事情是不必半农来做的。从去年来，又看见他不断地做打油诗，弄烂古文，回想先前的交情，也往往不免长叹。我想，假如见面，而我还以老朋友自居，不给一个“今天天气……哈哈哈”完事。那就也许会弄到冲突的罢。

不过，半农的忠厚，是还使我感动的。我前年曾到北平，后来有人通知我，半农是要来看我的，有谁恐吓了他一下，不敢来了。这使我很惭愧，因为我到北平后，实在未曾有过访问半农的心思。

现在他死去了，我对于他的感情和他生时也并无变化。我爱十年前的半农，而憎恶他的近几年。这憎恶是朋友的憎恶，因为我希望他常是十年前的半农，他的为战士，即使“浅”罢，却于中国更为有益，我愿以愤火照出他的战绩，免使一群陷沙鬼将他先前的光荣和死尸一同拖入烂泥的深渊。

风　筝

鲁迅

北京的冬季，地上还有积雪，灰黑的秃树枝杈于晴朗的天空中，而远处有一二风筝浮动，在我是一种惊异和悲哀。

故乡的风筝时节，是春二月，倘听到沙沙的风轮声，仰头便能看见一个淡墨色的蟹风筝或嫩蓝的蜈蚣风筝。还有寂寞的瓦片风筝，没有风轮，又放得很低，伶仃地显出憔悴可怜模样。但此时地上的杨柳已经发芽，早的山桃也多吐蕾，和孩子们天上的点缀相照应，打成一片春日的温和。我现在在哪里呢？四面都还是严冬的肃杀，而久经诀别的故乡的久经逝去的春天，却就在这天空中荡漾了。

但我是向来不爱放风筝的，不但不爱，并且嫌恶它，因为我以为这是没出息孩子所做的玩意。和我相反的是我的小兄弟，他那时大概十岁内外罢，多病，瘦得不堪，然而最喜欢风筝，自己买不起，我又不许放，他只得张着小嘴，呆看着空中出神，有时至于小半日。远处的蟹风筝突然落下来了，他惊呼；两个瓦片风筝的缠绕解开了，他高兴得跳跃。他的这些，在我看来都是笑柄，可鄙的。

有一天，我忽然想起，似乎多日不看见他了，但记得曾见过他在后园拾枯竹。我恍然大悟似的，便跑向少有人去的一间堆积杂物的小屋去，推开门，果然就在尘封的什物堆中发现了他。他向着大方凳，坐在小凳上，便很惊惶地站起来，失了色瑟缩着。大方凳旁靠着一个蝴蝶风筝的竹骨，还没有糊上纸，凳上是一对做眼睛用的小风轮，正用红纸条装饰着，将要完工了。我在破获秘密的满足中，又很愤怒他的瞒了我的眼睛，这样苦心孤诣地来偷做没出息孩子的玩意。我即刻伸手折断了蝴蝶的一支翅骨，又将风轮掷在地下，踏扁了。论长幼，论力气，他是都敌不过我的，我当然得到完全的胜利,于是傲然走出,留他绝望地站在屋里。后来他怎样,我不知道,也没有留心。

然而我的惩罚终于轮到了,在我们离别很久之后,我已经是中年,我不幸偶尔看了一本外国的讲论儿童的书,才知道游戏是儿童最正当的行为,玩具是儿童的天使。于是二十年来毫不忆及的儿时对于精神虐杀的这一幕,忽地在眼前展开,而我的心也仿佛同时变了铅块,很重很重地堕下去了。

但心又不竟堕下去而至于断绝,他只是很重很重地堕着,堕着。

我也知道补过的方法的:送他风筝,赞成他放,劝他放,我和他一同放。我们嚷着,跑着,笑着。——然而他其时已经和我一样,早有了胡子了。

我也知道还有一个补过的方法的。去讨他的宽恕,等他说:"我可是毫不怪你呵。"那么,我的心一定就轻松了,这确是一个可行的方法。有一回,我们会面的时候,是脸上都已添刻了 许多"生"的辛苦的条纹,而我的心很沉重。我们渐渐谈起儿时的旧事来,我便叙述到这一节,自说少年时代的糊涂。"我可是毫不怪你呵。"我想,他要说了,我即刻便受了宽恕,我的心从此也宽松了罢。

"有过这样的事么?"他惊异地笑着说,就像旁听着别人的故事一样;他什么也不记得了,全然忘却,毫无怨恨,又有什么宽恕之可言?无怨的恕,说谎罢了。

我还希求什么呢?我的心只得沉重着。现在,故乡的春天又在这异地的空中了,既给我久经逝去的儿时的回忆,而一并也带着无可把握的悲哀。我倒不如躲到肃杀的严冬中去罢,——但是,四面又明明是严冬,正给我非常的寒威和冷气。

一件小事

鲁迅

我从乡下跑到京城里,一转眼已经六年了。其间耳闻目睹的所谓国家大事,算起来也很不少;但在我心里,都不留什么痕迹,倘要我寻出这些事的影响来说，便只是增长了我的坏脾气——老实说，便是教我一天比一天的看不起人。

但有一件小事，却于我有意义，将我从坏脾气里拖开，使我至今忘记不得。

这是民国六年的冬天，大北风刮得正猛，我因为生计关系，不得不一早在路上走。一路几乎遇不见人，好容易才雇定了一辆人力车，教他拉到S门去。不一会，北风小了，路上浮尘早已刮净，剩下一条洁白的大道来，车夫也跑得更快：刚近S门，忽而车把上带着一个人，慢慢地倒了。

跌倒的是一个女人，花白头发，衣服都很破烂，她从马路边上突然向车前横截过来；车夫已经让开道，但她的破棉背心没有上扣，微风吹着，向外展开，所以终于兜着车把。幸而车夫早有点停步，否则她定要栽一个大斤斗，跌到头破血出了。

她伏在地上车夫便也立住脚。我料定这老女人并没有伤，又没有别人看见，便很怪他多事，要自己惹出是非，也误了我的路。

我便对他说，"没有什么的。走你的罢!"

车夫毫不理会——或者并没有听到——却放下车子，扶那老女人慢慢起来，搀着臂膊立定，问她说：

"你怎么啦?"

"我摔坏了。"

我想，我眼见你慢慢倒地，怎么会摔坏呢，装腔作势罢了，这真可憎恶。车夫多事，也正是自讨苦吃，现在你自己想法去。车夫听了这老女人的话，却毫不踌躇，仍然搀着伊的臂膊，便一步一步地向前走。我有些诧异，忙看前面，是一所巡警分驻所，大风之后，外面也不见人。这车夫扶着那老女人，便正是向那大门走去。

我这时突然感到一种异样的感觉，觉得他满身灰尘的后影，霎时高大了，而且愈走愈大，需仰视才见。而且他对于我，渐渐地又几乎变成一种威压，甚而至于要榨出皮袍下面藏着的"小"来。

我的活力这时大约有些凝滞了，坐着没有动，也没有想，直到看见分驻所里走出一个巡警，才下了车。

巡警走近我说，"你自己雇车罢，他不能拉你了。"

我没有思索地从外套袋里抓出一大把铜圆,交给巡警,说,

“请你给他……”

风全住了,路上还很静。我走着,一面想,几乎怕敢想到我自己。以前的事姑且搁起,这一大把铜元又是什么意思?奖他么?

我还能裁判车夫么?我不能回答自己。

这事到了现在,还是时时记起。我因此也时时熬了苦痛,努力地要想到我自己。几年来的文治武功,在我早如幼小时候所读过的“子曰诗云”一般,背不上上句了:独有这一件小事,却总是浮在我眼前,有时反更分明,叫我惭愧,催我自新,并且增长我的勇气和希望。

鲁迅谈禁令

1934年,国民党北平市市长袁良下令禁止男女同学,男女同泳。鲁迅先生听到这件事,对几个青年朋友说:“男女不准同学、同泳, 那男女一同呼吸空气,淆乱乾坤,岂非比同学、同泳更严重!袁良市长不如索性再下一道命令,今后男女出门,各戴一个防毒面具。既免空气流通,又不抛头露面。这样,每个都是,喏!喏!……”说着,鲁迅先生把头微微后仰,用手模拟着防毒面具的管子……大家被鲁迅先生的言谈动作逗得哈哈大笑。

鲁迅的柔情

鲁迅是新文化革命的闯将。因他擅写杂文,嬉笑怒骂皆成文章,有人就认为他一脸正气,为人严肃,缺少人情味。其实,鲁迅既有“横眉冷对千夫指”的一面,也有“俯首甘为孺子牛”的一面。他在家庭中,便是一位宽厚的丈夫、慈爱的父亲。且看他1932年一首题为《答客诮》的诗:

无情未必真豪杰,怜子如何不丈夫。

知否兴风狂啸者,回眸时看小於菟。

这首诗用“於菟”即老虎也懂得爱子作比喻,说明英雄豪杰也应懂得怜家爱子,从而生动地表达了鲁迅对孩子的深厚感情。

名家简介

郁达夫(1896～1945),原名郁文,字达夫,浙江富阳人。1921年6月,与郭沫若、成仿吾等人酝酿成立了新文学团体创造社。著有短篇小说集《沉沦》,中篇小说《出奔》、《她是一个弱女子》,理论文集《小说论》、《文艺论集》、《戏剧论》等。1945年被日军宪兵杀害。

敬悼许地山先生

郁达夫

我和许地山先生的交谊并不深,所以想述说一点两人间的往来,材料却是很少。不过许先生的为人,他的治学精神,以及抗战事起后,他的为国家民族尽瘁服役的诸种劳绩,我是无时无地不在佩服的。

我第一次和他见面,是创造社初在上海出刊物的时候,记得是一天秋天的薄暮。

那时候他新从北京(那时还未改北平)南下,似乎是刚在燕大毕业之后,他的一篇小说《命运鸟》已在《小说月报》上发表了,大家对他都奉呈了最满意的好评。他是寄寓在闸北宝山路,商务印书馆编辑所近旁的郑振铎先生的家里的。

当时,郭沫若、成仿吾两位和我是住在哈同路,我们和小说月报社在文学的主张上,虽则不合,有时也曾作过笔战,可是我们对他们的交谊,却仍旧是很好的。所以当工作的暇日,我们也时常往来,作些闲谈。

在这一个短短的时期里,我与许先生有了好几次的会晤,但他在那一个时候,还不脱一种孩稚的顽皮气,老是讲不上几句话后,就去找小孩子抛皮球,踢毽子去了。我对他当时的这一种小孩子脾气,觉得很是奇怪;可是后来听老舍他们谈起了他,才知道这一种天真的性格,他就一直保持着不曾改过,这已经是约近二十年以前的事情了。其后,他去美国,去英国,去印度。回来后,他在燕大,我在北大教书。偶尔在集会上,也时时有了几次

见面的机会，不过终于因两校地点的远隔，我和他记不起有什么特殊的同游或会谈的事情。

况且，自民国十四年以后，我就离开了北京，到武昌大学去教书了，虽则在其间也时时回到北京去小住，可是留京的时间总是很短，故而终于也没有和他更接近一步的机会。其后的十余年，我的生活，因种种环境的关系，陷入了一个绝不规则的历程，和这些旧日的朋友简直是断绝了往来。所以一直到接到许先生的讣告为止，我却想不起是在什么地方和他握过最后的一次手。因为这一次路过香港而来到星洲时，明明是知道他在港大教书，但因为船期促迫，想去一访而终未果。于是，我就永久失去了和他作深谈的机会了。

对于他的身世，他的学识，他的为国家尽力之处，论述的人，已经是很多了，我在此不想再说。我想特别一提的是对于他的创作天才的敬佩。他的初期的作品，富于浪漫主义的色彩，是大家所熟知的，但到了最近，他的作风，竟一变而为苍劲坚实的写实主义，却很少有人说起。

他的一篇抗战以后所写的小说，叫作《铁鱼的鳃》，实在是这一倾向的代表作品，我在《华侨周报》的最初几期上，特地为他转载的原因，就是想对我们散处在南岛的诸位写作者，示以一种模范的意思，像这样坚实细致的小说，不但是在中国的小说界不可多得，就是求之于一九四〇年的英美短篇小说界，也很少有可以和他并比的作品。但可惜他在这一方面的天才，竟为他其他方面的学术所掩蔽，人家知道的不多，而他自己也很少有这一方面的作品。要说到因他之死，而中国文化界所蒙受的损失是很大的话，我想从短少了一位创作天才的一点来说，这损失将更是不容易填补。

自己今年的年龄，也并不算老，但是回忆起来，对于追悼作故的友人的事情，似乎也觉得太多了。辈分老一点的，如曾孟朴、鲁迅、蔡孑民、马君武诸先生，稍长于我的，如蒋百里、张季鸾诸先生，同年辈的如徐志摩、滕若渠、蒋光慈的诸位，计算起来，在这十几年的中间，哭过的友人，实在真也不少了。我往往在私自奇怪，近代中国的文人，何以一般总享不到八十以上的高龄?而外国的文人，如英国的哈代、俄国的托尔斯泰、法国的弗朗斯等，享寿都是在八十岁以上，这或者是和社会对文人的待遇有关的罢?我想在这一次追悼许地山先生的大会当中，提出一个口号来，要求一般社会，对文人的待遇，应该提高一点。因为死后的千言万语，总不及生前的一杯咖啡来得实际。

末了，我想把我的一副挽联，抄在底下：

嗟月旦停评，伯牛有疾如斯，灵雨空山，君自涅槃登彼岸。

问人间何世，胡马窥江未去，明珠漏网，我为家国惜遗才。

名家简介

艾芜(1904～1992),原名汤道耕,四川新繁(今新都区)人,现代作家。主要作品有短篇小说集《南行记》、《南国之夜》、《夜景》、《烟雾》,长篇小说《丰饶的原野》、《故乡》、《山歌》、《百炼成钢》,散文集《漂泊杂记》、《初春时节》、《浪花集》等,另有《艾芜选集》行世。

冬　夜

艾芜

冬天,一个冰寒的晚上:在寂寞的马路旁边,疏枝交横的树下,候着最后一辆搭客汽车的,只我一人。虽然不远的墙边,也蹲有一团黑影,但他却是伸手讨钱的。马路两旁,远远近近都立着灯窗明灿的别墅,向暗蓝的天空静静地微笑着。在马路上是冷冰冰的,还刮着一阵阵猛厉的风。留在枝头的一两片枯叶,也不时发出破碎的哭声。

那蹲着的黑影,接了我的一枚铜板,就高兴地站起来向我搭话,一面抱怨着天气:“真冷呀,再没有比这里更冷了!……先生,你说是不是?”

看见他并不是个讨厌的老头子,便也高兴地说道:“乡下怕更要冷些吧?”

“不,不,”他接着咳嗽起来,要吐出的话,塞在喉管里了。

我说:“为什么?你看见一下霜,乡下的房屋和田野,便在早上白了起来,街上却一点也看不见。”

他捶了几下胸口之后,兴奋地接着说道:“是的,是的……

乡下冷,你往人家门前的稻草堆里一钻就暖了哪……这街上,哼,鬼地方!……还有那些山里呵,比乡下更冷哩,咳,那才好哪!火烧一大堆,大大小小一家人,热闹呀!……”

接着他便说到壮年之日,在南方那些山中冬夜走路的事情。一个人的漂泊生活,我是喜欢打听的,同时车又没有驰来,便怂恿他说了下去。他说晚上在那些山里，只要你是一个正派的人，就可以朝灯火人家一直走去，迎着犬声，敲开树荫下的柴门，大胆地闯进。对着火堆周围的人们，不管他男的女的，用两手向他们两肩头一分，就把你带着风寒露湿的身子，轻轻地放了进去。烧山芋和热茶的香味，便一下子扑人你的鼻子。抬头看，四周闪着微笑的眼睛，欢迎着，丝毫没有怪你唐突的神情。你刚开口说由哪儿来的时候，一杯很热的浓茶，就递在你的下巴边上。老太婆吩咐她的孙女，快把火拨大些，多添点柴，说是客人要烘暖他的身子；你暖和了，还不觉得疲倦的话，你可以摸摸小孩子的下巴，拧拧他们的脸蛋，做一点奇怪的样子，给他们嬉笑。年轻的妈妈一高兴了，便会怂恿他的孩子把拿着要吃的烧山芋，分开一半，放在你这位客人的手上。如果你要在他们家过夜，他们的招待，就更来得殷勤些。倘若歇一会，暖暖身子，还要朝前赶路，一出柴门，还可听见一片欢送的声音："转来时，请来玩呀!"老头子讲着讲着，给冷风一吹，便又咳嗽起来。我听得冷都忘记了。突然老头子忘形地拉着我问道"先生，这到底是什么原因哪?……这里的人家，火堆一定烧得多的，看窗子多么亮哪……他们为什么不准一个异乡人进去烤烤手哩?"

搭客汽车从远处轰轰地驰来了，我赶忙摆他的手，高声说道："因为他们是文明的人，不像那些山里的……"

再跳进通明的汽车里，蓦地离开他了。但远的南国山中，小小的灯火人家里面，那些丰美的醉人的温暖，却留在我的冬夜的胸中了。

名家简介

朱自清（1898～1948），原名自华，号秋实，字佩弦，祖籍浙江绍兴，生于江苏东海县。现代著名文学家、学者。所著诗歌、散文、文艺评论、学术论文等大都收入《朱自清文集》。

背 影

朱自清

我与父亲不相见已二年余了，我最不能忘记的是他的背影。

那年冬天，祖母死了，父亲的差使也交卸了，正是祸不单行的日子。我从北京到徐州，打算跟着父亲奔丧回家。到徐州见着父亲，看见满院狼藉的东西，又想起祖母，不禁簌簌地流下眼泪。父亲说："事已如此，不必难过，好在天无绝人之路!"

回家变卖典质，父亲还了亏空，又借钱办了丧事。这些日子，家中光景很是惨淡，一半为了丧事，一半为了父亲赋闲。丧事完毕，父亲要到南京谋事，我也要回到北京念书，我们便同行。

到南京时，有朋友约去游逛，勾留了一日；第二日上午便须渡江到浦口，下午上车北去。父亲因为事忙，本已说定不送我，叫旅馆里一个熟识的茶房陪我同去。他再三嘱咐茶房，甚是仔细。但他终于不放心，怕茶房不妥帖，颇踌躇了一会。其实我那年已二十岁，北京已来往过两三次，是没有什么要紧的了。他踌躇了一会，终于决定还是自己送我去。我再三劝他不必去；他只说："不要紧，他们去不好!"

我们过了江，进了车站，我买票，他忙着照看行李。行李太多了，得向脚夫行些小费，才可过去。他便又忙着和他们讲价钱。我那时真是聪明过分，总觉他说话不大漂亮，非自己插嘴不可。但他终于讲定了价钱，就送我上车。他给我拣定了靠车门的一张椅子，我将他给我做的紫毛大衣铺好座位。他嘱我路上小心，夜里要警醒些，不要受凉，又嘱托茶房好好照应我。我心里暗笑他的迂；他们只认得钱，托他们真是白托!而且我这样大年纪的人,难道还不能料理自己么?唉,我现在想想,那时真是太聪明了!

我说道:“爸爸,你走吧。”他往车外看了看,说:“我买几个橘子去。你就在此地,不要走动。”我看那边月台的栅栏外有几个卖东西的等着顾客。走到那边月台,须穿过铁道,须跳下去又爬上去。父亲是一个胖子,走过去自然要费事些。我本来要去的,他不肯,只好让他去。我看见他戴着黑布小帽,穿着黑布大马褂,深青布棉袍,蹒跚地走到铁道边,慢慢探身下去,尚不大难。可是他穿过铁道,要爬上那边月台,就不容易了。他用两手攀着上面,两脚再向上缩;他肥胖的身子向左微倾,显出努力的样子。这时我看见他的背影,我的泪很快地流下来了。我赶紧拭干了泪,怕他看见,也怕别人看见。我再向外看时,他已抱了朱红的橘子往回走了。过铁道时,他先将橘子散放在地上,自己慢慢爬下,再抱着橘子走。到这边时,我赶紧去搀他。他和我走到车上,将橘子一股脑儿放在我的皮大衣上。于是扑扑衣上的泥土,心里很轻松似的,过一会说:“我走了,到那边来信!”我望着他走出去。他走了几步,回过头看见我,说:“进去吧,里边没人。”等他的背影混入来来往往的人里,再找不着了,我便进来坐下,我的眼泪又来了。

近几年来,父亲和我都是东奔西走,家中光景是一日不如一日。他少年出外谋生,独立支持,做了许多大事。哪知老境却如此颓唐!他触目伤怀,自然情不能自已。情郁于中,自然要发之于外,家庭琐屑便往往触他之怒。他待我渐渐不同往日。但最近两年的不见,他终于忘却我的不好,只是惦记着我,惦记着我的儿子。我回来后,他写了一封信给我,信中说道:“我身体平安,唯膀子疼痛厉害,举箸提笔,诸多不便,大约大去之期不远矣。”我读到此处,在晶莹的泪光中,又看见那肥胖的、青布棉袍黑布马褂的背影。

唉!我不知何时再能与他相见!

我所见的叶圣陶

朱自清

我第一次与圣陶见面是在民国十年的秋天。那时刘延陵兄介绍我到吴淞炮台湾中国公学教书。到了那边,他就和我说“叶圣陶也在这儿。”我们都念过圣陶的小说,所以他这样告我。我好奇地问道:“怎样一个人?”出乎我的意外,他回答我:“一位老先生。”但是延陵和我去访问圣陶的时候,我觉得他的年纪并不老,只那朴实的服色和沉默的风度与我们平日所想象的苏州少年文人叶圣陶不甚符合罢了。

记得见面的那一天是一个阴天。我见了生人照例说不出话,圣陶似乎也如此。我们只谈了几句关于作品的泛泛的意见,便告辞了。延陵告诉我每星期六圣陶总回角直去,他很爱他的家。他在校时常邀延陵出去散步;我因与他不熟,只独自坐在屋里。不久,中国公学忽然起了风潮。我向延陵说起一个强硬的办法——实在是一个笨而无聊的办法!——我说只怕叶圣陶未必赞成。但是出乎我的意外,他居然赞成了!后来细想他许是有意优容我们吧,这真是老大哥的态度呢。我们的办法自然是失败了,风潮延宕下去,于是大家都住到上海来。我和圣陶差不多天天见面,同时又认识了西谛、予同诸兄。这样经过了一个月,这一个月实在是我的很好的日子。

我看出圣陶始终是个寡言的人。大家聚谈的时候,他总是坐在那里听着。他却并不是喜欢孤独,他似乎老是那么有味地听着。至于与人独对的时候,自然多少要说些话,但辩论是不来的。他觉得辩论要开始了,往往微笑着说“这个弄不大清楚了。”这样就过去了。他又是个极和易的人。轻易看不见他的怒色。他辛辛苦苦保存着的《晨报副刊》,上面有他自己的文字的,特地从家里捎来给我看,让我随便放在一个书架上,给散失了。当他和我同时发现这件事时,他只略露惋惜的颜色,随即说:“由他去末哉,由他去末哉!”我是至今惭愧着,因为我知道他作文是不留稿的。他的和易出于天性,并非阅历世故,矫揉造作而成。他对于世间妥协的精神是极厌恨的:在这一月中,我看见他发过一次怒——始终我只看见他发过这一次怒——那便是对于风潮的妥协论者的蔑视。

风潮结束了,我到杭州教书。那边学校当局要我约圣陶去。圣陶来信说:“我们要痛痛快快游西湖,不管这是冬天。”他来了,教我上车站去接。我知道他到了车站这一类地方,是会觉得寂寞的。他的家实在太好了,他的衣着,一向都是家里管。我常想,他好像一个小孩子,像小孩子的天真,也像小孩子的离不开家里人。必须离开家里人时,他也得找些熟朋友伴着;孤独在他简直是有些可怕的。所以他到校时,本来是独住一屋的,却愿意将那间屋做我们两人的卧室,而将我那间做书室。这样可以常常相伴,我自然也乐意。我们不时到西湖边去，有时泛湖，有时只喝喝酒。在校时各据一桌，我只预备功课，他却是写小说和童话。初到时，学校当局来看过他。第二天，我问他："要不要去看看他们？"他皱眉道："一定要去么？等一天罢。"后来始终没有去。他是最反对形式主义的。

那时他小说的材料是旧日的储积，童话的材料有时却是片刻的感兴。如《稻草人》中《大喉咙》一篇便是。那天早上，我们都醒在床上，听见工厂的汽笛，他便说："今天又有一篇了，我已经想好了，来的真快呵。"那篇的艺术很巧，谁想他只是片刻的构思呢！他写文字时，往往拈笔伸纸。便手不停挥地写下去；开始及中间，停笔踌躇时绝少。他的稿子极清楚，每页至多只有三五个涂改的字，他说他从来是这样的。每篇写毕，我自然先睹为快；他往往称述结尾的适宜，他说对于结尾是有些把握的。看完，他立即封寄《小说月报》，照例用平信寄。我总劝他挂号，但他说："我老是这样的。"他在杭州不过两个月，写的真不少，教人羡慕不已。《火灾》里从《饭》起到《风潮》这七篇，还有《稻草人》中一部分，都是那时我亲眼看他写的。

在杭州待了两个月，放寒假前，他便匆匆地回去了；他实在离不开家，临去时让我告诉学校当局，无论如何不回来了。但他却到北平住了半年，也是朋友拉去的。我前些日子偶翻十一年的《晨报副刊》，看见他那时途中思家的小诗，重念了两遍觉得怪有意思；北平回去不久，便入了商务印书馆编译部，家也搬到上海。从此在上海待下去，直到现在——中间又被朋友拉到福州一次，有一篇《将离》抒写那回的别恨，是缠绵悱恻的文字。这些日子，我在浙江乱跑，有时到上海小住，他常请了假和我各处玩儿或喝酒。有一回，我便住在他家，但我到上海总爱出门。因此他老说没有能畅谈，他写信给我，老说这次回来要畅谈几天才行。

十六年一月，我接眷北来，路过上海，许多熟朋友为我饯行，圣陶也在。那晚我们痛快地喝酒，发议论；他是照例地默着。酒喝完了，又去乱走，他也跟着。到了一处，朋友们和他开了个小玩笑，他脸上略露窘意，但仍微笑地默着。圣陶不是个浪漫的人，在一种意义上，他正是延陵所说的"老先生"。但他能了解别人，能谅解别人，他自己也能"作达"，所以仍然——也许格外——是可亲的。那晚快夜半了，走过爱多亚路，他向我诵周美成的词："酒已都醒，如何消夜永！"我没有说什么，那时的心情，大约也不能说什么的。我们到一品香又消磨了半夜。这一回特别对不起圣陶,他是不能少睡觉的人。他家虽住在上海,而起居还依着乡居的日子:早七点起,晚九点睡。有一回我九点十分去,他家已熄了灯,关好门了。这种自然的,有秩序的生活是对的。那晚上伯祥说:"圣兄明天要不舒服了。"想起来真是不知要怎样感谢才好。

第二天我便上船走了,一眨眼三年半,没有上南方去。信也很少,却全是我的懒。我只能从圣陶的小说里看出他心境的变迁,这个我要留在另一文中说。圣陶这几年里似乎到十字街头走过一趟,但现在怎么样呢?我却不甚了然。他从前晚饭时总喝点酒,"以半醺为度",近来不大能喝酒了,却学了吹笛——前些日子说已会一出《八阳》,现在该又会了别的了吧。他本来喜欢看看电影,现在又喜欢听听昆曲了。但这些都不是"厌世",如或人所说的,圣陶是不会厌世的,我知道。他虽会喝酒,加上吹笛,却不会抽什么"上等的纸烟",也不会住过什么小别墅",如或人所想的,这个我也知道。

给亡妇

朱自清

谦,日子真快,一眨眼你已经死了三个年头了。这三年里世事不知变化了多少回,但你未必注意这些个。我知道,你第一惦记的是你几个孩子,第二便轮着我。孩子和我平分你的世界你在时如此;你死后若还有知,想来还是如此。告诉你,我夏天回家来着。迈儿长得结实极了,比我高一个头。闰儿,父亲说是最乖,可是没有先前胖了。采芷和转子都好。五儿全家夸她长得好看;却在腿上生了湿疮,整天坐在竹床上不能下来,看了怪可怜的。六儿,我怎么说好,你明白,你临终时也和母亲谈过,这孩子是只可以养着玩儿的,他左挨右挨,去年春天,底没有挨过去。这孩子生了几个月,你的肺病就重起来了。我劝你少亲近他,只监督着老妈子照管就行。你总是忍不住,一会儿提,一会儿抱的。可是你病中为他操的那一份儿心也够瞧的。那一个夏天他病的时候多,你成天儿忙着,汤呀,药呀,冷呀,暖呀,连觉也没好好儿睡过。哪里有一分一毫想着你自己。瞧着他硬朗点儿你就乐，干枯的笑容在黄蜡般的脸上，我只有暗中叹气而已。

从来想不到做母亲的要像你这样。从迈儿起，你总是自己喂乳，一连四个都这样。你起初不知道按钟点儿喂，后来知道了，却又弄不惯；孩子们每夜里几次将你哭醒了，特别是闷热的夏季。我瞧你的觉老没睡足。白天里还得做菜，照料孩子，很少得空儿。你的身子本来坏，四个孩子就累你七八年。到了第五个，你自己实在不成了，又没乳，只好自己喂奶粉，另雇老妈子专管她。但孩子跟老妈子睡，你就没有放过心：夜里一听见哭，就竖起耳朵听，工夫一大就得过去看：十六年初，和你到北京来，将迈儿、转子留在家里，三年多还不能去接他们，可真把你惦记苦了，你并不常提，我却明白。你后来说，你的病就是惦记出来的；那个自然也有份儿，不过大半还是养育孩子累的。你的短短的十二年结婚生活，有十一年耗费在孩子们身上；而你一点不厌倦，有多少力量用多少，一直到自己毁灭为止。你对孩子一般儿爱，不问男的女的，大的小的。也不想到什么"养儿防老，积谷防饥"，只拼命地爱去。你对于教育老实说有些外行，孩子们只要吃得好玩得好就成了。这也难怪你，你自己便是这样长大的。况且孩子们原都还小，吃和玩本来也要紧的。你病重的时候最放不下的还是孩子。病得只剩皮包着骨头了，总不信自己不会好，老说："我死了，这一大群孩子可苦了。"后来说送你回家，你想着可以看见迈儿和转子，也愿意，你万不想到会一去不返的。我送车的时候，你忍不住哭了，说"还不知能不能再见？"可怜，你的心我知道，你满想着好好儿带着六个孩子回来见我的，谦，你那时一定这样想，一定的。

除了孩子，你心里只有我。不错，那时你父亲还在。可是你母亲死了，他另有个女人，你老早就觉得隔了一层似的。出嫁后第一年你虽还一心一意依恋着他老人家，到第二年我和孩子可就将你的心占住，你再没有多少工夫惦记他了：你还记得第一年我在北京，你在家里。家里来信说你待不住，常回娘家去。我动气了，马上写信责备你。你教人写了一封复信，说家里有事，不能不回去。这是你第一次也可以说第末次的抗议，我从此就没给你写信。暑假时带了一肚子主意回去，但见了面，看你一脸笑，也就拉倒了。打这时候起，你渐渐从你父亲的怀里跑到我这儿。你换了金镯子帮助我的学费，叫我以后还你；但直到你死，我没有还你。你在我家受了许多气，又因为我家的缘故受你家里的气，你都忍着；这全为的是我，我知道。那回我从家乡一个中学半途辞职出走，家里人讽你也走。哪里走？只得硬着头皮往你家去。那时你家像个冰窖子，你们在窖里足足住了三个月，好容易我才将你们领出来了，一同上外省去；小家庭这样组织起来了。你虽不是什么阔小姐，可也是自小娇生惯养的。做起主妇来，什么都得干一两手，你居然做下去了，而且高高兴兴地做下去了。菜照例满是你做，可是吃的都是我们，你至多夹上两三筷子就算了。你的菜做得不坏，有一位老在行大大地夸奖过你。你洗衣服也不错，夏天我的绸大褂大概总是你亲自动手。你在家老不乐意闲着；坐前几个“月子”，老是四五点就起床，说是躺着家里事没条没理的。其实你起来也还不是没条理；咱们家那么多孩子，哪儿来条理？在浙江住的时候，逃过两回兵难，我都在北平。真亏你领着母亲和一群孩子东藏西躲的；末一回还要走多少里路，翻一道大岭。这两回差不多只靠你一个人？你不但带了母亲和孩子们，还带了我一箱箱的书；你知道我是最爱书的。在短短的十二年里，你操的心比人家一辈子还多，谦，你那样身子怎么经得住！你将我的责任一股脑儿担负了去，压死了你，我如何对得起你！

你为我的捞什子书也费了不少神。第一回是让你父亲的男佣人从家乡捎到上海去，他说了几句闲话，你气得在你父亲面前哭了。第二回是带着逃难，别人都说你傻子。你有你的想头：“没有书怎么教书？况且他又爱这个玩意儿。”其实你没有晓得，那些书丢了也并不可惜；不过教你怎么晓得，我平常从来没和你谈过这些个！总而言之，你的心是可感谢的。这十二年里你为我吃的苦真不少，可是没有过几天好日子。我们在一起住，算来也还不到五个年头：无论日子怎么坏，无论是离是合，你从来没对我发过脾气，连一句怨言也没有——别说怨我，就是怨命也没有过。老实说，我的脾气可不大好，迁怒的事儿有的是。这些时候，你往往抽噎着流眼泪，从不回嘴，也不号啕。不过我也只信得过你一个人，有些话我只和你一个人说，因为世界上只你一个人真关心我，真同情我。你不但为我吃苦，更为我分苦；我之有我现在的精神，大半是你给我培养着的。这些年来我很少生病。但我最不耐烦生病，生了病就呻吟不绝，闹那侍候病的人。你是领教过一回的，那回只一两点钟，可是也够麻烦了，你常生病，却总不开口，挣扎着起来，一来怕扰我，二来怕没人做你那份儿事。我有一个坏脾气，怕听人生病，也是真的。后来你天天发烧，自己还以为南方带来的疟疾，一直瞒着我。明明躺着，听见我的脚步，一骨碌就坐起来。我渐渐有些奇怪，让大夫一瞧，这可糟了，你的一个肺已烂了一个大窟窿了！大夫劝你到西山去静养，你丢不下孩子，又舍不得钱，劝你在家里躺着，你也丢不下那份儿家务。越看越不行了，这才送你回去。明知凶多吉少，想不到只一个月工夫你就完了！本来盼望还见得着你，这一来可拉倒了。你也何尝想到这个？父亲告诉我，你回家独住着一所小住宅，还嫌没有客厅，怕我回去不便哪。

前年夏天回家，上你坟上去了。你睡在祖父母的下首，想来还不孤单的。只是当年祖父母的圹太小了，你正睡在圹底下。这叫作“抗圹”，在生人看来是不安心的，等着想办法吧。那时圹上圹下密密地长着青草，朝露浸湿了我的布鞋。你刚埋了半年多，只有圹下多出一块土，别的全然看不出新坟的样子。我和隐今夏回去，本想到你的坟上来，因为她病了没来成。我们想告诉你，五个孩子都好，我们一定尽心教养他们，让他们对得起死了的母亲你，谦，好好儿放心安睡吧。

房东太太

朱自清

歇卜士太太（Mrs Hibbs）没有来过中国，也并不怎样喜欢中国，可是我们看，她有中国那老味儿。她说人家笑她母女是维多利亚时代的人，那是老古板的意思，但她承认她们是的，她不在乎这个。

真的，圣诞节下午到了她那间黯淡的饭厅里，那家具，那人物，那谈话，都是古气盎然，不像在现代。这时候她还住在伦敦北郊芬乞来路（Pinchley Road）。那是一条阔人家的路，可是她的房子已经抵押满期，经理人已经在她门口路边上立了一座木牌，标价招买，不过半年多还没人过问罢了。那座木牌和篮球架子差不多大，只是低些，一走到门前，准看见。晚餐桌上，听见厨房里尖叫了一声，她忙去看了，回来说，火鸡烤煳了一点，可惜，二十二磅重，还是卖了几件家具买的呢。她可惜的是火鸡，倒不是家具，但我们

一点没吃着那烤煳了的地方。

她爱说话，也会说话，一开口滔滔不绝，押房子、卖家具等，都会告诉你。但是只高高兴兴地告诉你，至少也平平淡淡地告诉你，决不垂头丧气，决不唉声叹气。她说话是个趣味，我们听话也是个趣味（在她的话里，她死了的丈夫和儿子都是活的，她的一些住客也是活的），所以后来虽然听了四个多月，倒并不觉得厌倦。有一回早餐时候，她说有一首诗，忘记是谁的，可以作为她的墓志铭，诗云：

这儿一个可怜的女人，
她在世永没有住过嘴。
上帝说她会复活，
我们希望她永不会。
其实我们倒是希望她会的。

地道的贤妻良母，她是；这里可以看见中国那老味儿。她原是个阔小姐，从小送到比利时受教育，学法文，学钢琴。钢琴大约还熟，法文可生疏了。她说街上如有法国人向她问话，她想起答话的时候，那人怕已经拐了弯儿了。结婚时得到她姑母一大笔遗产，靠着这笔遗产，她支持了这个家庭二十多年。歇卜士先生在剑桥大学毕业，一心想做诗人，成天住在云里雾里。他二十年只在家里待着，偶然教几个学生。他的诗送到剑桥的刊物上去，原稿却寄回了，附着一封客气的信。他又自己花钱印了一小本诗集，封面上注明，希望出版家采纳印行，但是并没有什么回响。太太常劝先生删诗行，譬如说，四行中可以删去三行吧；但是他不肯割爱，于是乎只好敝帚自珍了。

歇卜士先生却会说好几国话。大战后太太带了先生小姐，还有一个朋友去逛意大利，住旅馆雇船等，全交给诗人的先生办，因为他会说意大利话。幸而没出错儿。临上火车，到了站台上，他却不见了。眼见车就要开了，太太这一急非同小可，又不会说给别人，只好教小姐去张看，却不许她远走。好容易先生钻出来了，从从容容的，原来他上“更衣室”来着。

太太最伤心她的儿子。他也是大学生，长的一表人才。大战时去从军；训练的时候偶然回家，非常爱惜那庄严的制服，从不叫它有一个褶儿。大战快完的时候，却来了恶消息，他尽了他的职务了。太太最伤心的是这个时候的这种消息，她在举世庆祝休战声中，迷迷糊糊过了好些日子。后来逛意大利，便是解闷过去的：她那时甚至于该领的恤金，无心也不忍去领——等到限期已过，即使要领，可也不成了。

小姐现在是她唯一的亲人，她就为这个女孩子活着。早晨一块儿拾掇拾掇屋子，吃完了早饭，一块儿上街散步，回来便坐在饭厅里，说说话，看看通俗小说，就过了一天。晚上睡在一屋里，一星期也同出去看一两回电影。小姐大约有二十四五了，高个儿，总在五英尺十寸(1英尺等于12英寸,1英寸等于25.4毫米)左右；蟹壳脸，露牙齿，脸上倒是和和气气的，爱笑，说话也天真得像个十二三岁小姑娘。先生死后，他的学生爱利斯(Ellis)很爱歇卜士太太，几次想和她结婚，她不肯。爱利斯是个传记家，有点小名气。那回诗人德拉梅在伦敦大学院讲文学的创造，曾经提到他的书。他很高兴，在歇卜士太太晚餐桌上特意说起这个。但是太太说他的书干燥无味，他送来，她只翻了三五页就撂在一边儿了。她说最恨猫怕狗，连书上印的狗都怕，爱利斯却养着一大堆。她女儿最爱电影，爱利斯却瞧不起电影。她的不嫁，怎么穷也不嫁，一半为了女儿。

这房子招徕住客，远在歇卜士先生在世时候。那时只收一个人，每日供早晚两餐，连宿费每星期五镑钱，合八九十元，贵的。广告登出了，第一个来的是日本人，他们答应下了。第二天又来了个西班牙人，却只好谢绝了。从此住这所房的总是日本人多，先生死了，住客多了，后来竟有“日本房”的名字。这些日本人有一两个在外边有女人，有一个还让女人骗了，他们都回来在饭桌上报告。太太也同情地听着。有一回，一个 忽然在饭桌上谈论自由恋爱，而且似乎是冲着小姐说的。这来太太可动了气。饭后就告诉那个人，请他另外找房住。这个人走了，可是日本人有个俱乐部，他大约在俱乐部里报告了些什么，以后日本人来住的便越来越少了。房间老是空着，太太的积蓄早完了，还只能在房子上打主意，这才抵押了出去。那时自然盼望赎回来，可是日子一天一天过去，情形并不见好。房子终于标卖，而且圣诞节后不久，便卖给一个犹太人了。她想着年头不景气，房子且没人要呢，哪知犹太人到底有钱，竟要了去，经理人限期让房。快到期了，她直说来不及。经理人又向法院告诉，法院出传票叫她去。她去了，女儿搀扶着，她从来没上过堂，法官说欠钱不让房，是要坐牢的。她又气又怕，几乎昏倒在堂上,结果只得答应了加紧找房。这种种也都是为了女儿,她可一点儿不悔。

她家里先后也住过一个意大利人,一个西班牙人,都和小姐做过爱,那西班牙人并且和小姐定过婚,后来不知怎样解了约。小姐倒还惦着他,说是"身架真好看"。太太却说:"那是个坏家伙!"后来似乎还有个"坏家伙",那是太太搬到金树台的房子里才来住的。他是英国人,叫凯德,四十多了。先是做公司兜售员,沿门兜售电气扫除器为生。有一天撞到太太旧宅里去了,他要表演扫除器给太太看,太太拦住他,说不必,她没有钱,她正要卖一批家具,老卖不出去,烦着呢。凯德说可以介绍一家公司来买,那一晚太太很高兴,想着他定是个大学毕业生。没两天,果然介绍了一家公司,将家具买去了。他本来住在他姊姊家,却搬到太太家来了。他没有薪水,全靠兜售的佣金;而电气扫除器那东西价钱很大,不容易脱手,所以便搁起来。这个人只是个买卖人,不是大学毕业生。大约穷了不止一天,他有个太太,在法国给人家看孩子,没钱,接不回来;住在姊姊家,也因为穷,让人家给请出来了。搬到金树台来,起初整付了一回房饭钱,后来便零碎的半欠半付,后来索性付不出了。不但不付钱,有时连午饭也要叨光。如是者两个多月,太太只得将他赶了出去。回国后接着太太的信,才知道小姐却有点喜欢凯德这个"坏蛋",大约还跟他来往着。太太最提心这件事,小姐是她的命,她的命决不能交在一个"坏蛋"手里。

小姐在芬乞来路时,教着一个日本太太英文,那时这位日本太太似乎非常关心歇卜士家住着的日本先生们,老是问这个问那个的;见了他们,也很亲热似的。歇卜士太太瞧着不大顺眼,她想着这女人有点儿轻狂。凯德的外甥女有一回来了,一个摩登少女。她照例将手绢掖在袜带子上,去拿出来用时,让太太看在眼里。后来背地里议论道:"这多不雅相!"太太在小事情上是很敏锐的。有一晚,那爱尔兰女仆端菜到饭厅,没有戴白帽檐儿。太太很不高兴,告诉我们,这个侮辱了主人,也侮辱了客人。但那女仆是个贪婪的人,也许匆忙中没想起戴帽檐儿;压根儿她怕就觉得戴不戴都是无所谓的。记得那回这女仆带了男朋友到金树台来,是个失业的工人。当时刚搬了家,好些零碎事正得一个人。太太便让这工人帮帮忙,每天给点钱。这原是一举两得,各相情愿的。不料女仆却当面说太太揩了穷小子的油。

太太听说,简直有点莫明其妙。

太太不上教堂去,可是迷信。她虽是新教徒,可是有一回丢了东西,却照人家传给的法子,在家点上一支蜡,一条腿跪着,口诵安东尼圣名,说是这么着东西就出来了。拜圣者是旧教的花样,她却不管。每回做梦,早餐时总翻翻占梦书。她有三本占梦书,有时她笑自己,三本书说的都不一样,甚至还相反呢。喝碗茶,碗里的茶叶,她也爱看,看像什么字头,便知是姓什么的来了。她并不盼望访客,她是在盼望住客啊。到金树台时,前任房东太太介绍一位英国住客继续住下。但这位半老的住客却嫌客人太少,女的更少,又嫌饭桌上没有笑,没有笑话,只看歇卜士太太的独角戏,老母亲似的唠唠叨叨,总是那一套。他终于托故走了,搬到别处去了。我们不久也离开英国,房子于是乎空空的。去年接到歇卜士太太来信,她和女儿已经做了人家管家老妈了;"维多利亚时代"的上流妇人,这世界已经不是她的了。

朱自清当衣买书

朱自清在上中学时,就极喜欢读书。当时家里每月给他一元零花钱,他大部分都交给家乡的一家广益书局了,而且还常常欠账。

1920年是朱自清在大学的最后一年。一次,他到琉璃厂去逛书店,在华洋书庄见到一部新版的《韦伯斯特大字典》,定价14元。这价钱对这部大字典来说虽不算太贵,可对一个念书的学生却实在不是个小数目。自己手头没这么多钱,可又实在舍不得不买,思来想去,就自己的一件皮大氅还值点钱了。这件大氅,是朱自清的父亲在他结婚时为他做的,水獭领,紫貂皮。大氅虽是布面,样式有点土气,领子还是用两副"马蹄袖"拼凑起来的,可毕竟是皮衣,在制作的时候,父亲还是很费了些心力。朱自清当时实在舍不得那本大字典,又想到将来准能将大氅赎回,便在踌躇许久后,毅然将它拿到了当铺。

当铺在学校后门,转身就到。朱自清并没有过多考虑。因为想到将来能赎回,便以书价14元作当价。大氅当然不止这个价,所以当铺的人一点都不为难,即刻付款。拿上钱,朱自清马上把那本《韦伯斯特大字典》抱了回来,不料那件费了父亲许多心力的大氅,却最终没有赎回来。

张爱玲(1920～1995),现代女作家。生于上海,1952年赴香港,后移居美国。主要作品有《倾城之恋》、《金锁记》、《红玫瑰与白玫瑰》、《赤地之恋》、《秧歌》、《传奇小说集》,散文集《流言》、《红楼梦未完》等。

弟　弟

张爱玲

我弟弟生得很美而我一点都不。从小我们家里谁都惋惜着,因为那样的小嘴、大眼睛与长睫毛,生在男孩子的脸上,简直是白糟蹋了。长辈就爱问他:“你把眼睫毛借给我好不好?明就还你。”然而他总是一口回绝了。有一次,大家说起某人的太太真漂亮,他问道:“有我好看么?”大家常常取笑他的虚荣心。

他妒忌我画的图,趁没人的时候拿来撕了或是涂上两道黑杠子。我能够想象他心理上感受的压迫。我比他大一岁,比他会说话,比他身体好,我能吃的他不能吃,我能做的他不能做。一同玩的时候,总是我出主意。我们是“金家庄”上能征战的两员骁将,我叫月红,他叫杏红,我使一口宝剑,他使两只铜锤,还有许许多多虚拟的伙伴。开幕的时候永远是黄昏,金大妈在公众的厨房里咚咚切菜,大家饱餐战饭,趁着月色翻过山头去攻打蛮人。路上偶尔杀两头老虎,劫得老虎蛋,那是巴斗大的锦毛球,剖开来像白煮鸡蛋,可是蛋黄是圆的。我弟弟常常不听我的调派,因而争吵起来。他是“既不能命,又不受令”的。然而他实在是秀美可爱,有时候我也让他编个故事:一个旅行的人为老虎追赶,赶着,赶着,发疯似的跑,后头呜呜赶着——没等说完,我已经笑倒了,在他腮上吻一下,把他当个小玩意。

有了后母之后,我住读的时候多,难得回家,也不知道我弟弟过的是何等样的生活。有一次放假,看见他,吃了一惊。他变得高而瘦,穿一件不甚干净的蓝布罩衫,租了许多连环图画来看。我自己那时候正在读穆时英的《南北极》与巴金的《灭亡》,认为他的口胃大有纠正的必要,然而他只晃一晃就不见了。大家纷纷告诉我他的劣迹,逃学,忤逆,没志气。我比谁都气愤,附和着众人,如此激烈地诋毁他,他们反而倒过来劝我了。

后来,在饭桌上,为了一点小事,我父亲打了他一个嘴巴子。我大大地一震,把饭碗挡住了脸,眼泪往下直淌。我后母笑了起来道:“咦,你哭什么?又不是说你!你瞧,他没哭,你倒哭了!”我丢下了碗冲到隔壁的浴室里去,闩上了门,无声地抽噎着。我立在镜子前面,看我自己的掣动的脸,看着眼泪滔滔流下来,像电影里的特写。我咬着牙说:“我要报仇。有一天我要报仇。”

浴室的玻璃窗临着阳台,啪的一声,一只皮球蹦到玻璃上又弹回去了。我弟弟在阳台上踢球。他已经忘了那回事了。这一类的事,他是惯了的。我没有再哭,只感到一阵寒冷的悲哀。

名家简介

梁实秋(1903～1987),本名梁治华,字实秋,浙江杭县人,1949年去台湾。著名文学评论家、作家、翻译家。主要作品有《雅舍小品》、《清华八年》、《秋实杂文》、《浪漫的与古典的》、《槐国梦忆》等,另翻译了《莎士比亚全集》等。

我的一位国文老师

梁实秋

我在十八九岁的时候,遇见一位国文先生,他给我的印象最深,使我受益也最多,我至今不能忘记他。

先生姓徐,名锦澄,我们给他取的绰号是“徐老虎”,因为他凶,他的相貌很古怪,他的脑袋的轮廓是有棱有角的,很容易成为漫画的对象。头很尖,秃秃的,亮亮的,脸形却是方方的,扁扁的,有些像《聊斋志异》绘图中的夜叉的模样。他的鼻子眼睛嘴好像是过分地集中在脸上很小的一块区域里。他戴一副墨晶眼镜,银丝小镜框,这两块黑色便成了他脸上最显著的特征?我常给他漫画,勾一个轮廓,中间点上两块椭圆形的黑块,便惟妙惟肖。他的身材高大,但是两肩总是耸得高高,鼻尖有一些红,像酒糟的,鼻孔里藏着两筒清水鼻涕,不时地吸溜着,说一两句话就要用力地吸溜一声,有板有眼有节奏,也有时忘了吸溜,走了板眼,上唇上便亮晶晶地吊出两根玉箸,他用手背一抹。他常穿的是一件灰布长袍,好像是在给谁穿孝,袍子在整洁的阶段时我没有赶得上看见,余生也晚,我看见那袍子的时候即已油渍斑斓。他经常是仰着头,迈着八字步,两眼望青天,嘴撇得瓢儿似的。我很难得看见他笑,如果笑起来,是狞笑,样子更凶。

我的学校是很特殊的。上午的课全是用英语讲授,下午的课全是国语(普通话)讲授。上午的课很严,三日一问,五日一考,不用功便被淘汰,下午的课稀松,成绩与毕业无关。所以每到下午上国文之类的课程,学生们便不踊跃，课堂上常是稀稀拉拉的不大上座，但教员用拿毛笔的姿势举着铅笔点名的时候，学生却个个都到了，因为一个学生不只答一声到。真到了的学生，一部分从事午睡，微发鼾声，一部分看小说如《官场现形记》、《玉梨魂》之类，一部分写"父母亲大人膝下"式的家书，一部分干脆瞪着大眼发呆，神游八表。有时候逗先生开玩笑。国语先生呢，大部分都是年高有德的，不是榜眼，就是探花，再不就是举人。他们授课不过是奉行故事，乐得敷敷衍衍。在种种糟糕的情形之下，徐老先生之所以凶，老是绷着脸，老是口就骂人，我想大概是由于正当防卫吧。

有一天，先生大概是多喝了两盅，摇摇摆摆地进了课堂。这一堂是作文，他老先生拿起粉笔在黑板上写了两个字，题目尚未写完，当然照例要吸溜一下鼻涕。就在这吸溜之际，一位急的同学发问了："这题目怎样讲呀?"老先生转过身来，冷笑 声，勃然大怒："题目还没有写完，写完了当然还要讲，没写完你为什么就要问……滔滔不绝地吼叫起来，大家都为之愕然。这时候我可按捺不住了。我一向是个上午捣乱下午安分的学生，我觉得现在受了无理的侮辱，我便挺身分辩了几句。这一下可惹了祸，老先生把他的怒火都泼在我的头上了。他在讲台上来回地踱着，吸溜一下鼻涕，骂我一句，足足骂了我一个钟头，其中警句甚多，我至今还记得这样的一句："XXX!你是什么东西?我一眼把你望到底!"这一句颇为同学们所传诵。谁和我有点争论遇到纠缠不清的时候，都会引用这一句："你是什么东西?我把你一眼望到底!"当时我看形势不妙，也就没有再多说，让下课铃结束了先生怒骂。但是从这一次起，徐先生算是认识我了。酒醒之后，他给我批改作文特别详尽。批改之不足，还特别的当面加以解释，我这一个"一眼望到底"的学生，居然成为一个受益最多的学生了。

徐先生自己选辑教材，有古文，有白话，油印分发给大家。《林琴南致蔡孑民书》是他讲得最为眉飞色舞的一篇。此外如吴敬恒的《上下古今谈》，梁启超的《欧游心影录》，以及张东荪 的时事新报社论，他也选了不少。这样新旧兼收的教材，在当时还是很难得的开通的榜样，我对于国文的兴趣因此也提高了不少：徐先生讲国文之前，先要介绍作者，而且介绍得很亲切，例如他讲张东荪的文字时，便说："张东荪这个人，我倒和他一桌上吃过饭……"这样的话是相当的可以使学生们吃惊的，吃惊的是，我们的国文先

生也许不是一个平凡的人吧,否则怎能和张东荪一桌上吃过饭!

徐先生于介绍作者之后,朗诵全文一遍。这一遍朗诵可很有意思:他打着江北的官腔,咬牙切齿地大声读一遍,不论是古文或白话.一字不苟地吟咏一番,好像是演员在背台词,他把文字里的蕴藏着的意义好像都给宣泄出来了。他念得有腔有调,有板有眼,有情感,有气势,有抑扬顿挫,我们听了之后,好像是已经理会到原文意义的一半了。好文章掷地作金石声,那也许是过分夸张,但必须可以琅琅上口,那却是真的。

徐先生之最独到的地方是改作文。普通的批语"清通""尚可""气盛言宜",他是不用的。他最擅长的是用大墨杠子大勾大抹,一行一行地抹,整页整页地勾;洋洋千余言的文章,经他勾抹之后,所余无几了。我初次经此打击,很灰心,很觉得气短,我掏心挖肝地好容易诌出来的句子,轻轻地被他几杠子就给抹了。但是他郑重地给我解释一会,他说:"你拿了去细细地体味,你的原文是软趴趴的,冗长,懈啦光唧的,我给你勾掉了一大半,你再读读看,原来的意思并没有失,但是笔笔都立起来了,虎虎有生气了。"我仔细一揣摩,果然。他的大墨杠子打得是地方,把虚泡囊肿的地方全削去了,剩下的全是筋骨。在这删削之间见出他的功夫。如果我以后写文章还能不多说废话,还能有一点点硬朗挺拔之气,还知道一点"割爱"的道理,就不能不归功于我这位老师的教诲。

徐先生教我许多作文的技巧。他告诉我:"作文忌用过多的虚字。"该转的地方,硬转;该接的地方,硬接。文章便显着朴拙而有力。他告诉我,文章的起笔最难,要突兀矫健,要开门见山,要一针见血,才能引人入胜,不必兜圈子,不必说套语。他又告诉我,说理说至难解难分处,来一个譬喻,则一切纠缠不清的论难都迎刃而解了,何等经济,何等手腕!诸如此类的心得,他传授我不少,我至今受用。

我离开先生已将近五十年了,未曾与先生一通音讯,不知他云游何处,听说他已早归道山了。同学们偶尔还谈起"徐老虎"。我于回忆他的音容之余,不禁地还怀着怅惘敬慕之意。

名家简介

丰子恺(1898～1975),原名丰润(丰仁),浙江崇德人,现代著名画家、散文家、文学翻译家。著有散文集《缘缘堂随笔》、《甘美的回味》、《子恺近代散文集》、《率真集》等,翻译有《猎人笔记》、《源氏物语》等。

癞六伯

丰子恺

癞六伯,是离石门湾五六里的六塔村里的一个农民。这六塔村很小。一共不过十几户人家,癞六伯是其中之一。我童年时候,看见他约有五十多岁,身材瘦小,头上有许多癞疮疤。因此人都叫他癞六伯。此人姓甚名谁,一向不传,也没有人去请教他。只知道他家中只有他一人,并无家属。既然称为“六伯”,他上面一定还有五个兄或姐,但也一向不传。总之,癞六伯是孑然一身。

癞六伯孑然一身,自耕自食,自得其乐。他每日早上挽了一只篮步行上街,走到木场桥边,先到我家找奶奶,即我母亲。“奶奶,这几个鸡蛋是新鲜的,两支笋今天早上才掘起来,也很新鲜。”我母亲很欢迎他的东西,因为的确都很新鲜新鲜。但他不肯讨价,总说“随你给吧”。我母亲为难,叫店里的人代为定价。店里的人说多少。癞六伯无不同意。但我母亲总是多给些,不肯欺负这老实人,于是癞六伯道谢而去。他先到街上“做生意”,即卖东西,大约九点多钟,他就坐在对河的汤裕和酒店门前的板桌上吃酒了。这汤裕和是一家酱园,但兼卖热酒。门前搭着一个大凉棚,凉棚底下,靠河口,设着好几张饭桌、癞六伯就占据了一张,从容不迫地吃时酒。时酒,是一种白色的米酒,酒力不大,不过二十度。远非烧酒可比,价钱也很便宜,但颇能醉人。因为做酒的时候,酒缸底上用砒霜画一个“十”字,酒中含有极少量的砒霜。砒霜少量原是无害而有益的,它能养身活血,使酒力遍达全身。因此这时酒颇能醉人,但也醒得很快,喝过之府一两个钟头,酒便完全醒了。农民大都爱吃时酒,就为了它价钱便宜,醉得很透,醒得很快。农民都要工作,长醉是不相宜的。我最爱吃这种酒,后来客居杭州上海。常常从故乡买时酒来喝。因为我要写作,宜饮此酒。李太白"但愿长醉不愿醒",我不愿。

且说癞六伯喝酒时,喝到饱和程度,还了酒钱,提着篮子起身回家了。此时他头的癞疮疮疤变成通红,走步有些摇摇晃晃走到桥上,便开始骂人了。他站在桥顶上,指手画脚地骂:"皇帝万万岁,小人日日醉""你老子不怕""你算有钱?千年田地八百主!""你老子一条裤子一根绳,皇帝看见让三分!"骂的内容大概就是这些,反复地骂到十来分钟。旁人久已看惯,不当一回事,癞六伯在桥上骂人,似乎是一种自然现象,仿佛鸡啼之类。我母亲听见了。就对陈妈妈说:"好烧饭了,癞六伯骂过了"。时间大约在十点钟光景,很准确的。

有一次,我到南沈浜亲戚家作客。下午出去散步,走过一座小桥,一只狗声势汹汹地赶过来。我大吃一惊,想拾石子来抵抗,忽然一个人从屋后走出来,把狗赶走了 一看这人正是癞六伯,这早原来是六塔村了,这屋子便癞六伯的家:他邀我屋上坐。一面告诉我:"这狗不怕。叫狗勿咬,咬狗勿叫。"我进他家,看见环堵萧然,一床、一桌、两条板凳、一只行灶之外,别无长物。墙上有一个搁板,堆着许多东西。碗盏,茶壶、罐头,连衣服也堆在那里。他要在行灶上烧茶给我吃,我阻止了。他就向搁板上的罐头里摸出一把花生来请我吃:"乡下地方没有好东西,这花生是自己种的,燥倒还燥。"我看见墙上贴着几张花纸,即新年里买来的年画,有《马浪荡》《大闹天宫》《水没金山》等,倒很好看,他就开开后门来给我欣赏他的竹园。这里有许多枝竹,一群鸡,还种着些菜。我现在回想,癞六伯自耕自食,自得其乐,很可羡慕。但他毕竟孑然一身,孤苦伶仃,不免身世之感。他的喝酒骂人,大约是泄愤的一种方法吧。

不久,亲戚家的五阿爹来找我了。癞六伯又抓一把花生来塞在我的袋里。我道谢告别,癞六伯送我过桥,喊走那只狗。他目送我回南沈浜。我去得很远了,他还在喊:"小阿官!明天再来玩!"

王囡囡

丰子恺

每次读到鲁迅《故乡》中的闰土，便想起我的王囡囡。王囡囡是我家贴邻豆腐店里的小老板，是我童年时代的游钓伴侣。他名字叫复生，比我大一二岁，我叫他“复生哥哥”。那时他家里有一祖母，很能干，是当家人；一母亲，终年在家烧饭，足不出户；还有一“大伯”，是他们的豆腐店里的老司务，姓钟，人们称他为钟司务或钟老七。

祖母的丈夫名王殿英，行四，人们称这祖母为“殿英四娘娘”，叫得口顺，变成“定四娘娘”。母亲名庆珍，大家叫她“庆珍姑娘”。她的丈夫叫王三三，早年病死了。庆珍姑娘在丈夫死后十四个月生一个遗腹子，便是王囡囡。请邻近的绅士沈四相公取名字，取了“复生”。复生的相貌和钟司务非常相像：人都说：“王囡囡口上加些小胡子，就是一个钟司务。”

钟司务在这豆腐店里的地位，和定四娘娘并驾齐驱，有时竟在其上。因为进货、用人、经商等事，他最熟悉，全靠他支配，因此他握着经济大权。他非常宠爱王囡囡，怕他死去，打一个银项圈挂在他的项颈里。市上凡有新的玩具、新的服饰，王囡囡一定首先享用，都是他大伯买给他的。我家开染坊店，同这豆腐店贴邻，生意清淡；我的父亲中举人后科举就废了，在家坐私塾。我家经济远不及王囡囡家的富裕，因此王囡囡常把新的玩具送我，我感谢他。王囡囡项颈里戴一个银项圈，手里拿一枝长枪，年幼的孩子和猫狗看见他都逃避，这神情宛如童年的闰土。

我从王囡囡学得种种玩意。第一是的鱼，他给我做钓竿，弯钓钩。拿饭粒装在钓钩上，在门前的小河里垂钓.可以钓得许多小鱼。活活地挖出肚肠，放进油锅里煎一下，拿来下饭鲜美异常。其次是摆擂台。约几个小朋友到附近的姚家坟上去。王囡囡高踞在坟山摆擂台，许多小朋友上去打。总是打他不下。一朝打下了，王囡囡就请大家吃花生米，每人一包。又次是放纸鸢，做纸鸢，他不擅长，要请教我。他出钱买纸、买绳，我出力糊纸鸢。糊好后到姚家坟去放。其次是缘树，境家坟附近有一个坟，上有一株大树，枝叶繁茂，形似一顶阳伞。王囡囡能爬到顶上，我只能爬在低枝

上。总之,王囡囡很会玩耍,一天到晚精神勃勃,兴高采烈。

有一天,我们到乡下去玩,有一个挑粪的农民,把粪桶碰了王囡囡的衣服。王囡囡骂他,他还骂一声私生子。王囡囡面孔涨得绯红,从此兴致大大地减低,常常皱眉头。有一天,定四娘娘叫一个关魂婆来替她已死的儿子王三三关魂,我去旁观。这关魂婆是一个中年妇人,肩上扛一把伞,伞上挂一块招牌,上写“捉牙虫算命”。她从王囡囡家后门进来。凡是这种人,总是在小巷里走,从来不走闹市大街。大约她们知道自己的把戏鬼鬼祟祟,见不得人,只能骗骗愚夫愚妇。牙痛是老年人常有的事,那时没有牙医生,她们就利用这情况,说会“捉牙虫”。记得我有一个亲戚,有一天请一个婆子来捉牙虫。这婆子要小解了,走进厕所去。旁人偷偷地看看她的膏药,原来里面早已藏着许多小虫。婆子出来,把膏药贴在病人的脸上,过了一会,揭起来给病人看,“喏!你看,捉出了这许多虫,不会再痛了。”这证明她的捉牙虫全然是骗人。算命,关魂,更是骗人的勾当了。闲话少讲,且说定四娘娘叫关魂婆进来,坐在一只摇纱椅子上。她先问:“要叫啥人?”定四娘娘说:“要叫我的儿子三三。”关魂婆打了三个呵欠,说:“来了一个灵官,长面孔……”定四娘娘说“不是”。关魂婆又打呵欠,说:“来了一个灵官……”定四娘娘说:“是了,是我三三了。三三!你撇得我们好苦!”就一把鼻涕,一把眼泪地哭。后来对着庆珍姑娘说:“喏,你这不争气的婆娘,还不快快叩头!”这时庆珍姑娘正抱着她的第二个孩子(男,名掌生)喂奶,连忙跪在地上,孩子哭起来,王囡囡哭起来,棚里的驴子也叫起来。关魂婆又代王三三的鬼魂说了好些话,我大都听不懂。后来她又打一个呵欠,就醒了。定四娘娘给了她钱,她讨口茶吃了,出去了。

王囡囡渐渐大起来,和我渐渐疏远起来。后来我到杭州去上学了,就和他阔别。年假暑假回家时,听说王囡囡常要打他的娘。打过之后,第二天去买一根参来,煎了汤,定要娘吃。我在杭州学校毕业后,就到上海教书,到日本游学。抗日战争前一两年,我回到故乡,王囡囡有一次到我家里来,叫我“子恺先生”,本来是叫“慈弟”的。情况真同闰土一样。抗战时我逃往大后方,八九年后回乡,听说王囡囡已经死了,他家里的人不知去向了。而他儿时的游钓伴侣的我,以七十多岁的高龄,还残生在这婆娑世界上,为他写这篇随笔。

笔者曰：封建时代礼教杀人，不可胜数。王囡囡庶民之家，亦受其毒害。庆珍姑娘大可堂皇地再嫁与钟老七。但因礼教压迫，不得不隐忍忌讳，酿成家庭之不幸，冤哉枉也。

儿　戏

丰子恺

楼下忽然起了一片孩子们暴动的声音。他们的娘高声喊着："两只雄鸡又在斗了，爸爸快来劝解！"我不及放下手中的报纸，连忙跑下楼来。

原来是两个男孩在打架。六岁的元草要夺九岁的华瞻的木片头，华瞻不给，元草哭着用手打他的头；华瞻瞧也哭着，双手擎起木片头，用脚踢元草的腿。

我放下报纸，把身体插入两孩子的中间，用两臂分别抱住了两孩子，对他们说："不许打！为的啥事？大家讲！"元草竭力想摆脱我的手臂而向对方进攻，一面带连哭带嚷地说："他不肯给我木片头！他不肯给我木片头！"似乎这就是他打人的正当理由。华瞻究竟比他大了三岁，最初静伏在我的臂弯里，表示不抵抗而听我调解，后来吃着口申辩："这些木片头原是我的！他要夺，我不给，他就打我！"元草用哭声接着说："他踢我！"华瞻改用直接交涉，对着他说："你先打！"在旁作壁上观的宝姊姊发表意见："轻句还重句，先打吪道理！"背后另一人又发表一种舆论："君子开口，小人动手！"我未及下评判，元草已猛力退出我的手臂，突然向对方袭击。他们的娘看我排解无效，赶过来将元草擒去，抱在怀里，用话骗住他。我也把华瞻抱在怀里，用话抚慰他。两孩子分别占据了两亲的怀里，暴动方始告终。这时候，"五香……豆腐干"的叫声在后门外亲切地响着，把脸上挂着眼泪的两孩子一齐从我们的怀里叫了出去。我拿了报纸重回楼上去的时候，已听到他们复交后的笑谈声了。

但我到了楼上，并不继续看报。因为我看刚才的事件，觉得比看报上的国际纷争直接明了得多。我想：世间人与人的对待，小的时候是个人对个人，大的是团体对团体。个人对待中最小的是 小孩对小孩，团体对待中最大的是国家对国家。在文明的世间，除了最小的和最大的两极端而外，人对人的交涉，总是用口的说话来讲理，而不用身体的武力来相打的。例如要掠夺，也必用巧妙的手段；要侵占，也必立巧妙的名义。所谓“攻击”也只是辩论，所谓“打倒”也只是叫喊，故人对人虽怀怨害之心，相见还是点头握手，敷衍应酬。虽然也有用武力的人，但“君子开口，小人动手”，开化的世间是不通行用武力的。其中唯有最小的和最大的两极端不然。小孩对小孩的交涉，可以不讲理，而通行用武力来相打；国家对国家的交涉，也可以不讲理，而通行用武力来战争。战争就是大规模的相打。可知凡物相反对的两极端相通似，或相等。国际的事如儿戏，或等于儿戏。

忆儿时

丰子恺

我回忆儿时，有三件不能忘却的事。

一

第一件是养蚕。那是我五六岁时、我祖母在世的事。我祖母是一个豪爽而善于享乐的人，良辰佳节不肯轻轻放过。养蚕也每年大规模地举行。其实，我长大后才晓得，祖母的养蚕并非专为图利，叶贵的年头常要蚀本，然而她喜欢这暮春的点缀，故每年大规模地举行。我所喜欢的，最初是蚕落地铺。那时我们的三开间的厅上、地上统是蚕，架着经纬的跳板，以便通行及饲叶。蒋五伯挑了担到地里去采叶，我与诸姊跟了去，去吃桑葚。蚕落地铺的时候，桑葚已很紫很甜了，比杨梅好吃得多。我们吃饱之后，又用一张大叶做一只碗，采了一碗桑葚，跟了蒋五伯回来。蒋五伯饲蚕，我就以走跳板为戏乐，常常失足翻落地铺里，压死许多蚕宝宝，祖母忙喊蒋五伯抱我起来，不许我再走。然而这满屋的跳板，像棋盘街一样，又很低，走起来一点也不怕，真是有趣。这真是一年一度的难得的乐事!所以虽然祖母禁止，我总是每天要去走。

蚕上山之后，全家静默守护，那时不许小孩子们噪了，我暂时感到沉闷。然而过了几天，采茧，做丝，热闹的空气又浓起来了。我们每年照例请牛桥头七娘娘来做丝。蒋五伯每天买枇杷和软糕来给采茧、做丝、烧火的人吃。大家认为现在是辛苦而有希望的时候，应该享受这点心，都不客气地取食。我也无功受禄地天天吃多量的枇杷与软糕，这又是乐事。

七娘娘做丝休息的时候，捧了水烟筒，伸出她左手上的短少半段的小指给我看，对我说：做丝的时候，丝车后面，是万万不可走近去的。她的小指，便是小时候不留心被丝车轴棒轧脱的。她又说："小囝囝不可走近丝车后面去，只管坐在我身旁，吃枇杷，吃软糕。还有做丝做出来的蚕蛹，叫妈妈油炒一炒，真好吃哩！"然而我始终不要吃蚕蛹，大概是我爸爸和诸姊都不要吃的缘故。我所乐的，只是那时候家里的非常的空气。日常固定不动的堂窗、长台、八仙椅子，都收拾去，而变成不常见的丝车、匾、缸。又不断地公然地可以吃小食。

丝做好后，蒋五伯口中唱着"要吃枇杷，来年蚕罢"，收拾丝车，恢复一切陈设，我感到一种兴尽的寂寥。然而对于这种变换，倒也觉得新奇而有趣。

现在我回忆这儿时的事，常常使我神往！祖母、蒋五伯、七娘娘和诸姊，都像童话里、戏剧里的人物了。且在我看来，他们当时这剧的主人公便是我。何等甜美的回忆！只是这剧的题材，现在我仔细想想觉得不好。养蚕做丝，在生计上原是幸福的，然其本身是数万的生灵的杀虐！《西青散记》里面有两句仙人的诗句："自织藕丝衫子嫩，可怜辛苦赦春蚕。"安得人间也发明藕丝的丝车；而尽赦天下的春蚕的性命！我七岁时祖母死了，我家不复养蚕。不久父亲与诸姊弟相死亡，家道衰落了，我的幸福的儿时也过去了。因此这回忆一面使我永远神往，一面又使我永远忏悔

二

第二件不能忘却的事，是父亲的中秋赏月，而赏月之乐的中心，在于吃蟹。

我的父亲中了举人之后，科举就废，他无事在家，每天吃酒，看书。他不要吃羊、牛、猪肉，而喜欢吃鱼、虾之类，而对于蟹，尤其喜欢。自七八月起直到冬天，父亲平日的晚酌规定吃一只蟹，一碗隔壁豆腐店里买来的开

锅热豆腐干。他的晚酌，时间总在黄昏。八仙桌上一盏洋油灯，一把紫砂酒壶，一只盛热豆腐干的碎瓷盖碗，一把水烟筒，一本书，桌子角上一只端坐的老猫，我脑中这印象非常深刻，到现在还可以清楚地浮现出来。我在旁边看，有时他给我一只蟹脚或半块豆腐干。蟹的味道真好。我们五个姊妹兄弟，都喜欢吃，也是为了父亲喜欢吃的缘故。只有母亲与我们相反，喜欢吃肉，而不喜欢又不会吃蟹，吃的时候常常被蟹螯上的刺刺开手指，出血；而且抉剔得很不干净，父亲常常说她是外行。父亲说：吃蟹是风雅的事，吃法也要内行才懂得。先折蟹脚，后开蟹斗……脚上的拳头（即关节）里的肉怎样可以吃干净，脐里的肉怎样可以剔出……脚爪可以当作剔肉的针……蟹螯上的骨头可以拼成一只很好看的蝴蝶……父亲吃蟹真是内行，吃得非常干净。所以陈妈妈说："老爷吃下来的蟹壳，真是蟹壳。"

蟹的储藏所，就在天井角落里的缸里，经常总养着十来只。到了七夕、七月半、中秋、重阳等节候上，缸里的蟹就满了，那时我们都有的吃，而且每人得吃一大只，或一只半。尤其是中秋一天，兴致更浓：在深黄昏，移桌子到隔壁的白场上的月光下面去吃。更深人静，明月底下只有我们一家的人，恰好围成一桌，此外只有一个供差使的红英坐在旁边：大家谈笑，看月亮，他们——父亲和诸姊——直到月落时光，我则半途睡去，与父亲和诸姊不分而散。

这原是为了父亲嗜蟹，以吃蟹为中心而举行的：故这种夜宴，不仅限于中秋，有蟹的季节里的月夜，端也要举行数次。不过不是良辰佳节，我们少吃一点，有时两人分吃一只。我们都学父亲，剥得很精细，剥出来的肉不是立刻吃的.都积受在蟹斗里，剥完之后，放一点姜醋，拌一拌，就作为下饭的菜。此外没有别的菜了。因为父亲吃菜是很省的，而且他说蟹是至味，吃蟹时混吃别的菜肴，是乏味的。我们也学他，半蟹斗的蟹肉，过两碗饭还有余，就可得父亲的称赞，又可以白口吃下余多的蟹肉，所以大家都勉励节省。现在回想那时候，半条蟹腿肉要过两大口饭，这滋味真好！自父亲死了以后，我不曾再尝这种好滋味。现在，我已经自己做父亲，况且已经茹素，当然永远不会再尝这滋味了。唉！儿时欢乐，何等使我神往！然而这一剧的题材，仍是生灵的杀虐！因此这回忆一面使我永远神往，一面又使我永远忏悔。

三

第三件不能忘却的事，是与隔壁家豆腐店王团团的郊游，而这郊游的中心，在于钓鱼。

那是我十二三岁时的事。隔壁豆腐店里的王团团是当时我的小伴侣中的大阿哥。他是独子，他的母亲、祖母和大伯，都很疼爱他，给他很多的钱和玩具，而且每天放任他在外游玩。他家与我家贴邻而居。我家的人们每天赴市，必须经过他家的豆腐店的门口，两家的人们朝夕相见，互相来往。小孩们也朝夕相见，互相来往。此外他家对于我家似乎还有一种邻人以上的深切的交谊，故他家的人对于我特别要好，他的祖母常常拿自产的豆腐干、豆腐衣等来送给我父亲下酒。同时在小伴侣中，王团团也特别和我要好。他的年纪比我大，气力比我好，生活比我丰富，我们一起游玩的时候，他时时引导我，照顾我，犹似长兄对于幼弟。我们有时就在我家的染坊店里的榻上玩耍，有时相偕出游。他的祖母每次看见我俩一同玩耍，必叮嘱团团好看待我，勿要相骂。我听人说，他家似乎曾经患难，而我父亲曾经帮他们忙，所以他家大人们吩咐王团团照应我。

我起初不会钓鱼，是王团团教我的：他叫他大伯买两副钓竿，一副送我，一副他自己用。他到米桶里去捉许多米虫，浸在盛水的罐头里，领了我到木场桥头去钓鱼。他教给我看一捉起一个米虫来，把钓钩由虫尾穿进，直穿到头部。然后放下水去。他又说：“浮珠一动，你要立刻拉，那么钩子钩住鱼的颚，鱼就逃不脱。”我照他所教的试验，果然第一天钓了十几头白条，然而都是他帮我拉钓竿的。

第二天，他手里拿了半罐头扑杀的苍蝇，又来约我去钓鱼。途中他对我说；“不一定是米虫，用苍蝇钓鱼更好。鱼喜欢吃苍蝇！”这一天我们钓了一小桶各种的鱼。回家的时候，他把鱼桶送到我家里，说他不要。我母亲就叫红英去灶煎一煎，给我下晚饭。

自此以后，我只管欢喜钓鱼。不一定要王团团陪去，自己一人也去钓，又学得了掘蚯蚓来钓鱼的方法。而且钓来的鱼，不仅够自己下晚饭，还可送给店里的人吃，或给猫吃。我记得这时候我的热心钓鱼，不仅出于游戏欲，又有几分功利的兴味在内。有三四个夏季，我热心于钓鱼，给母亲省了不少的菜蔬钱。

后来我长大了,赴他乡入学,不复有钓鱼的工夫。但在书中常常读到赞咏钓鱼的文句,例如什么"独钓寒江雪",什么"渔樵度此身",才知道钓鱼原来是很风雅的事。后来又晓得有所谓"游钓之地"的美名称,是形容人的故乡的。我大受其煽惑,为之大发牢骚。我想"钓鱼确是雅的,我的故乡,确是我的游钓之地,确是可怀的故乡"。但是现在想想。不幸而这题材也是生灵的杀虐!

我的黄金时代很短,可怀念的又只有这三件事:不幸而都是杀生取乐,都使我永远忏悔

东京某晚的事

丰子恺

我在东京某晚遇见一件很小的事,然而这件事我永远不能忘记,并且常常使我憧憬。

有一个夏夜,初黄昏时分,我们同住在一个"下宿"里的四五个中国人相约到神保町去散步。东京的夏夜很凉快。大家带着愉快的心情出门,穿和服的几个人更是风袂飘飘,徜徉徘徊,态度十分安闲。

一面闲谈,一面踱步,踱到了十字路口的时候,忽然横路里转出一个伛偻的老太婆来。她两手搬着一块大东西,大概是铺在地上的席子,或者是纸窗的架子吧,鞠躬似的转出大路来。她和我们同走一条大路,因为走得慢,跟在我们后面。

我走在最先。忽然听得后面起了一种与我们的闲谈调子不同的日本语声音,意思却听不清楚。我回头看时,原来是老太婆在向我们队里的最后的某君讲什么话。我只看见某君对那老太婆一看,立刻回转头来,露出一颗闪亮的金牙齿,一面摇头,一面笑着说:

"Iyada,iyada!(不高兴,不高兴!)"

似乎趋避后面的什么东西,大家向前挤挨一阵,走在最先的我被他们一推,跨了几脚紧步。不久,似乎已经到了安全地带,大家稍稍恢复原来的

速度的时候,我方才探问刚才所发生的事情。

原来这老太婆对某君说话,是因为她搬那块大东西搬得很吃力,想我们中间哪一个帮她搬一会。她的话是:

“你们哪一位替我搬一搬,好不好?”

某君大概是因为带了轻松愉快的心情出来散步,实在不愿意替她搬运重物,所以回报她两个“不高兴”。然而说过之后,在她近旁徜徉,看她吃苦,心里大概又觉得过意不去,所以趋避似的快跑几步,务使吃苦的人不在自己眼睛面前。我探问情由的时候,我们已经离开那老太婆十来丈路,颜面已经看不清楚,声音也已听不到了。然而大家的脚步还是有些紧,不像初出门时那么从容安闲。虽然不说话,但各人一致的脚步,分明表示大家都有这样的感觉。

我每次回想起这件事,总觉得很有意味。我从来不曾从素不相识的路人受到这样唐突的要求。那老太婆的话,似乎应该用在家庭里或学校里,绝不是在路上可以听到的。这是关系深切而亲爱的小团体中的人们之间所用的话,不适用于“社会”或“世界”的大团体中的所谓“陌路人”之间。这老太婆误把陌路当作家庭了。

这老太婆原是悖事的,唐突的。然而我却在想象:假如真能像这老太婆所希望,有这样的一个世界:天下如一家,人们如家族,互相亲爱,互相帮助,共乐其生活,那时陌路就变成家庭,这老太婆就并不悖事,并不唐突了。这是多么可憧憬的世界!

丰子恺画羊

丰子恺先生是一个大文学家,也是一个大漫画家。可是,有一次,他画羊却出了洋相。

丰先生的故乡是在浙江省桐乡市的石门镇。石门人都喜欢吃羊肉,因此那里的乡下几乎家家户户都养湖羊。一个小小的石门镇,竟然长年开着十来家羊肉馆。丰先生也喜欢吃羊肉,因此,他也是这些羊肉馆的常客。常吃羊肉,自然就对湖羊产生了好感。

有一天,丰先生忽然灵感来了,研墨挥毫画就了一幅题为《卖羊》的漫画:一个农人牵着两只湖羊,到羊肉馆来卖给老板。画好后,丰先生觉得很满意,就带上漫画来到羊肉馆,想让老板和顾客们也欣赏一番。谁知道,一位农民顾客看了却连连摇头发笑。丰先生觉得纳闷儿,就上前虚心地请教他因何而摇头发笑。那农民说,多画了一条绳子。丰先生听了,回过头来又仔细看看自己的画,觉得想不通:两条绳子牵两只羊,哪里多了绳子?这时,那个农民站起来认真地告诉他,牵羊只需牵头羊,不管多少只,只要一条绳子就够了。

此时,丰先生才恍然大悟。家族,互相亲爱,互相帮助,共乐其生活,那时陌路就变成家庭,这老太婆就并不悖事,并不唐突了。这是多么可憧憬的世界!

邹韬奋（1895～1944），名恩润，原籍江西余江，生于福建永安。近代中国著名记者和出版家。主要作品有新闻报道集《萍踪寄语》、《萍踪忆语》，论文集《再厉集》、《对反民主的抗争》等。

邹韬奋逝世后，党中央给予他很高的评价。1944年9月28日，党中央给韬奋家属的唁电中说："韬奋先生二十余年为救国运动，为民主政治，为文化事业，奋斗不息，虽坐监流亡，决不屈于强暴，决不改变主张，直至最后一息，犹殷殷以祖国人民为念，其精神将长在人间，其著作将永垂不朽"。

1956年上海市政府出资修复邹韬奋的故居，并在隔壁建立了韬奋纪念馆。2009年邹韬奋被评为100位为中华人民共和国成立作出突出贡献的英雄模范之一。

我的母亲

邹韬奋

说起我的母亲，我只知道她是"浙江海宁查氏"，至今不知道她有什么名字!这件小事也可表示今昔时代的不同。现在的女子未出嫁的固然很"勇敢"地公开着她的名字，就是出嫁了的，也一样地公开着她的名字。不久以前，出嫁后的女子还大多数要在自己的姓上面加上丈夫的；通常人们的姓名只有三个字，嫁后女子的姓名往往有四个字。在我年幼的时候，知道担任商务印书馆出版的《妇女杂志》笔政的朱胡彬夏，在当时算是有革命性的"前进的"女子了，她反抗了家里替她订的旧式婚姻，以致她的顽固的叔父宣言要用手枪打死她，但是她却仍在"胡"字上面加着一个"朱"字!近来的女子就有很多在嫁后仍只用自己的姓名，不加不减。这意义表示女子渐渐地有着她们自己的独立的地位，不是属于任何人所有了。但是在我的母亲的时代，不但不能学"朱胡彬夏"的用法，简直根本就好像没有名字!我说"好像"，因为那时的女子也未尝没有名字，但在实际上似乎就用不着。像我的

母亲，我听见她的娘家的人们叫她做“十六小姐”，男家大家族里的人们叫她做“十四少奶”，后来我的父亲做了官，人们便叫她做“太太”，她始终没有用她自己名字的机会!我觉得这种情形也可以暗示妇女在封建社会里所处的地位。

我的母亲在我十三岁的时候就去世了。我生的那一年是在九月里生的，她死的那一年是在五月里死的，所以我们母子两人在实际上相聚的时候只有十一年零九个月。我在这篇文里对于母亲的零星追忆，只是这十一年里的前尘影事。

我现在所能记得的最初对于母亲的印象，大约是在两三岁时候。我记得有一天夜里，我独自一人睡在床上。由梦里醒来，朦胧中睁开眼睛，模糊中看见由垂着的帐门射进来的微微的灯光。在这微微的灯光里瞥见一个青年妇人拉开帐门，微笑着把我抱起来。她嘴里叫我什么，并对我说了什么。现在都记不清了，只记得她把我负在她的背上，跑到一个灯光灿烂人影憧憧往来的大客厅里，走来走去“巡阅”着。大概是元宵吧，这大客厅里除有不少成人谈笑着外，有二三十个孩童提着各色各样的纸灯，里面燃着蜡烛，三五成群地跑着玩；我此时伏在母亲的背上，半醒半睡似的微张着眼看这个，望那个。那时我的父亲还在和祖父同住，过着“少爷”的生活。父亲有十来个弟兄，有好几个都结了婚，所以这大家庭里有着这么多孩子，母亲也做了这大家族里的一分子。她十五岁就出嫁，十六岁那年养我，这个时候才十七八岁。我由现在追想当时伏在她的背上睡眼惺忪所见着的她的容态，还感觉到她的活泼的欢悦的柔和的青春的美。我生平所见过的女子，我的母亲是最美的一个，就是当时伏在母亲背上的我，也能觉到那个大客厅里许多妇女里面，没有一个及得上母亲的可爱。我现在想来，大概在我睡在房里的时候，母亲看见许多孩子玩灯热闹，便想起了我，也许蹑手蹑脚到我床前看了好几次，见我醒了，便负我出去一饱眼福。这是我对母爱最初的感觉，虽则在当时的幼稚脑袋里当然不知道什么叫作母爱。

后来祖父年老告退，父亲自己带着家眷在福州做候补官。我当时大概有了五六岁，比我小两岁的二弟已生了。家里除父亲母亲和这个小弟弟外，只有母亲由娘家带来的一个青年女仆，名叫妹仔。“做官”似乎怪好听，但是当时父亲赤手空拳出来做官，家里一贫如洗。我还记得，父亲一天到晚不在家里，大概是到“官场”里“应酬”去了。家里没有米下锅，妹仔替我们到附近施米给穷人的一个大庙里去领“仓米”，要先在庙前人山人海里面拥挤着领到竹签，然后拿着竹签再从挤得水泄不通的人群中，带着粗布袋挤到里面去领米。母亲在家里横抱着哭涕着的二弟踱来踱去，我在旁坐在一只小椅上呆呆地望着母亲，当时不知道这就是穷的景象，只诧异着母亲的脸何以那样苍白，她那样静寂无语地好像有着满腔无处诉的心事。妹仔和母亲非常亲热，她们竟好像母女，共患难，直到母亲病得将死的时候，她还是不肯离开她，以孝女自居，寝食俱废地照顾着母亲。

母亲喜欢看小说，那些旧小说，她常常把所看的内容讲给妹仔听。她讲得娓娓动听，妹仔听着忽而笑容满面，忽而愁眉双锁。章回的长篇小说一下讲不完，妹仔就很不耐地等着母亲再看下去，看后再讲给她听。往往讲到孤女患难，或义妇含冤的凄惨的情形，她两人便都热泪盈眶，泪珠尽往颊上涌流着。那时的我立在旁边瞧着，莫名其妙，心里不明白她们为什么那样无缘无故地挥泪痛哭一顿，和在上面看到穷的景象一样地不明白其所以然。现在想来，才感到母亲的情感的丰富，并觉得她的讲故事能那样地感动着妹仔。如果母亲生在现在，有机会把自己造成一个教员，必可成为一个循循善诱的良师。

我六岁的时候，由父亲自己为我“发蒙”，读的是《三字经》，第二天上的课是“人之初，性本善；性相近，习相远”。有点儿莫名其妙!一个人坐在一个客厅的炕床上“朗诵”了半天，苦不堪言!母亲觉得非请一位“西席”老夫子，总教不好，所以家里虽一贫如洗，情愿节衣缩食，把省下的钱请一位老夫子。说来可笑，第一个请来的这位老夫子，每月束修只须四块大洋(当然供膳宿)，虽则这四块大洋，在母亲已是一件很费筹措的事情—我到十岁的时候，读的是“孟子见梁惠王”，教师的每月束脩已加到十二元，算增加了三倍。到年底的时候，父亲要“清算”我平日的功课，在夜里亲自听我背书，很严厉，桌上放着一根两指阔的竹板。我的背向着他立着背书，背不出的时候，他提一个字，就叫我回转身来把手掌展放在桌上，他拿起这根竹板很重地打下来。我吃了这一下苦头，痛是血肉的身体所无法避免的感觉，当然失声地哭了，但是还要忍住哭，回过身去再背，不幸又有一处中断，背不下去，经他再提一字，再打一下，呜咽咽地背着那位前世冤家的“见梁惠王”的

“孟子”!我自己呜咽着背，同时听得见坐在旁边缝纫着的母亲也唏唏嘘嘘地泪如泉涌地哭着。我心里知她见我被打，她也觉得好像刺心的痛苦，和我表着十二分的同情，但她却时时从呜咽着的断断续续的声音里勉强说着“打得好”!她的饮泣吞声，为的是爱她的儿子；勉强硬着头皮说声“打得好”，为的是希望她的儿子上进。在现在看来，这样的教育方法真是野蛮之至!但是我不敢怪我的母亲，因为那个时候就只有这样野蛮的教育法；如今想起母亲见我被打，陪着我一同哭，那样的母爱，仍然使我感念着我的慈爱的母亲。

背完了半本“梁惠王”，右手掌打得发肿有半寸高，偷向灯光中一照，通亮，好像满肚子装着已成熟的丝的蚕身一样。母亲含着泪抱我上床，轻轻把被窝盖上，向我额上吻了几吻。

当我八岁的时候，二弟六岁，还有一个妹妹三岁：三个人的衣服鞋袜，没有一件不是母亲自己做的。她还时常收到一些外面的女红来做，所以很忙。我在七八岁时，看见母亲那样辛苦，心里已知道感觉不安。记得有一个夏天的深夜，我忽然从睡梦中醒了起来，因为我的床背就紧接着母亲的床背，所以从帐里望得见母亲独自一人在灯下做鞋底，我心里又想起母亲的劳苦，辗转反侧睡不着，很想起来陪陪母亲。但是小孩子深夜不好好地睡，是要受到大人的责备的，就说是要起来陪陪母亲，一定也要被申斥几句，万不会被准许的(这至少是当时我的心理)，于是想出一个借口来试试看，便叫声母亲，说太热睡不着，要起来坐一会儿。出乎我意料的，母亲居然许我起来坐在她的身边。我眼巴巴地望着她额上的汗珠往下流，手上一针不停地做着布鞋——做给我穿的。这时万籁俱寂，只听到滴答的钟声，和可以微闻到的母亲的呼吸。我心里暗自想念着，为着我要穿鞋，累母亲深夜工作不休，心上感到说不出的歉疚，又感到坐着陪陪母亲，似乎可以减轻些心里的不安成分。当时一肚子里充满着这些心事，却不敢对母亲说出一句。才坐了一会儿，又被母亲赶上床去睡觉，她说小孩子不好好睡，起来干什么!现在我的母亲不在了，她始终不知道她这个小儿子心里有过这样的一段不敢说出的心理状态。

母亲死的时候才二十九岁，留下了三男三女。在临终的那一夜，她神志非常清楚，忍泪叫着一个一个子女嘱咐一番。她临去最舍不得的就是她这一群的子女。

我的母亲只是一个平凡的母亲,但是我觉得她的可爱的性格,她的努力的精神,她的能干的才具,都埋没在封建社会的一个家族里,都葬送在没有什么意义的事务上,否则她一定可以成为社会上一个更有贡献的分子。我也觉得,像我的母亲这样被埋没葬送掉的女子不知有多少!

邹韬奋读书层次法

邹韬奋敏捷的文思,渊博的知识,与他善于读书是分不开的。他在谈到自己的读书经验时说:"特别为自己所喜欢的,便在题目上做个记号,再看第二次,尤其喜欢的,再看第三次,最喜欢的,一遇着偷闲的时候就常常看。"

这是一条切实可行的读书方法。我们可以仿效邹韬奋的办法,分层次阅读。

第一个层次是泛读,像鲁迅那样拿起书来随便翻翻,注意浏览,通过浏览发现有必要重读的书或某些章节。

第二个层次是略读,将泛读时选出来的书,粗略地读一遍,通过略读发现有必要反复研读的书或某些章节。

第三个层次是精读,将略读时选出来的书或章节,细细地咀嚼品味,吸收书中的营养。这样分层次读书,一层一层地筛选,就可以保证所读的书既博又精,既有广度又有深度,并且保证了科学地运用读书的时间和精力。

名家简介

林语堂(1895～1976),原名林和乐,福建龙溪人。现代作家、教授。主要作品有《翦拂集》、《吾国吾民》和长篇小说《京华烟云》等

阿　方

林语堂

我的书童倒的确是个“童子”,这不但由于等第的关系,也由于生理上的意义。他还是一个童子,然而却是一个能干的童子。我把他从一家烟火店里领出来的时候,他还只十五六岁。在他十八岁时,他的声音的变化使我想起那些在早晨学啼的雄鸡。可是在精神上他依旧是个孩子,他的稚气和他的才能形成了一种破坏家庭纪律的混合物,而我想树立起主人的尊严的企图也因此挫折了。

他很干练,我几乎不能没有他。可是在我的仆役中他却是一个最捣乱、最易健忘、而最不认真的人,在一星期中他打碎了全体仆役半年内打碎的碗、茶杯、酒杯的数目。他在厨房中很受人的重视,而且我们也因为他的才能不由得对他有些赞赏。这也许因为他当仆役有些可惜。从他斥责半夜里打来的电话的态度上,我相信他是可以成为一个富家少爷的。他并不读英文,可是他能读(他已有许多事情使我惊异不已),所以我只叫他阿方,因为这并不是他的名字。

我要说明一下,我究竟为了什么放任阿方破坏家庭纪律,让他去干我不许旁的仆人干的事情。在他来我家之前,那些修理电铃电灯保险丝、整理抽水马桶的机件、悬挂画镜等事务都要我亲自动手的。自他来了以后,我都让他去弄了,我便可安心地读一下柏拉图的《共和国》,不会再被人喊去装修抽水马桶了。我可安心地写作,不会再听到厨房里喊出:“啊哟,自来水龙头漏了。”叫我去修了。我所得到的很足以够得上阿方手下的损失。

他的天才就在于能立刻想法修补各种机件,还在于能想出故事讲给孩子们听,让他们留在园子里不来打扰我。

我对他垂爱由于一次偶然的事情。自他第一天到我家后,他便注意到我的打字机。我每天还未起床的时候,他便要花二个钟点来打扫我的卧室,可是我知道他是在窃看着那架他生来首次见到的奇特的机器。在这时刻常会有异声从卧室里传来,打字机终于有一天不动了。我花了整整两小时还修理不好,我斥责他的瞎撞,他也并不作答。下午我出去了,可是当我回家时,他安静地对我说:“少爷,机器修好了。”此后,我对他便另眼看待了。

有很多地方我是非他不可的。他能听电话,还能用英语、官话、上海话、安徽话或是厦门话同对方相骂。厦门话外省人是都没有勇气学习或没有运气学成的。我奇怪他如何学得这些英语短句,而读音又是那么的正确。这简直有什么神秘的东西存在于他本身和造物之间。他说“等一等”时,便说“Wait-er-mint”,不像一般中国大学生那样念成“Wai—t—a—meenyoo—t”。我叫他去念夜校,并且允许供给他三分之二的学费,可是他不要。我知道他不喜欢上学。

这也部分地说明了我对他宽容的原因。但他给我做了什么呢?我要他去买一罐擦铜油,他去了一个钟头,回来时替自己买了一双新鞋,给我孩子带来了一只蚱蜢,没有擦铜油。他天赋地不分工作和嬉戏。他收拾寝室会花去三个钟点,因为他会做工半停下来假装去收拾一下鸟笼,这又得花去一个钟点,或是跑下楼去跟新来的洗衣女仆厮混一会。“阿方,你十八岁了还不好好做事。”妻这样说。可是又有什么用呢?他打碎了碟子,烧毁了簇新的刀,把盘子丢在地上,让畚箕扫帚横在客室的中央,自己却跑出去捉蚱蜢去了。简直没有一套瓷器是完整的。当他急忙忙地端送我的早餐时,从厨房里传出的声音是:——砰——砰——哗啦。他从厨子那里接来了替我预备早餐的工作,据我猜想,是为了他高兴烧煎蛋。厨子也允许了他。

厨子是一个二十六岁的寡妇,和你在别处见到的一样愚蠢丑陋。人有时会被这种人的温柔真挚而感动的。我还记得如喊阿方名字时的声调。在一个夏天,我半夜里因天气闷热而醒来,听到他房里有私语声。他刚从庭中走入房中,那厨子也跟着他过去了!他们在私语着!我听得很清楚。可是接着便寂静又声。她已走入房中替他整理床铺了。这仅是近乎母爱的接触。

后来又新来了一个洗衣的婢女,厨房中的生活又将有什么变化!新来的婢女年纪二十一岁,愉快活泼,而她也喜欢阿方,厨房中的调笑声不断产生着,工作弄得更糟了。笑声继续增大着,阿方变成更无心工作了,收拾一间房子要花更多更长的时间。阿方甚至每天早晨替我擦鞋的事也忘了。我对他说了一次,二次,三次,没有效验。最后我威吓他如果明天再忘记把鞋擦好,并在六时半左右放在我寝室门前,我便要把他辞了。我发了大怒,整天没跟他说话,我企图恢复家庭中的纪律。主人的话必须遵守的。那天晚上临睡前,我又在那孩子、厨子和新来婢女面前重申了一次解雇的威胁。大家都好像吓坏了,厨子和新来婢女更是厉害。我相信他以后会遵守我的话了。

第二天早晨,我六时醒来,耐心地等候着看我命令的效验。在六时二十分时,那新来的婢女把鞋子送了来,不是那男孩。我觉得我被骗了。

“我是要阿方拿的,怎么你拿来了呢?”我问:“嗄,我正要上楼来,我顺便把它带了上来。”那婢女回答,甜蜜而且温柔。

“那他为什么不拿上来呢?是他叫你拿来的呢?还是你自己要拿来?”

“不,不,他没有要我拿,我自己拿来的。”

我知道她是在说谎。阿方还睡着,可是她机敏地替阿方遮掩,倒多少打动了我的心弦。所以我便让我的纪律败坏下去,我也不想知道厨房里在做些什么了。

胡适(1891～1962),字适之,安徽绩溪人,现代学者。中华人民共和国成立前曾任过北京大学教授和校长。著作有《中国哲学史大纲》(上卷)、《白话文学史》(上卷)和《胡适文存》等。

我的母亲

胡 适

每天天刚亮时,我母亲便把我喊醒,叫我披衣坐起。我从不知道她醒来坐了多久了。她看我清醒了,便对我说昨天我做错了什么事,说错了什么话,要我认错,要我用功读书。有时候她对我说父亲的种种好处,她说:"你总要踏上你老子的脚步。我一生只晓得这一个完全的人,你要学他,不要跌他的股。"(跌股便是丢脸出丑)她说到伤心处,往往掉下泪来。到天大明时,她才把我的衣服穿好,催我去上早学。学堂门上的锁匙放在先生家里;我先到学堂门口一望,便跑到先生家里去敲门。先生家里有人把锁匙从门缝里递出来,我拿了跑回去,开了门,坐下念书,十天之中,总有八九天我是第一个去开学堂门的。等到先生来了,我背了书,才回家吃早饭。

我母亲管束我最严,她是慈母兼任严父。但她从来不在别人面前骂我一句,打我一下。我做错了事,她只对我一望,我看见了她的严厉眼光,便吓住了。犯的事小,她等到第二天早晨我睡醒时才教训我。犯的事大,她等到晚上人静时,关了房门,先责备我,然后行罚,或罚跪,或拧我的肉。无论怎样重罚,总不许我哭出声音来。她教训儿子不是借此出气叫别人听的。

有一个初秋的傍晚,我吃了晚饭,在门口玩,身上只穿着一件单背心。这时候我母亲的妹子玉英姨母在我家住,她怕我冷了,拿了一件小衫出来叫我穿上。我不肯穿,她说:"穿上吧,凉了。"我随口回答:"娘(凉)什么!老子都不老子呀。”我刚说了这句话，一抬头，看见母亲从家里走出，我赶快把小衫穿上：但她已听见这句轻薄的话了。晚上人静后，她罚我跪下，重重地责罚了一顿。她说“你没了老子，是多么得意的事!好用来说嘴!”她气得坐着发抖，也不许我上床去睡。这是我的严师，我的慈母。

我母亲待人最仁慈，最温和，从来没有一句伤人感情的话；但她有时候也很有刚气，不受一点人格上的侮辱。我家五叔是个无正业的浪人，有一天在烟馆里发牢骚，说我母亲家中有事总请某人帮忙，大概总有什么好处给他。这句话传到了我母亲耳朵里，她气得大哭，请了几位本家来，把五叔喊来，她当面质问他，她给了某人什么好处。直到五叔当众认错赔罪，她才罢休。

我在我母亲的教训之下住了九年，受了她的极大极深的影响。我十四岁(其实只有十二岁零两三个月)便离开她了，在这广漠的人海里独自混了二十多年，没有一个人管束过我。如果我学得了一丝一毫的好脾气，如果我学得了一点点待人接物的和气，如果我能宽恕人，体谅人——我都得感谢我的慈母。

名家简介

夏丏尊(1886～1946)原名夏铸,1912年改名丏尊,浙江上虞人。1919年与刘大白、陈望道等倡导新的语文教育,支持五四新文化运动。1921年加入文学研究会,先后介绍过不少外国文学作品,其中以1923年译意大利亚米契斯的《爱的教育》和1925年译日本田山花袋的《绵被》最著名。他的散文集《平屋杂文》,于平淡、质朴中含浓郁的情致。

抗战期间,参加救亡工作。日本占领海租界后,辞去公职,闭门译书。曾遭日本宪兵司令部拘捕,经友人内山完造营救出狱,身心受到摧残,1946年病逝。

鲁迅翁杂忆

夏丏尊

我认识鲁迅翁,还在他没有鲁迅的笔名以前。我和他在杭州两级师范学校相识,晨夕相共者好几年,时候是前清宣统年间。

那时他名叫周树人,字豫才,学校里大家叫他周先生。那时两级师范学校有许多功课是聘用日本人为教师的,教师所编的讲义要人翻译一遍,上课的时候也要有人在旁边翻译。我和周先生在那里所担任的就是这翻译的职务。我担任教育学科方面的翻译,周先生担任生物学科方面的翻译。此时,他还兼任着几点钟的生理卫生的教课。

翻译的职务是劳苦而且难以表现自己的,除了用文字语言传达他人的意思以外,并无任何可以显出才能的地方。周先生在学校里却很受学生尊敬,他所译的讲义就很被人称赞。那时白话文尚未流行,古文的风气尚盛,周先生对于古文的造诣,在当时出版不久的《域外小说集》里已经显出。以那样的精美的文字来译动物植物的讲义,在现在看来似乎是浪费,可是在三十年前重视文章的时代,是很受欢迎的。

周先生教生理卫生,曾有一次答应了学生的要求,加讲生殖系统。这

事在今日学校里似乎也成问题,何况在三十年以前的前清时代。全校师生们都为惊讶,他却坦然地去教了。他只对学生提出一个条件,就是在他讲的时候不许笑。他曾向我们说:“在这些时候不许笑是个重要条件。因为讲的人的态度是严肃的,如果有人笑,严肃的空气就破坏了。”大家都佩服他的卓见。据说那回教授的情形果然很好。别班的学生因为没有听到,纷纷向他来讨油印讲义看,他指着剩余的油印讲义对他们说:“恐防你们看不懂的,要么,就拿去。”原来他的讲义写得很简,而且还故意用着许多古语,用“也”字表示女阴,用“了”字表示男阴,用“不”字表示精子,诸如此类,在无文字学素养未曾亲听过讲的人看来,好比一部天书了。这是当时的一段珍闻。

周先生那时虽尚年青,丰采和晚年所见者差不多。衣服是向不讲究的,一件廉价的羽纱——当年叫洋官纱——长衫,从端午前就着起,一直要着到重阳。一年之中,足足有半年看见他着洋官纱,这洋官纱在我记忆里很深。民国十五年初秋他从北京到厦门教书去,路过上海,上海的朋友们请他吃饭。他着的依旧是洋官纱。我对了这二十年不见的老朋友,握手以后,不禁提出“洋官纱”的话来。“依旧是洋官纱吗?”我笑说。“呃,还是洋官纱!”他苦笑着回答我。

周先生的吸卷烟是那时已有名的。据我所知,他平日吸的都是廉价卷烟,这几年来,我在内山书店时常碰到他,见他所吸的总是金牌、品海牌一类的卷烟。他在杭州的时候,所吸的记得是强盗牌。那时他晚上总睡得很迟,强盗牌香烟,条头糕,这两件是他每夜必须的粮。服侍他的斋夫叫陈福。陈福对于他的任务,有一件就是每晚摇寝铃以前替他买好强盗牌香烟和条头糕。我每夜到他那里去闲谈,到摇寝铃的时候,总见陈福拿进强盗牌和条头糕来,星期六的夜里备得更富足。

周先生每夜看书,是同事中最会熬夜的一个。他那时不做小说,文学书是喜欢读的。我那时初读小说,读的以日本人的东西为多,他赠了我一部《域外小说集》,使我眼界为之一广。我在二十岁以前曾也读过西洋小说的译本,如小仲马、狄更斯诸家的作品,都是从林琴南的译本读到过的。《域外小说集》里所收的是比较近代的作品,而且都是短篇,翻译的态度,文章的风格,都和我以前所读过的不同。这在我是一种新鲜味。自此以后,我在读日本人的东西以外，又搜罗了许多日本人所译的欧美作品来读，知道的方面比较多起来了。他从五四以来，在文字上，思想上，大大地尽过启蒙的努力。我可以说是在三十年前就受他启蒙的一个人，至少在小说的阅读方面。

周先生曾学过医学，当时一般人对于医学的见解，还没有现在的明了，尤其关于尸体解剖等类的话，是很新奇的。闲谈的时候，常有人提到这尸体解剖的题目，请他讲讲“海外奇谈”。他都一一说给他们听。据他说，他曾经解剖过不少的尸体，有老年的，壮年的，男的，女的。依他的经验，最初也曾感到不安，后来就不觉得什么了，不过对于青年的妇人和小孩的尸体，当开始去破坏的时候，常会感到一种可怜不忍的心情。尤其是小孩的尸体，更觉得不好下手，非鼓起了勇气，拿不起解剖刀来。我曾在这些谈话上领略到他的人间味。

周先生很严肃，平时是不大露笑容的，他的笑必在诙谐的的候。他对于官吏似乎特别憎恶，常摹拟官场的习气，引人发笑，现在大家知道的“今天天气……哈哈”一类的摹拟谐谑，那的从他口头已常听到。他在学校里是一个幽默者。

名家简介

臧克家(1905～2004),山东诸城人,中国现代诗人。主要作品有诗集《烙印》、《罪恶的黑手》、《运河》、《从军行》、《一颗新星》、《春风集》等。

老哥哥

臧克家

秋是怀人的季候。深宵里,床头上叫着蟋蟀,凉风吹一缕月光穿过纸窗来。在这没法合紧眼的当儿,一个老态龙钟的老人的影像便蒙咙在我眼前了。可以说,我的心无论什么时候都给老哥哥牵着的。在青岛住过了五年,可是,除了友情没有什么使我在回忆里怅惘的,有,那便是老哥哥了。青岛离家很近,起早也不过天把的路程呢,记得在中山路左角一家破旧的低级的交易场中,常常可以得到老哥哥的消息。前来的乡人多半是贩卖鸡子,回头带一点洋货,老哥哥的孙子也每年无定时地来跑几趟,他来我总能够知道,临走,我提一个大包亲自跑到嘈杂的交易所里,从人丛中忙乱唤他出来,交到他的手里。

"这是带给老哥哥的一点礼物。"

"这还使得呢!"口在推让着,小包却早已接去了。我知道这礼物不比鸿毛有分量,然而一想老哥哥用残破的牙齿咀嚼着饼干时的微笑,自己的心又是酸又是甜的。

老哥哥离开我家,算来已经足足十年了。在这个长的期间里找是一只乱飞的鸟,也偶尔地投奔一下故乡的园林。照例,在未到家之前,心先来一阵怕,怕人家说我变了,更怕有些人我已不认识,有些人已见不到了。到了家,一个腚还没好,就开始问短问长了。心急急地想探一下老哥哥的消息,可是口却有些不敢张开,早晚用话头的偏锋敲出了老哥哥健在的消息,心这才放下了。

前年旧年是在家里过的。正月的日子是无底幽闲，便把老哥哥约到我家来了。见了面我还没来得及看清楚他，他却大声喊着说“你瘦了!小时候那样的又胖又白!”从他刚劲的声音里，我听出了他的康健。

“老哥哥，你拖在背上的小辫也秃光了。”他没有听见，便在我的扶持下爬到我的炕头上了。我们开始了短短长长的谈话，话头随意乱摆是没有一定的方向的。他的耳朵重听，说话的声音很高，好似他觉得别人的听觉也和他一样似的。用手势，用高腔，好不容易把一句话传进他的耳朵里去。他说，他常常挂念着我。他的身子虽然在家里，可是心还在我的家呢。语丝还缠在嘴角上，可是他已经虎虎地打起鼾声来，我心里悲伤地说：“老哥哥真老了!”听他喉咙中，呼吸像拉风箱，一霎又咳嗽醒了，楞挣起来，吐一口黄痰。他自己仿佛有点不好意思，要我扶他趋搭的到耳房里去；在那儿也许他觉得舒心一点。五十个年头，身下的土炕会印上个血的影子吧?于今用了一把残骨，他又重温别过十年的旧梦去了。

傍晚了。我留他住一宿，他一面摇头高声说：“老了，夜里还得人服侍，日后再见吧!”我用眼泪留他，他像没有看见，起来紧了紧腰踉跄着向外面移步了。我扶着他，走下了西城，老哥哥的村庄已在炊烟中显出影子来了。我回步的时候晚霞正灼在西天，回头望老哥哥，已经有些模糊了。在冷风里只一个黑影在闪。

“日后再见吧!”我一边走着一边回味着老哥哥这句话。但是一个熟透了的果子，谁料定它那刹会自落呢?

回到家来，更念念着老哥哥了。真是老哥哥!老哥哥他来到我家时曾祖父还不过十几岁呢。祖父是在他背上长大的，父亲是在他背上长大的，我呢，还是。他是曾祖父的老哥哥，他是祖父和父亲的老哥哥，他是我的老哥哥。

听老人们讲，他到我家来时不过才二十岁呢。身子铜帮铁底的，一个人可以单拱八百斤重的小车，可是在我记事的时候，他已是六十多岁的暮气人了。那时他的活是赶集，喂牲口，农忙了担着饭往坡里送；晒场的时节，有时拿一张木叉翻一翻。扬场，他也拾起张锨来扬他几下，别人一面扬一面称赞他说：“好手艺，扬出个花来，果真老将出马，一个赶俩。”

从我记事以来，祖父没曾叫过他一声老哥哥!都是直呼他老李。曾祖父

也是一样。曾祖父的脾气很暴，好骂人“王八蛋”，他老人家一生起气来，老哥哥就变成“王八蛋”了。祖父虽然不大骂人，然而那张不大说话的脸子，一望见就得叫人害怕。老哥哥赶集少买了一样东西，或是祖父说话他耳聋听不见，那一张冷脸，半天一句的冷话，他便伸着头吃上了。我在一边替老哥哥心跳，替老哥哥不平。心里想：“祖父不也是在老哥哥手下长大的吗?”

老哥哥对我没有那么好的。我都是牵着他的小辫玩，他说故事给我听。他说他才到我家来，我家正是旺时，六曾祖父作大京官，门前那迎风要倒的两对旗杆，是他亲手加入竖起来的，那时候人口也多，真是热闹。语气间流露着“繁华歇”的感叹。我小时候很迷赌，到了输得老鼠洞里也挖不出一个铜钱来的困窘时，我便想起老哥哥那个小破钱袋来了。钱袋放在他的枕头底下，顺手就可以偷到的，早晚他用钱时去摸钱袋，才发现里面已经空空的了。他知道这个地道的贼，他一点也不生气。我后来向他自首时是这样说的：“老哥哥，这时我还小呢，等我大了做了官，一定给你银子养老。”他听了当真的高兴。然而这话曾祖父小时曾说过，祖父小时也曾说过了!

在黄昏，在雨夜，在月明的树下，他的老话便开始了。我侧着耳朵听他说长毛作反，听他说天上掉下彗星来。然而给我印象最深的要数这一次了，那年我八岁，母亲躺在床上，脸上蒙一张白纸，我放声哭了，老哥哥对我说母亲有病，他到吕标去取药，吃上就好了。后来给母亲上坟也老是他担着菜盒我跟在后面，一路上他不住地说母亲是叫父亲气死的。当年大相公剪了发当革命党，还在外面和别的女人好，你小时穿一件时样衣服，姑们问一声：“又是外边那个娘做来的?”“这话叫你娘听见，你想心里是什么味?而后，皇帝又一劲杀革命党，你爷戴上假发到处亡命。这两桩事便把你娘致死了。”

老哥哥一天一天地没用了。日夜蜷缩在那一角炕头上，像吐尽了丝的蚕一样，疲惫抓住了他的心，背曲得像张弓。小辫越显得细了。他的身子简直成了季候表，一到秋风起来便咯“老李老了!老李老了”大家都一齐这么说。年老的人最不易叫人喜欢。于是老哥哥的坏话塞满祖父的耳朵。大家都讨厌他。讨厌他耳聋，讨厌他

夜间咯咯闹得人睡不好觉，讨厌他冬天把炕烧得太热，他一身都是讨厌骨头，好似从来就没有过不讨厌的时候!祖父最会打算，日子太紧，废物是

得铲除的，于是寻了一点小事便把五十年来跑里跑外的老哥哥赶走了。我当时的心比老哥哥的还不好过，真想给老哥哥讲讲情，可是望一下祖父的脸，心又冷了。

老哥哥临走泪零零的，口里半诅咒半咕噜着说："不行了，老了。"每年十二吊钱的工价，算清账，肩一个小包(五十年来劳力的代价)走出了我的大门。我牵着他的衣角，不放松的跟在后面。

老哥哥儿花女花是没有一点的。他要去找的是一个嗣子：说家，是对自己的一个可怜的安慰罢了，不是自己养的儿子，又没有许多东西带去，人家能好好地养他的老吗?我在替他担心着呢!

十年过去了，可喜老哥哥还在人间。暑假在家住了一天，没能够见到他。但从三机匠口里听到了老哥哥的消息，他说在西河树行子里碰到老哥哥在背着手看晚照，见了他还亲亲热热地问这问那。他还说老哥哥一心挂念着我庄里的人，还待要鼓鼓劲来一趟，因为不过的二里地的远近，老哥哥自己说脚力还能得及呢。

又是秋天了。秋风最能吹倒老年人!我已经能赚银子了，老哥哥可还能等得及接受吗?

这老哥哥便是《烙印》中的老哥哥，可怜他已于去年暑假间以八十六七的年龄老死在他的故乡了。

名家简介

缪崇群(1907～1945),笔名终一。江苏六合人,散文家。著有《味露集》、《寄健康人》、《废墟集》、《夏虫集》、《石屏随记》、《眷眷草》等散文集。

红　菊

缪崇群

红菊,是我们早年的一个使女,母亲把她从家乡的清节堂里接出来的时候她大约才十五岁。她没有父母和亲故,虽然还有一个哥哥,可是终日在城门洞里走来踱去的,差不多和乞丐一样了。有时他们兄妹遇着,他也仅只用一种奇异而忌恨的眼光瞟一瞟自己的弱妹罢了。这都是红菊后来告诉我的。

她在故乡不到半年.便随着我们同到北方来,我们家里,除了我哥哥嫌厌她以外,没有一个不喜欢她的。弟弟是她从幼看护大了的;直到我们一同进了初小,还要靠她早晚地接送。她真是不怕唠叨,在学校和家里相隔的这一段路上,总是把她讲了不知道多少次的故事,翻来覆去地说给我们。有时,领我们跑一阵,跳一阵,她说那是她从学校里看来的体操。

每个星期里,逢到我们有唱歌班的时候,她总是趁着未散班之前先悄悄坐在学校的门道里静听去。

有一次,我还清清楚楚地记得,她接我回家走到中途的时候:“再走几步就到了,你不是认识么?这一带没有狗,你先回去好了。”她携着我的手说。

“你呢?是买菜去么?”

“不,你先回去好了,我到紧北紧北头去。”她已经红了眼圈。

“还是一起回去罢,那里你又没有去过。”

“不管去过没去过,我从此不回家了。你哥哥今天打了我,气还没出够哩。”

我没有话说,我已经随她走出离家很远的地方了。这条路上,有一条很长的沟渠，沿沟都是种的杨槐与荆棘，那时大约经是初夏了，蝉的嘶声恹恹地。我越走越惶惧起来：童年时代，除了自己的家以外的地方，恐怕都跟兽林与危谷那般可怕。

“红姐姐，我们一同回去罢。”我总是牵着她的衣襟央求着。

她终于把我引回我们家的路口，涨着眼泪分别了。

在童年史上，那是我最初感到离别痛苦的一次，后来我每逢走到那条路上，看见那里的沟渠、槐树与荆棘，我便禁不住地要向往到那日的哀戚了——直到如今，还没有变更的。

当晚父亲打电话询问警署里，知道那里截留着一个衣服褴褛的女子，第二天早晨，红菊便又被人送回来了，她尽自坐在厨房里啜泣，很久很久也没有一个人去过问她。

虽然过了多日，我们差不多都把这件事忘记了，但她还没有褪去那一种不自然而且羞涩的表情，直等她又和我唱歌或欢舞起来，我才揣想她或者已经恢复了从前的心情了。

“红姐姐，那次你尽往北走，你不害怕么?”

“你问它作什么呢?”

“我要问哩，我想知道你怎么那样大胆子。”

“要是我胆子果真大，也就不会被人拦住了。那一天我一边走一边哭，我想只有走出城去这一条路。但明明知道城外尽是荒地和坟圈子，并没有一个投奔的所在。自己的足步走得非常慢，薄暮时走到城门，便被一个生人拦住了，他盘问我到什么地方去，我回答不出来……假如我胆子再大一点呢?”

隔了一个暑假，哥哥进中学了，他从此寄宿在学校里，没有再和红菊作对的人了。

红菊过了不久，便嫁给了一个印刷公司里的技师。

她此后衣服整齐了，面庞也红润了，她顿时便成了一个美丽娟秀的少妇了。

那时我不过十一二岁的光景，我已经知道和美丽的女性走在一起是光荣而且可以自傲的了。每次出去，我总喜欢和红菊坐一个车子，我坐在她的身上。

逢到假期，我一定要约着弟弟一同到红菊家里去的——其实弟弟更愿意去。她们住在南城外边很远很远的地方，那里差不多和村庄一样：有蜿蜒的土路，一丛丛的坟墓，还有响得怕人的杨树。

她们家里一切都有的，还有一只并不抓人的小猫。那时我和弟弟都有“洋画”癖，红菊的丈夫吃烟最多，于是他能尽量地供给我们，我们自然更加喜欢满足了。

在家吃到瓜果便吵架的我们，一到红菊那里便吃不下去了。譬如罢，一个比我们肚子大几倍的西瓜，只让我和弟弟两个人吃，那时，除了抱怨自己肚子小以外，实在没有方法将那一个大瓜吞并下去。

夏天的晚间，月亮已经升到杨树的梢头，红菊常常携着我们的手儿在她们住所的附近散步。有时她还跑到人家田地里为我们摘那玉蜀黍上的胡穗子，或卷起一个草叶子当口哨吹它——吹响了之后便给我们。她还能把她在我们小学门道里学来的歌儿，唱给我们听。

静静的郊野，树叶有时被风吹得刷刷地怕人，虽然能够鼓着勇气忍耐下去，不过如果听见无论多远的地方有一声犬吠，那么立刻就要把她的衣襟抓得紧紧的了。

郊野虽不幽暗，有着清淡的月光照着，我们那一种恐怖心理的发生，恐怕正是因为有月光罢。有了月光，才衬托出深林里黑黝黝的阴处可怕；有了月光，才看出来路旁有大的小的墓冢和石碣。

“有鬼罢?”我想问又不敢问出来，只是把身子靠得红 菊更紧些了。

“不怕的，有我呢。”她好像猜透了我的心意，随着便用一只胳膊搭在我的肩上，我真的不怕了，仿佛还更安心。

红菊嫁了多时，温淑的性情没有改，容貌是一天比一天地光泽美丽了。胆量，也许比从前增加了不少吧?这是我暗自的观察。

两年过后，我已经升到高二，暑假里便听见红菊因为生产而害病了。母亲特意腾出一间房子来，把她接到我们家里来住。她的孩儿也是一个病质的，整日地没有什么声息。我每次走到她的房里，都是觉得阴森森的，除了母亲还常常坐在她的床头之外，只有小窗格里透进的一块阳光或月光伴着她罢了。母亲确是越来越和她亲昵了，红菊后来和我谈起话来的时候，开首总是这么一句引子：

“你已经渐渐大了，你慢慢地就会懂得人事了……”

有一次，她也是先说完了那句引子，接着气喘喘地说：“……娘恩真是不易报的；我产了一个，便病得起不来身了……”

又有过一次：

“你是渐渐懂得人事的了，一个男子到了岁数，大概都是喜欢拈花惹草的。你将来长成了，千万地不要学你父亲哩。你母亲常常对我说，可惜她没有一个女儿，就是怎样地含酸茹苦，也没有一个可以向她吐诉的人。我真悔我早嫁了，不然我永远伴着她，也不致有了今日的痛苦……”

深秋的时候，她终于死了，爱我们的红菊姐，便不能在世界的任何一处寻到了!听说当她临终的时候，她的丈夫曾握着她的手说：

“你去么?你去么?我终生不会再娶了!”

红菊姐只是露着齿，微微地笑了一笑。

她的孩儿，也早在她的死前死去了。

她的短短的生命终止了。在她过去的短短生命中，做了我们的奴隶，又做了她丈夫的奴隶。

是红菊死后的十年了——去年的冬天：窗外落着掌大的白 雪，盖满了院里的一切，房里虽没有灯火，雪光却已惨白的映着四壁了。

父亲很晚才回来，他说他是吊唁去的，死者不是一个生人，那正是红菊的原初的丈夫——印刷公司里的那个技师。

父亲说，未亡人哭得很惨的，穿着满身的丧服，还有一个三四岁的孩子绕着膝边。

唉，我不知道在红菊姐的墓畔，是不是要添上一堆新土。

窗外的雪，还是纷飞着，我不知道在这已经被雪盖白了的凄凉的故都里，何处去寻到红菊姐的坟墓，让我放声地哭她一回。

夜

缪崇群

隔了一个夏天我又回到南京来，现在我是度着南京的第二个夏天。

当初在外边，逢到夏天便怀想起父亲的病，在这样的季候，常唤起了我的忧郁和不安。

如今还是在外边，怀想却成了一块空白。夏天到来了，父亲的脸，父亲的肉，父亲的白白的胡须，怕在棺木里也会渐朽渐尽了!呈在这样的季候了。

和弟弟分别的时候说：

“和父亲同年的人都死光了，现在剩下的只有我们这一辈。”

一年一年地度了过去，我不晓得我的心是更寂寞了下去还是更宁静了下去。

往昔我好像是一匹驿马，从东到西，南一趟北一趟，长久地喘息着奔驰。而今也不知道怎么了，每经过一个驿站，便想要休息一下，也需要休息一下。

这次回到南京来，我是再也不想动弹了。因为没有安适驻留的地方，索性就蹲在像槽一般大的家里。我原想在这里闭门两天休憩。哪知道一个别了很久的老友又来临了。

这个槽只有这么大，他也只得占一张小小的行军床为他的领地。

在夏夜，我常常是失眠的，每夜油灯捻小了过后，他们便都安然地就睡.灯不久也像疲惫了似的自己熄灭了。

我烦躁，我倾耳，我怎么也听不见一点声音，夜是这样的黑暗而沉寂，我委实不知道我究竟歇在哪里。

莫名的烦躁，引起了我身上莫名的痒痒；莫名的痒痒，又引起了我心上莫名的烦躁。

我决心地划了一支火柴，是要把这夜的黑暗与沉寂一同撕开。

在刹那的光亮里，我看见那古旧了的板壁下面睡着我的老友，我的身边睡着我的妻。白的褥单上面，一颗一颗梨子子大的“南京虫”却在匆忙地奔驰。

火柴熄了，夜还是回到他的黑暗与沉寂。

吸血的东西在暗处。

朋友不时地短短地梦呓着。

妻也不时地短短地梦呓着。

我问他们，他们都没有答话。我恐怖地想，睡在这一个屋里的没有朋友也没有妻，他们只是两具人形，而且还像是被幽灵伏罩住的。

夜就是幽灵的。

我还是听不见什么声音，倘使蚊香的香灰落在盘里有声，那是被我听见了。我还是看不见什么东西，如果那一点点蚊香的红火头就是我看见的，那无宁说是他还在看着我们三个罢。

不知怎么，蚊香的火头，我看见两个了；幽灵像是携了我的手，我不知怎么就到了第二天的早晨。

第二天的早晨我等他们都醒了便问：

“昨天夜里你们做了什么梦?”

“没有。”他们笑嘻嘻的;都不记得了。

“昨夜我不知怎么看见蚊香盘里两个红火头,”我带着昨夜的神秘来问。

“那是你的错觉。”朋友连我看见的也不承认了。

“多少年了,像老朋友这样的朋友却没有增加起来过。”

朋友不知怎么忽地想起了这样一句话来。

我沉默着,想起这次和弟弟分别时候的话来,又想补充了说：

“我们这一辈的也已经看着看着凋落了。”

名家简介

萧红（1911～1942），原名张乃莹，另有笔名悄吟，黑龙江呼兰人。幼年丧母，由于对封建家庭和包办婚姻不满，1930年离家出走，几经颠沛。1932年与萧军同居，两人结识不少进步文人，参加过宣传反满抗日活动。

1935年发表了成名作《生死场》（开始用笔名萧红），蜚声文坛。另著有长篇小说《呼兰河传》，短篇小说集《牛车上》等。

1942年，历尽坎坷之后在香港病故，时年31岁。

滑　竿

萧　红

黄河边上的驴子，垂着头的，细腿的，穿着自己的破烂的毛皮的，它们划着无边苍老的旷野，如同枯树根又在人间活动了起来。

它们的眼睛永远为了遮天的沙土而垂着泪，鼻子的响声永远搅在黄色的大风里，那沙沙的足音，只有在黄昏以后，一切都停息了的时候才能听到。

而四川的轿夫，同样会发出那沙沙的足音。下坡路，他们的腿，轻捷得连他们自己也不能够止住，蹒跚的他们控制了这狭小的山路。他们的血液骄傲地跳动着，好像他们停止了呼吸，只听到草鞋触着石级的声音。在山涧中，在流泉中，在烟雾中，在凄惨的飞着细雨的斜坡上，他们喊着："左手!"

迎面走来的，担着草鞋的担子，背着青菜的孩子，牵着一条黄牛的老头，赶着三个小猪的女人，他们也都为着这下山的轿子让开路。因为他们走得快，就像流泉一样，一刻也不能够止息。

一到爬坡的时候，他们的脚步声便不响了。迎面遇到来人的时候，他们喊着左手或右手的声音只有粗嘎，而一点也不强烈。因为他们开始喘息，他们的肺叶开始扩张，发出来好像风扇在他们的胸膛里煽起来的声音，那破片做的衣裳在吱吱响的轿子下面，有秩序地向左或向右摆动。汗珠在头发梢上静静地站着，他们走得当心而出奇的慢，而轿子仍旧像要破碎了似的叫。像是迎着大风向前走，像是海船临靠岸时遇到了潮头一样困难。

他们并不是巨象,却发出来巨象呼喘似的声音。早晨他们吃了一碗四个大铜板一碗的面,晚上再吃一碗,一天八个大铜板,甚或有一天不吃什么的,只要抽一点鸦片就可以。所以瘦弱苍白,有的像化石人似的,还有点透明。若让他们自己支持着自己都有点奇怪,他们随时要倒下来的样子。可是来往上下山的人,却担在他们的肩上。

有一次我偶尔和他们谈起做爆竹的方法来,其中的一个轿夫,不但晓得做爆竹的方法,还晓得做枪药的方法。他说用破军衣,破棉花,破军帽,加上火硝,硫黄,就可以做枪药。他还怕我不明白枪药。他又说:

"那就是做子弹。"

我就问他:"你怎么晓得做子弹?"

他说他打过贺龙,在湖南。

"你那时候是当官吗?当兵吗?"

他说他当兵,还当过班长。打了两年。后来他问我:"你晓得共产党吗?打贺龙就是打共产党。"

"我听说。"接着我问他:"你知道现在的共产党已经编了八路军吗?"

"呵!这我还不知道。"

"也是打日本。"

"对呀!国家到了危难的时候,还自己打什么呢?一齐枪口对外,"他想了一下的样子:"也是归蒋委员长领导吗?"

"是的。"

这时候,前边的那个轿夫一声不响。轿杆在肩上,一会儿换换左手,一会儿又换换右手。

后边的就接连着发了议论:

"小日本不可怕,就怕心不齐。中国人心齐,他就治不了。前几天飞机来炸,炸在朝天门。那好做啥子呀!飞机炸就占了中国?我们可不能讲和,讲和就白亡了国。日本人坏呀!日本人狠哪!报纸上去年没少画他们杀中国人的图。我们中国人抓住他们的俘虏,一律优待:可是说日本人也不都坏,说是不当兵不行,抓上船就载到中国来……"

"是的……老百姓也和中国老百姓一样好,就是日本军阀坏……"我回答他。

就快走上高坡了,一过了前边的石板桥,隔着这一个山头又看到另外的一个山头。云烟从那个山慢慢地沉落下来,沉落到山腰了,仍旧往下沉落，一道深灰色的，一道浅灰色的。大团的游丝似的缚着山腰，我的轿子要绕过那个有云烟的尖顶的山。两个轿夫都开始吃力了。我能够听得见的，是后边的这一个，喘息的声音又开始了。我一听到他的声音，就想起海上在呼喘着地活着的蛤蟆，因为他的声音就带着起伏、扩张、呼煽的感觉：他们脚下刷刷的声音，这时候没有了。伴着呼喘的是轿杆的竹子的鸣叫。坐在轿子上的人，随着他们沉重的脚步的起伏在一升一落的。在那么多的石级上，若有一个石级不留心踏滑了，连人带轿子要一齐滚下山涧去。

因为山上的路只有二尺多宽，遇到迎面而来的轿子，往往是彼此摩擦着走过。假若摩擦得厉害一点，谁若靠着山涧的一面，谁就要滚下山涧去。山峰在前边那么高，高得插进云霄似的，山壁有的地方挂着一条小小的流泉，这流泉从山顶上一直挂到深涧中。再从涧底流到另一面天地去，就是说，从山的这面又流到山的那面去了。同时流泉们发着唧铃铃的声音。山风阴森的浸着人的皮肤。这时候，真有点害怕，可是转头一看，在山涧的边上都挂着人，在乱草中，耙子的声音刷刷地响着。原来是女人和小孩子在集着野柴。后边的轿夫说："共党编成了八路军，这我还不知道。整天忙生活……连报纸也不常看（他说过他在军队常看报纸）……整天忙生活对于国家就疏忽了……"

正是爬坡的时候，他的话和轿杆的声响搅在了一起。

对于滑竿，我想他俩的肩膀，本来是肩不起的，但也肩起了。本来不应该担在他们的肩上的，但他们也担起了。而在担不起时，他们就抽起大烟来担；所以我总以为抬着我的不是两个人，而像轻飘飘的两盏烟灯；在重庆的交通运转却是掌握在他们的肩膀上的，就如黄河北的驴子，垂着头的，细腿的，使马看不起的驴子 也转运着国家的军粮。

饿

萧 红

"列巴圈[1]"挂在过道别人的门上，过道好像还没有天明，可是电灯已经熄了。夜间遗留下来睡眠的气息充塞在过道，茶房气喘着，抹着地板。我

[1] 列巴圈：俄文音译，即面包圈。

不愿醒得太早,可是已经醒了,同时再不能睡去。

厕所房的电灯仍开着,和夜间一般昏黄,好像黎明还没有到来,可是"列巴圈"已经挂上别人家的门了!有的牛奶瓶也规规矩矩地等在别的房间外。只要一醒来,就可以随便吃喝。但,这都只限于别人,是别人的事,与自己无关。

扭开了灯,郎华睡在床上,他睡得很恬静,连呼吸也不震动空气一下。听一听过道连一个人也没走动。全旅馆的三层楼都在睡中,越这样静越引诱我,我的那种想头越坚决。过道尚没有一点声息,过道越静越引诱我,我的那种想头越想越充胀我:去拿吧!正是时候,即使是偷,那就偷吧!

轻轻扭动钥匙,门一点响动也没有。探头看了看,"列巴圈"对门就挂着,东隔壁也挂着,西隔壁也挂着。天快亮了!牛奶瓶的乳白色看得真真切切,"列巴圈"比每天也大了些,结果什么也没有去拿,我心里发烧,耳朵也热了一阵,立刻想到这是"偷"。儿时的记忆再现出来,偷梨吃的孩子最羞耻。过了好久,我就贴在已关好的门扇上,大概我像一个没有灵魂的、纸剪成的人贴在门扇。大概这样吧,街车唤醒了我,马蹄嗒嗒、车轮吱吱地响过去。我抱紧胸膛,把头也挂到胸口,向我自己心说:我饿呀!不是"偷"呀!

第二次也打开门,这次我下决心了!偷就偷,虽然是几个"列巴圈",我也偷,为着我"饿",为着他"饿"。

第二次失败,那么不去做第三次了。下了最后的决心,爬上床,关了灯,推一推郎华,他没有醒,我怕他醒。在"偷"这一刻,郎华也是我的敌人;假若我有母亲,母亲也是敌人。

天亮了!人们醒了。做家庭教师,无钱吃饭也要去上课,并且要练武术。

他喝了一杯茶走的,过道那些"列巴圈"早已不见,都让别人吃了。

从昨夜到中午,四肢软一点,肚子好像被踢打放了气的皮球。

窗子在墙壁中央,天窗似的,我从窗口升了出去,赤裸裸,完全和日光接近;市街临在我的脚下,直线的,错综着许多角度的楼房,大柱子一般工厂的烟囱,街道横顺交织着,秃光的街树。白云在天空做出各样的曲线,高空的风吹乱我的头发,飘荡我的衣襟,市街像一张繁繁杂杂颜色不清晰的地图,挂在我们眼前。楼顶和树梢都挂住一层稀薄的白霜,整个城市在阳光下闪闪烁烁撒了一层银片。我的衣襟被风拍着作响,我冷了,我孤孤独独地好像站在无人的山顶。每家楼顶的白霜,一刻不是银片了,而是些雪花、冰花,或是什么更严寒的东西在吸我,像全身浴在冰水里一般。

我披了棉被再出现到窗口,那不是全身,仅仅是头和胸突在窗口。一个女人站在一家药店门口讨钱,手下牵着孩子,衣襟裹着更小的孩子。药店没有人出来理她,过路人也不理她,都像说她有孩子不对,穷就不该有孩子,有也应该饿死。

我只能看到街路的半面,那女人大概向我的窗下走来,因为找听见那孩子的哭声很近。

“老爷,太太,可怜可怜……”可是看不见她在逐谁,虽然是三层楼,也听得这般清楚,她一定是跑得颠颠断断地呼喘“老爷老爷……可怜吧!”

那女人一定正像我,一定早饭还没有吃,也许昨晚的也没有吃,她在楼下急迫地来回地呼声传染了我,肚子立刻响起来,肠子不住地呼叫……

郎华仍不回来.我拿什么来喂肚子呢,桌子可以吃吗?草褥子可以吃吗?

晒着阳光的行人道来往的行人,小贩乞丐……这一些看得我疲倦了!打着呵欠,从窗口爬下来。

窗子一关起来,立刻生满了霜,过一刻,玻璃片就流着眼泪了!起初是一条条的,后来就大哭了!满脸是泪,好像在行人道上讨饭的母亲的脸。

我坐在小屋.像饿在笼中的鸡一般,只想合起眼睛来静着,默着,但又不是睡

“砰,砰!”这是谁在打门!我赶快去开门,是三年前旧学校里的图画先生。

他和从前一样很喜欢说笑话,没有改变,只是胖了一点,眼睛又小了一点 他随便说,说得很多。他的女儿,那个穿红花旗袍的小姑娘,又加了一件黑绒上衣,她在藤椅上,怪美丽的但她有点不耐烦的样子:“爸爸,我们走吧。”小姑娘哪里懂得人生,小姑娘只知道美,哪里懂得人生!

曹先生问:“你一个人住在这里吗?”

“是——”我当时不晓得为什么答应“是”,明明是利郎华同住,怎么要说自己住呢?

好像这几年并没打别开,我仍在那个学校读书一样—他说:

“还是一个人好，可以把整个的心身献给艺术。你现在不喜欢画，你喜欢文学，就把全身心献给文学，只有忠心于艺术的心才不空虚，只有艺术才是美，才是真美情爱。这活很难说，若是为了性欲才爱，那么就不如临时解决，随便可以找到一个，只要是异性，爱是爱，爱很不容易，那么就不如爱艺术，比较不空虚……”

“爸爸，走吧!”小姑娘哪里懂得人生，只知道“美”，她看一看这屋子一点意思也没有，床上只铺一张草褥子。

“是，走——”曹先生又说，眼睛看着女儿：“你看我，十三岁就结了婚。这不是吗?曹云都十五岁啦!”

“爸爸，我们走吧!”

他和几年前一样，总爱说“十三岁”就结了婚。差不多全校同学都知道曹先生是十三岁结婚的。

“爸爸，我们走吧!”

他把一张票子丢在桌上就走了!那是我写信去要的。

郎华还没有回来，我应该立刻想到饿，但我完全被青春迷惑了，读书的时候，哪里懂得“饿”？只晓得青春最重要，虽然现在我也并没老，但总觉得青春是过去了!过去了!

我冥想了一个长时期，心浪和海水一般翻丁一阵。

追逐实吧！青春唯有自私的人才想念她，“只有饥寒，没有青春”。

几天没有去过的小饭馆，又坐在那里边吃喝了。“很累了吧!腿可疼?道外道里要有十五里路。”我问他。

只要有得吃，他也很满足，我也很满足。其余什么都忘了!

那个饭馆，我已经习惯，还不等他坐下，我就抢个地方先坐下，我也把菜的名字记得很熟，什么辣椒白菜啦，雪里红豆腐啦……什么酱鱼啦!怎么叫酱鱼呢?哪里有鱼!用鱼骨头炒一点酱，借一点腥味就是啦!我很有把握，我简直都不用算一算就知道这些菜也超不过一角钱。因此我用很大的声音招呼，我不怕，我一点也不怕花钱。

回来没有睡觉之前，我们一面喝着开水，一面说：

“这回又饿不着了，又够吃些日子。”

闭了灯，又满足又安适地睡了一夜。

永久的憧憬和追求

萧 红

一九一一年，在一个小县城里边，我生在一个小地主的家里。那县城差不多就是中国的最东最北部——黑龙江省——所以一年之中，倒有四个月飘着白雪。

父亲常常为着贪婪而失掉了人性。他对待仆人，对待自己的儿女，以及对待我的祖父都是同样的吝啬而疏远，甚至于无情。

有一次，为着房屋租金的事情，父亲把房客的全套的马车赶了过来。房客的家属们哭着，诉说着，向着我的祖父跪了下来，于是祖父把两匹棕色的马从车上解下来还了回去。

为着这两匹马，父亲向祖父起着终夜的争吵。“两匹马，咱们是不算什么的，穷人，这两匹马就是命根。”祖父这样说着，而父亲还是争吵。

九岁时，母亲死去，父亲也就更变了样，偶然打碎了一只杯子，他就要骂到使人发抖的程度。后来就连父亲的眼睛也转了弯，每从他的身边经过，我就像自己的身上生了针刺一样。他斜视着你，他那高傲的眼光从鼻梁经过嘴角而后往下流着。

所以每每在大雪中的黄昏里，围着暖炉，围着祖父，听着祖父读着诗篇，看着祖父读着诗篇时微红的嘴唇。

父亲打了我的时候，我就在祖父的房里，一直面向着窗子，从黄昏到深夜——窗外的白雪，好像白棉一样的飘着；而暖炉上水壶的盖子，则像伴奏的乐器似的振动着。

祖父时时把多纹的两手放在我的肩上，尔后又放在我的头上，我的耳边便响着这样的声音：

“快快长吧!长大就好了。”

二十岁那年，我就逃出了父亲的家庭。直到现在还是过着流浪的生活。

“长大”是“长大”了，而没有“好”。

可是从祖父那里，知道了人生除掉了冰冷和憎恶而外，还有温暖和爱。所以我就向这“温暖”和“爱”的方面，怀着永久的憧憬和追求。

名家简介

谢冰莹（1906~2000），原名鸣冈，又名谢彬，湖南新化县人，现代女作家。主要作品集有散文集《从军日记》、《抗战文选集》、《爱晚亭》，短篇小说集《前路》等，中篇小说《离婚》，长篇小说《青年王国才》、《碧瑶之恋》等。

黄庐隐

谢冰莹

一

“庐隐，你的小爱人呢？怎么没有同来？”

假若遇到她一个人来到报社，我和小鹿（陆晶清）一定这样笑着问她。

“他的功课很忙，今天没有进城。”

她也微笑着回答我们。

当民国十八九年的时候，庐隐和他的小爱人，曾经轰动了北平的新闻界，更轰动了文坛。

二

庐隐姓黄名英，一八九八年生于福建闽侯，与冰心同乡，曾毕业于北京女子高等师范。庐隐是她发表《海滨故人》用的笔名，以后一直用这两个字写稿，如遇有人叫他庐小姐，她并不更正，只微笑着接受，由此也可见她是个非常随和而带着几分孩子气的人。

在文坛上，她与冰心同样享有盛名；但她的风格与冰心绝对不同。她写的东西，充满了苦闷，忧郁，感伤，同时对社会的旧制度表示憎恨，尤其对于封建势力，她攻击得体无完肤；对于一般伪正人君子，假道学先生，也骂得狗血喷头。这是有原因的，当她和郭梦良结婚的时候，曾遭受到很大的打击，不但梦良家里的人反对，她的亲属唾骂，甚至和她风马牛不相干的社会，也要攻击她，说她不应该嫁一个有妇之夫。其实，郭梦良和家里的那位乡下太太，根本没有丝毫感情，只是受了“父母之命，媒妁之言”而勉强结合的。庐隐在这一点上，她是最英勇最能忍受一切的战士!她不顾社会上一切的批评，她始终热爱着梦良，哪怕物质生活苦得连两顿饭都成了问题，她也愿意和梦良到处漂泊，过着他们的精神自由生活；不幸后来梦良得了很重的肺病，因经济所限，不能不回到老家里休养；这时庐隐也不顾一切地跟了他回去，明知道会受到夫家的歧视，和他那位乡下太太的唾骂，可是为了爱，梦良她不能不去。结果，她遭遇到生平没有受过的侮辱，乡下人都把她当作如夫人看待，梦良的乡下太太更把她骂得眼泪双流，抬不起头来；有时候，甚至还加以拳打足踢的虐待。这时，环境的逼迫，使梦良的病日趋严重，不久就一命呜呼!庐隐忍辱含泪等到把丈夫安葬后，就带着她和梦良所生的女儿到处飘流，最后回到了北平

三

这时候，庐隐的痛苦，真是一言难尽，她和封建社会奋斗的结果，只换来了悲哀愤慨和永恒的幻灭。她不想生活在人间，她诅咒造物太无情；然而为了她的爱女，又不得不在这龌龊的社会里鬼混。她整天喝酒，酒量又并不大；喝醉了大哭一场后一面流着泪，一面拿起笔来在纸上发泄她的痛苦。写满了一张两张，她又把它们撕成粉碎。如果是冬天，像这类的稿子。多半投进了火炉，化成了灰烬；有时我和小鹿劝她不要老喝酒.损伤了健康不合算，她用斩钉截铁的语气回答道：

“你们说!你们说!活在这世界上有什么意义?我假若不喝酒，我一天也活不了!” 她以为只有喝醉酒，把神经麻木一下，暂时得到片刻的休息，而没有想到“举杯消愁愁更愁”，在酒醒后的痛苦，凡是有过这种经验的人都了解，比未喝酒前更要厉害万倍呢。

幸好，天无绝人之路，正在这个时候，她认识了还在清华大学攻读的青年诗人李唯建。他们由朋友而相恋，由相恋而同居一自从有了这位了解她、热爱她的“小爱人”以后，庐隐的人生观又整个的改变了；大地像是回到了春天，一切都在欣欣向荣地生长，她觉得自己的爱情死去了一次，如今古井生波又复活了!她忘记了自己是唯建的老大姐，也不计较她是个有了孩子

的寡妇。这时候，那些有封建脑筋的人，又在嘲笑她了，说她不应该爱一个年青的小伙子，将来一定会发生悲剧的。但庐隐不管这些，她说：

“哼!恋爱是两个人的事情，要别人操心干吗?”

庐隐就是这么一个很痛快的人，高兴起来，就哈哈大笑；烦闷的时候，就痛饮几杯；伤心的时候，就大哭一场；看不顺眼的事情，就破口大骂，毫不顾到什么环境不环境。

唯建的文学修养很深，他曾翻译雪莱和济慈的诗，他给庐隐写的情书，常被庐隐公开发表，刊在我和小鹿编的华北《国民日报》副刊上，后来他们两人合出了一本《云鸥情书集》。

庐隐除了爱喝酒以外，还喜欢打麻将，而且打得很好，几乎是每战必胜，有时她向朋友夸耀地说：

“你羡慕不羡慕?这比我写稿的收入多得多了!”

她的著作很多，如《海滨故人》《灵海潮汐》《归雁》《或人的悲哀》《象牙戒指》《曼丽》《玫瑰有刺》……文字非常流利，尤其《海滨故人》一书，风行全国，因为这是她的自传的一部分，所以写来特别深刻动人。

这么一位聪明、豪爽、痛快、勇敢的作家，竟在三十六岁的时候就短命死了，这是文坛的损失，也是妇女的悲哀(一九三四年五月庐隐死于难产)

四

民国三十三年.我在成都常和唯建见面:他告诉我庐隐的女孩子，长得亭亭玉立，快由高中毕业了；他和庐隐生的两个孩子，也已进小学。他虽已续弦，心里却老是念着黄泉下的庐隐，我想这时候也许唯建还在成都吧?

如果庐隐还在人间，今年是她满五十的时候，友朋欢聚为她祝寿，该多么快乐，如今她是静静地躺在上海公墓了…

名家简介

李广田(1906~1968),号洗岑,曾用笔名黎地、曦灵等,山东邹县人,现代著名散文家、诗人。主要作品集有《汉园集》、《画廊集》、《银狐集》、《金坛子》、《灌木集》、《散文三十篇》。

悲哀的玩具

李广田

依然不记得年龄,只知道是小时候罢了。

我不曾离开过我的乡村——除却到外祖家去——而对于自己的乡村又是这样的生疏,甚至有着几分恐怖。虽说只是一个村子吧,却有着三四里长的大街,不说从我家所在的村西端到街东首去玩,那最热闹的街的中段,也不曾有过我的足违,那时候我的世界是那样狭小而又那样广漠呀。

父亲在野外忙,母亲在家里忙,剩下的只有老祖母.她给我说故事,唱村歌。有时听着她的纺车声嗡嗡地响着,我便独自自坐在一旁发呆。这样的,便是我的家了。

我也常到外面去玩,但总是自己个。街上的孩子们都不和我一块游戏,即使为了凑人数而偶尔参加进去,不幸,我却每是作了某方面失败的原因,于是自己也觉得无趣了。起初是怕他们欺侮我,也许,欺侮了无能的孩子便不英雄吧,他们并不曾,对我有什么欺侮,只是远离着我,然而这远离,就已经是向我欺侮了。时常,一个人踽踽地沿着墙角走回家去,"他们不和俺玩。"这样说着一头扑在了祖母的怀里。祖母摸着我的头顶,说"好孩子,自己玩去。"

虽然还是小孩子,寂寞的滋味是知道得很多了。到了成年的现在,也还是苦于寂寞。然而这寂寞已不是那寂寞,现在想起那孩子时代的寂寞,也觉得是颇可怀念的了。

父亲老是那么阴沉，那么严峻，仿佛历来就不曾看见过他有笑脸。母亲虽然是爱我——我心里如是想——但她从未曾背着父亲给我买过糖果，只说："见人家买糖果就得走开。"虽然幼小，也颇知道母亲的用心了，见人家大人孩子围着敲糖锣的担子时，我便咽着唾沫，幽手幽脚地走开；后来，只要听到外面有糖锣声，便不再出门去了.

实际上说来，那时候也就只有祖母一个人最爱我的，她尽可能地安慰我，如用破纸糊了小风筝，用草叶做了小笛，用秫秸扎了车马之类，我都很喜欢。某日，我刚从外边回家，她老远地用手招我，低声说："来。"

我跑去了，"什么呢，奶奶?"我急喘地问。

"玩意儿，孩子."

说着。从针线筐里取出一包棉花，伸开看时，里面却是包着一只小麻雀，我简直喜得雀跃了。

"哪来的麻雀呀，奶奶?"

"拾的，从檐下。八成是它妈妈从窝里带出来的。"

"怎么带到地下来?"

"傻孩子!大麻雀在窝里抱它，要到外面去给它打食，不料出窝时飞得太猛了，就把它带了出来，几乎把它摔死哩。"

我半信半疑地，心里有点黯然了，原是只不幸的小麻雀呀，然而我有了好玩具了。立刻从床下取出了小竹筐，里面铺了棉花，上面蒙了布片，这就是我的鸟笼了。饿了便喂它，我吻它那黄嘴角；不饿也喂它，它却不开口了。携了竹筐在院里走来走去，母亲见了说："你可有了好玩物了!"

这时 我心里暗暗地想到。哪些野孩千要远离就远离了吧，今后我就不再出门了，反正家里有祖母，又有了这玩物，要它长大起来能飞的时候就更好了。

晌午，父亲从野外归来，照例，一见他便觉得不快，但，我又怎晓得养麻雀是不应当呢!

"什么?"父亲厉声问。

"麻——雀——"我的头垂下了。

"拿过来!"话犹未了，小竹筐已被攫去了；不等我抬起头来，只听忽的一声，小竹筐已经飞上了屋顶。

我自然是哭了,哭也不敢高声,高声了不是就要挨打吗?当这些场合,母亲永是站在父亲一边,有时还说:"狠打,狠打!"似乎又痛又恨的样子。有时候母亲也曾为了我而遭父亲的拳脚,这样的心,在作为小孩子的我就不大懂得了。最后,还是倒在祖母怀里去啜泣。这时,父亲好像已经息怒,只远远地说:"叫,孩子家,糟践信门[1],还不给我下地拾草去!"接着是一声叹气。

祖母低声骂着,说:"你爹不是好东西,上不痛老的,下不痛小的,只知道省吃俭用敲坷垃[2]!不要哭了,好孩子。到明天奶奶爬树给你摸只小野鹊吧。"说着,给我擦眼泪。

哭一阵,什么也忘了,反正,这类事是层出不穷的:究竟那只小麻雀的下落怎样,已经不记得了。似乎到了今日才又关心到了二十年前的那只小麻雀。那只不幸的小麻雀,我觉得它是更可哀的了,离开了父母的爱,离开了兄弟姊妹,离开了温暖的巢穴,被老祖母捡到了我的小竹筐里,不料又被父亲给抛到那荒凉的屋顶上去。寂寞的小鸟,没有爱的小鸟,遭了厄运的小鸟!

在当时,确是恨着父亲的,现在却是不然,反觉得他是可悯的。正当我想起:一个头发已经斑白的农夫,还是在披星戴月地忙碌,为饥寒所逼迫,为风日所摧损,前面也只剩着短短的岁月了,便不由地悲伤起来。而且,他生自土中,长自土中,从年少就用了他的污汗去灌溉那些砂土,想从那些砂土里去取得一家老幼之所需,父亲有着那样的脾气,也是无足怪的了。听说,现在他更衰老了些,而且也时常念想到他久客他乡的儿子。

过　失

李广田

那时候我究竟是多大岁数呢,我是早已忘记了。只记得当时还穿一件颇长的粗布坎肩儿,是为了保护衣服的清洁才罩在外面的,照我们乡间情

---

❶糟践信门:即草菅生命 。

❷坷垃:指农民在田间辛劳。

形，十岁过后的孩子是不穿这类坎肩的了。

我从舅爷家里移植了月季花来。

提起这位舅爷。便很自然地使我感到一种说不出的喜欢——在那些年间，我确实很喜欢舅爷那种生活，但到了现在，这点喜欢却又渐渐地变成近于悲哀的感觉了，他是那样和父亲迥乎不同的一个人。听说舅爷的年轻时代，也曾经学过鞋匠之类的手艺，只因为思家心切，便丢开了手艺，回家来了，回来了却也不做什么农事的工作，又说是自己有着什么宿疾，便一直在家里过着闲散日子。舅爷的家计非常贫困，然而贫困也无妨于他的闲散，他把日子都过在种种花，养养鸟上了。那时候我最喜欢去的地方就是舅爷的家。舅爷的家就安置在河堤的南岸上——这一带的贫苦人家都靠了河堤居住，这不但可以借堤身代替一面房壁，而地方又是官地，没有宅产的人，也可以到这里来筑屋立家了。把房子筑在这堤旁，比平地高出了许多尺，远远望去，就如一列高起的土楼，我每次到舅爷家去的路上，距河堤还有百十步样子距离，便看见舅爷的几笼鸟高挂在茅檐前，红的花，白的花，在窗前的阳光里显得非常好看。喜欢到舅爷家去，也就是为了这个了。在那些花草中间，到现在我也还不能指出它们的名称，只知道有一种红的是月季，我也就最爱月季花。

不管是不是宜于移花的时候，得到舅爷的允许，就移植了月季花来。

“母亲，移了月季花来呢。”这样说着，带着满心的欢喜，就一个人兀自忙乱着。那是一个少雨的季节，又因为庭院窗前是时常被人践踏的地方，即便用了铲子，甚至用了刀子，要在那样地方掘一个植花的孔穴，是一件颇不容易的事。把花的根部埋在土里之后，很是一个快乐，月季花总算长在我的窗前了，在私心里梦想了很久的一件事，就这样自己实现了出来。但等到用一个已经锈毁的小铁筒，从枸杞树下的水缸里借水来浇灌时，就觉得有点不能胜任了。然而无可如何，这是自己的事情，母亲是无暇于这些，也不会高兴来帮助这些的。水缸上面荫着一架颇旺盛的枸杞树，已经结了累累的红色枸杞子，红得亮亮的，

像一穗穗的红宝石，枝蔓尖端，还缀着许多淡紫色的十字小花。这是父亲幼年时候亲手培植起来的。父亲很爱惜这株树，因为这木材生长得特别迟缓，所以这些年来的树身还不过鸡卵样粗细，据说这是长寿树，可以从

这树的荣枯占卜一个家庭的盛衰，又说荫在这树下的缸里的水永久清洁，作为牲畜的饮料是可以避免一切灾疾的。我想，这也就是把树植在畜栏前面的理由了。从这水缸的所在，到栽了月季花的窗前，我究竟来回地走了多少趟呢，不曾知道，等到自己认为把月季花浇灌足够之后，撒在这段路中间的水已经像一条小河，为了保护衣服而穿起来的那件粗布坎肩，先是沾满灰土，这时却变成满是泥浆了。无论如何，我总算满足了自己的心愿，私心里只盼着那一株月季会长大，繁茂，我想着我的庭院的窗前会变成一座小小的花园，而且更希望能把舅爷家里的其他花草也各移植一些过来，担心的，只是舅爷那心爱的小碧玉鸟儿不会分我一个。

将近中午的太阳是比较炎热的。庭院里的榆树槐树，把舒展的枝叶浴在阳光里，静静的，似有一些倦意。从厨房的房顶上冒出灰白的炊烟来，母亲正在预备我们的午餐。虽然自己完成了这么一桩事业觉得功劳不小，但因为沾了满身污泥，却也不敢走到母亲前面。就正当这时，到田间去工作了半天的父亲，很疲乏的样子，回来了。不等到父亲开口，我是亢已预知了眼前要发生的事体的。

假如父亲也像舅爷一样就好了，私心里这样想着。父亲并不曾坐下来休息一会，他立刻发作了起来，他用发怒的眼光盯着我满是污泥的坎肩，又从我的坎肩看到庭院中为我新造成的那条小河.从那条小河，就看到了我的仅在起始着的花园，于是吵着，骂着，本来没有用那么大力气的必要，却故意用了很大的力气，把我的月季花连根带梢地一齐拔出来了，并愤愤地掷到了庭院中间。而且，照例的一套教训又间杂在他的吵骂里，说什么养鸟不如养鸡，种花不如种菜。并埋怨着说:没有人关心田里的荒草有多高，也不管井里的清水怎么会运到自家的水缸里来。

我还有什么可说的呢?胆小的母亲也不敢说什么，只沉着脸在准备午餐。我的午餐是为眼泪所代替了。

午饭后，父亲一言不发地又自己到田间去了。我呢，却还在为了我的月季花而怀着不平。“父亲老了，又这么辛苦，所以才生了孩子的气呢。”母亲把这样的话来给我安慰。但一等到母亲离开了眼前，我就跑到了枸杞树下，真是连自己也觉得是一件极可惊异的事.枸杞树竟是那么容易折断，经我稍稍用力，便扑地躺下来了，一蓬青绿，偃卧在水缸上面，紫的小花，红的果实,散落了满地都是。这是父亲的树!——心里稍一轻松之后,自己就明白这是自己所不能担当的一桩大事了。这等时候.除却求救于母亲一人外,是没有其他办法的了。

“不要怕,不要怕。”母亲给我揩着眼泪这么说,并把我打发到外边去,意思是,我到街上去玩半天再来,便什么事也没有了。等到将近黄昏的时候我才又回到家里,却正值母亲同父亲谈着枸杞的事。母亲似乎很埋怨畜栏里的驴子,说驴子饿了,便自己咬断了缰绳,跑了来,一口把枸杞树捋断了。父亲会不会信服呢?我不知道,也许父亲会用了很重的木棒把驴子重重地责打一场吧,却也不会,只沉着老脸,自己立在水缸旁边,收拾那已经无望了的枸杞树。

直到现在,只要想起这件事,也还觉得是自己的一件过失。当然,要在自己家里的窗前建一座小小花园的梦,是早已没有了,所担心的,只怕上了年纪的父亲还难免有一棵枸杞树的记忆。至于那位曾经允许我移植月季花的舅爷呢,听说近来也还是在贫困中过着闲散日子,养养鸟,种种花,也是老境了,据说又自己学着吹什么唢呐。

名家简介

刘半农(1891~1934),原名寿彭,后改名复,字半农,江苏江阴人.现代文学家。主要作品有《扬鞭集》、《瓦釜集》、《半杂杂文》等,还有译作,法国短篇小说集《茶花女》等。

饿

刘半农

他饿了,他静悄悄的在门口,他也不想什么,只是没精打采,把一个手指头放在口中咬。

他看见门对面的荒场上,正聚集着许多小孩,唱歌的唱歌,捉迷藏的捉迷藏。

他想:我也何妨去?但是,我总觉得没有气力,我便坐在门槛上看看罢。

他眼看着地上的人影,渐渐的变长,他眼看着太阳的光,渐渐的变暗。“妈妈说的,这是太阳要回去睡觉了。”

他看见许多人家的烟囱,都在那里出烟,他看见天上一群群的黑鸦,咿咿呀呀地叫着,向远远的一座破塔上飞去。他说“你们都回去睡觉了么?你们都吃饱了夜饭了么?”

他远望着夕阳中的那座破塔,尖头上生长着几株小树,许多枯草。他想着人家告诉他:那座破塔里,有一条“斗大的头的蛇!”他说:“哦!怕啊!”

他回进门去,看见他妈妈,正在屋后小园中洗衣服——是洗人家的衣服——一只脚摇着摇篮,摇篮里的小弟弟,却还不住地啼哭。他又恐怕他妈妈,向他垂着眼泪说:“大郎!你来了!”他就一声也不响,重新跑了出来!

他爸爸是出去的了,他却不敢在空屋子里坐,他觉得黑沉沉的屋角里,闪动着一双睁圆的眼睛——不是别人的,恰恰是他爸爸的眼睛!

他一声也不响,重新跑了出来——仍旧是没精打采的,咬着一个小指头；仍旧是没精没采，在门槛上坐着。

他真的饿了——饿得他的呼吸，也不平均了；饿得他全身的筋肉，簌簌地发抖！可是他并不啼哭，只在他直光的大眼眶里，微微有些泪痕！因为他是有过经验的了——他啼哭过好多次，却还总得要等，要等他爸爸买米回来！

他想爸爸真好啊！他天天买米给我们吃。但是一转身，他又想着了——他想着他爸爸，有一双睁圆的眼睛！他想到每吃饭时，他吃了一半碗，想再添些，他爸爸便睁圆了眼睛说："小孩子不知道'饱足'，还要多吃！留些明天吃吃罢！"他妈妈总是垂着眼泪说："你便少喝一'开'酒，让他多吃一口罢！再不然，便譬如是我——我多吃了一口！"他爸爸不说什么，却睁圆着一双眼睛！

他也不懂得爸爸的眼睛，为什么要睁圆着，他也不懂得妈妈的眼泪，为什么要垂下。但是，他就此不再吃了，他就悄悄地走开了！

他还常常想着他姑母——"呵——好久了！妈妈说，是三年了！"三年前，他姑母来时，带来两条咸鱼，一方咸肉。他姑母不久就去了，他却天天想着她。他还记得有一条咸鱼，挂在窗口，一直挂到过年！

他常常问他的妈妈"姑母呢？我的好姑母，为什么不来？"

妈妈说："她住得远咧——有五十里路，走要走一天！"

是呀，他天天是同样的想——他想着他妈妈，想着他爸爸，想着他摇篮里的弟弟，想着他姑母。他还想着那破塔中的一条蛇，他说："它的头有斗一样大，不知道它两只眼睛，有多么大？"

他咬着指头，想着想着，直想到天黑：他心中想的，是天天一样，他眼中看见的，也是天天一样。

他又听见一声听惯的"哇……呜……"。他又看见那卖豆腐花的，把担子歇在对面荒场上。孩子们都不游戏了，都围起那担子来，捧着小碗吃。

他也问过妈妈："我们为什么不吃豆腐花？"妈妈说："他们是吃了就不再吃晚饭的了。"他想，他们真可怜呵！只吃那一小碗东西，不饿的么？但是他很奇怪，他们为什么不饿？同时担子上的小火炉，煎着酱油，把香风一阵阵送来，叫他分外的饿了！

天渐渐地暗了，他又看见五个看惯的木匠，依旧是背着斧头锯子，抽着黄烟走过。那个年纪最大的——他知道他名叫"老娘舅"——依旧是喝得满面通红，一跛一跛地走，一只手里，还提着半瓶黄酒。

他看着看着，直看到远远的破塔，已渐渐地看不见了。那荒场上的豆腐花担子，也挑着走了。他于是和天天一样，看见那边街头上，来了四个兵，都穿着红边马褂，两个拿着军棍，两个打着灯。后面是一个骑马的兵官，戴着圆圆的眼镜。

荒场的小孩，远远地看见兵来，都说："夜了!"一下子都不见了!街头躺着一只黑狗，却跳了起来，紧跟着兵官的马脚，汪汪地嗥!

他也说："夜了夜了!爸爸还不回来，我可要进去了!"他正要掩门，又看见一个女人，手里提着几条鱼，从他面前走过。他掩上了门，在微光中摸索着说："这是什么人家的小孩的姑母啊!"

文学茶座

最早的摄影爱好者之一——刘半农

刘半农从小喜欢摄影，是我国最早的摄影艺术团体——北京光社的主要代言人。

在当时，他把照相分成"写实"和"写意"两大类，公开宣称："我们承认写真照相有极大的用处，而且承认这是照相的正用。但我们这些傻小子，偏要把正用的东西借作歪用——想在照相中找出一些'美'来——因此不得不在正路之外，开辟一路。"要开辟的就是摄影艺术之路，这不同于照相馆和当时社会上的"写实"摄影，而是要表现作者主观情怀的"写意"摄影，他着力提倡的"写意"，乃是要把作者的意境，借着照相表露出来。

名家简介

茅盾(1896~1981),本名沈德鸿,字雁冰,现代著名小说家、文学评论家、文化活动家和社会活动家,五四新文化运动先驱者之一,我国革命文艺奠基人之一。著有长篇小说《子夜》、短篇小说{林家铺子》、“农村三部曲”(《春蚕》、《秋收》、《残冬》)等。中华人民共和国成立之后.他历任文联副主席、文化部长、作协主席,并任全国政协副主席,1981年辞世。

叩 门

茅 盾

答,答,答!

我从梦中跳醒来。

——有谁在叩我的门?我迷惘地这么想。我侧耳静听。声音是没有了。头上的电灯洒一些淡黄的光在我的惺忪的脸上。纸窗和帐子依然是那么沉静。

我翻了个身,朦胧地又将入梦,突然那声音又将我唤醒。在答,答的小响外,这次我又听得了呼——呼——的巨声。是北风的怒吼吧?抑或是“人”的觉醒?我不能确定。但是我的血沸腾了。我似乎已经飞出了房间,跨在北风的颈上,砉然驱驰于长空!

然而巨声却又模糊了,低微了,消失了;蜕化下来的只是一段寂寞的虚空。

——只因为是虚空,所以才有那样的巨响呢!我哑然失笑,明白我是受了哄。

我睁大了眼,紧裹在沉思中。许多面孔,错落地在我眼前跳舞。许多人声,嘈杂地在我耳边争讼。蓦地一切都寂灭了,依然是那答,答,答的小声从窗边传来,像有人在叩门。

“是谁呢?有什么事?”

我不耐烦地呼喊了。但是没有回音。

我捻灭了电灯。窗外是青色的天空闪耀着几点寒星。这样的夜半，该不会有什么人来叩门，我想，而且果真是什么呀，那也一定是妄人。这样唤醒了人，却没有回音。

但是打断了我的感想，现在门外是殷殷然有些像雷鸣。自然不是蚊雷。蚊子的确还有，可是都躲在暗角里早失却成雷的气势。我也明知道不是真雷，那在目前也还是太早。我在被窝里内翻了个身，把左耳朵贴在枕头上，心里疑惑这殷殷的声音只是我的耳朵的自鸣。然而忽地，又是——

答，答，答!

这第三次的叩门声，在冷空气中扩散开来，格外的响，颇带些凄厉的气氛。我无论如何再耐不住了，我跳起身来，拉开了门往外望。

什么也没有。镰刀形的月亮在门前池中送出冷冷的微光，池畔的一排樱树，裸露在凝冻了的空气中，轻轻地颤着。

什么也没有，只一条黑狗爬在门口，侧着头，像是在那里偷听什么，现在是很害羞似的垂了头，慢慢地挨到檐前的地板下，把嘴巴藏在毛茸茸的颈间，缩做了一堆。

我暂时可怜这灰色的畜生，虽然一个忿忿的怒斥掠过我的脑膜：是你这工于吠声吠影的东西，丑人作怪似的惊醒了人，却只给人们一个空虚!

名家简介

郑振铎(1898~1958),笔名西谛,是我国“五四”时期的著名作家,文学家和翻译家。也是我国新文化和新文学运动的倡导者。他原籍福建长乐,1923年主编《小说月报》。1931年后历任燕京大学、复旦大学教授,暨南大学文学院院长兼中文系主任,致力学术研究,并主编《世界文库》。1958年出国访问途中因飞机失事逝世。

主要著作有《插图本中国文学史》、《中国俗文学史》、《中国文学研究》、《俄国文学史略》、《近百年古城古墓发掘史》等。译著有《新月集》、《飞鸟集》等,另有《郑振铎文集》。

宴之趣

郑振铎

虽然是冬天,天气却并不怎么冷,雨点淅淅沥沥地滴个不已,灰色云是弥漫着。火炉的火是熄下了,在这样的秋天似的天气中,生了火炉未免是过于燠暖了。家里一个人也没有,他们都出外“应酬”去了。独自在这样的房里坐着,读书的兴趣也引不起,偶然地把早晨的书报翻着,翻着,看看它的广告,忽然想起去看《merrywidow》吧。于是独自上了电车,到派克路跳下了。

在黑漆的影戏院中,乐队悠扬地奏着乐,白幕上的黑影,坐着,立着,追着,哭着,笑着,愁着,怒着,恋着,失望着,决斗着,那还不是那一套,他们写了又写、演了又演的那一套故事。

但至少,我是把一句话记住在心上了:

“有多少次,我是饿着肚子从晚餐席上跑开了。”

这是一句隽妙无比的名句,借来形容我们宴会无虚日的交际社会,真是很确切的。

每一个商人,每一个官僚,每一个略略交际广了些的人,差不多他们的

每一个黄昏，都是消磨在酒楼菜馆之中的。有的时候，一个黄昏要赶着去赴三四处的宴会。这些忙碌的交际者真是妓女一样，在这里坐一坐，就走开了，又赶到另一个地方去了，在那一个地方又只略坐一坐，又赶到再一个地方去了，他们的肚子定是不会饱的，我想。有几个这样的交际者，当酒阑灯灺[1]，应酬完毕之后，定是回到家中，叫底下人烧了稀饭来填补空肠的。

我们在广漠繁华的上海，简直是一个村气十足的“乡下人”。我们住的是乡下，到“上海”去一趟是不容易的，我们过的是乡间的生活，一月中难得有几个黄昏是在“应酬”场中度过的。有许多人也许要说我们是“孤介”，那是很清高的一个名词。但我们实在不是如此，我们不过是不惯征逐于酒肉之场，始终保持着不大见世面的“乡下人”的色彩而已。

偶然的有几次，承一二个朋友的好意，邀请我们去赴宴。在座的至多只有三四个熟人，那一半生客，还要主人介绍或自己去请教尊姓大名，或交换名片，把应有的初见面的应酬的话讷讷地说完了之后，便默默地相对无言了。说的话都不是有着落，都不是从心里发出的。泛泛的，是几个音声，由喉咙头溜到口外的而已。过后自己想起那样的敷衍的对话，未免要为之失笑。如此的，说是一个黄昏在繁灯絮语之筵席上度过了，然而那是如何没有生趣的一个黄昏呀!

有几次，席上的生客太多了，除了主人之外，没有一个是认识的。请教了姓名之后，也随即忘记了。除了和主人说几句话之外，简直无从和他们谈起。不晓得他们是什么行业，不晓得他们是什么性质的人，有话在口头也不敢随意地高谈起来。那一席宴，真是如坐针毡，精美的羹菜，一碗碗地捧上来，也不知是什么味儿。终于忍不住了，只好向主人撒一个谎，说身体不大好过，或说是还有应酬，一定要去的。——如果在谣言很多的这几天当然是更好托辞了，说我怕戒严提早，要被留在华界之外——虽然这是无礼貌的，不大应该的，虽然主人是照例的殷勤的留着，然而我却不顾一切地不得不走了。这个黄昏实在是太难挨得过去了!回到家里以后，买了一碗稀饭，即使只有一小盏萝卜干下稀饭，反而觉得舒畅，有意味。

如果有什么友人做喜事，或寿事，在某某花园、某某旅社的大厅里，大

❶酒阑灯灺(xiè)尽灯熄，形容欢宴结束。

张旗鼓的宴客，不幸我们是被邀请了，更不幸我们是太熟的友人，不能不到，也不能道完了喜或拜完了寿，立刻就托词溜走的，于是这又是一个可怕的黄昏。常常地张大了两眼，在寻找熟人，好容易找到了，一定要紧紧地和他们挤在一起，不敢失散。到了坐席时，便至少有两三人在一块儿可以谈谈了，不至于一个人独自的局促在一群生面孔的人当中，惶恐而且空虚。当我们两三个人在津津地谈着自己的事时，偶然抬起眼来看着对面的一个坐客，他是凄然无侣地坐着；大家酒杯举了，他也举着；菜来了，一个人说："请，请。"同时把牙箸伸到盘边，他也说，"请，请。"也同样地把牙箸伸出。除了吃菜之外，他没有目的，菜完了，他便局促地独坐着。我们见了他，总要代他难过，然则他终于能够终了席方才起身离座。宴会之趣味如果仅是这样的，那么，我们将咒诅那第一个发明请客的人。喝酒的趣味如果仅是这样的，那么，我们也将打倒杜康❶与狄奥尼修士❷了。

然而又有的宴会却幸而并不是这样的，我们也还有别的可以引起喝酒的趣味的环境。独酌，据说，那是很有意思的。我少时，常见祖父一个人执了一把锡的酒壶，把黄色的酒倒在白磁小杯里，举了杯独酌着。喝了一小口，真正一小口，便放下了，又拿起筷子来夹菜。因此，他食得很慢，大家的饭碗和筷子都已放下了，且已离座了，而他却还在举着酒杯，不匆不忙地喝着。他的吃饭，尚在再一个半点钟之后呢。而他喝着酒，颜微酡着，常常叫道："孩子，来。"而我们便到了他的跟前。他夹了一块只有他独享着的菜蔬放在我们口中，问道："好吃么？"我们往往以点点头答之。在孙男与孙女中，他特别喜欢我，叫我前去的时候尤多。常常的，他把有了短髭的嘴吻着我的面颊，微微有些刺痛，而他的酒气从他的口鼻中直喷出来。这是使我很难受的。

这样的，他消磨过了一个中午和一个黄昏。天天都是如此。我没有享受过这样的乐趣。然而回想起来，似乎他那时是非常的高兴，他是陶醉着，为快乐的雾所围着，似乎他的沉重的忧郁都从心上移开了，这里便是他的整个世界，而整个世界也便是他的。

---

❶杜康：中国传说中酒的发明者。

❷狄奥尼修士：希腊神话中的酒神。

别一个宴之趣，是我们近几年所常常领略到的，那就是集合了好几个无所不谈的朋友，全座没有一个生面孔，在随意地喝着酒，吃着菜，上天下地地谈着。有时说着很轻妙的话，说着很可发笑的话，有时是如火如剑的激动的话，有时是深切的论学谈艺的话，有时是随意的取笑着，有时是面红耳热的争辩着，有时是高妙的理想在我们的谈锋上触着，有时是恋爱的遇合与家庭的与个人的身世使我们谈个不休。每个人都把他的心胸赤裸裸地袒开了，每个人都把他的向来不肯给人看的面孔显露出来了；每个人都谈着，谈着，谈着，只有更兴奋地谈着，毫不觉得“疲倦”是怎么一个样子。酒是喝得干了，菜是已经没有了，而他们却还是谈着，谈着，谈着。那个地方，即使是很喧闹的，很湫狭[1]的，向来所不愿意多坐的，而这时大家却都忘记了这些事，只是谈着，谈着，谈着，没有一个人愿意先说起告别的话。要不是为了戒严或家庭的命令，竟不会有人想走开的。虽然这些闲谈都是琐屑之至的，都是无意味的，而我们却已在其间得到宴之趣了——其实在这些闲谈中，我们是时时可发现许多珠宝的；大家都互相地受着影响，大家都更进一步了解他的同伴，大家都可以从那里得到些教益与利益。

“再喝一杯。只要一杯，一杯。”

“不，不能喝了，实在的。”

不会喝酒的人每每这样的被强迫着而喝了过量的酒。面部红红的。映在灯光之下，是向来所未有的壮美的丰采。

“圣陶，干一杯。干一杯。”我往往举起杯来对着他说，我是很喜欢一口一杯的喝酒的。

“慢慢地，不要这样快，喝酒的趣味，在于一小口一小口地喝，不在于‘干杯’。”圣陶反抗似的说，然而终于他是一口干了。一杯又是一杯。

连不会喝酒的愈之、雁冰，有时，竟也被我们强迫的干了一杯。于是大家哄然地大笑，是发出于心之绝底的笑。

再有，佳年好节，合家团团地坐在一桌上，放了十几双的红漆筷子，连不在家中的人也都放着一双筷子，都排着一个座位。小孩子笑吟吟地闹着吵着，母亲和祖母温和地笑着，妻子忙碌着，指挥着厨房中厅堂中仆人们做

---

[1] 湫(jiǎo)狭：低洼狭小。

菜、端菜，那也是特有一种融融泄泄的乐趣，为孤独者所妒羡不止的，虽然并没有和同伴们同在时那样的宴之趣。

还有，一对恋人独自在酒店的密室中晚餐；还有，从戏院中携了妻子出来，同登酒楼喝一二杯酒；还有，伴着祖母或母亲在熊熊的炉火旁边，放了几盏小菜，闲吃着宵夜的酒，那都是使身临其境的人心醉神怡的。宴之趣是如此的不同呀！

名家简介

陆蠡(1908～1942),浙江天台人,现代散文家、翻译家。主要作品有散文集《海星》、《囚绿记》等,译有《罗亭》、《鲁滨逊漂流记》、《拉封丹寓言》等。

囚绿记

陆 蠡

这是去年夏间的事情。

我住在北平的一家公寓里。我占据着高广不过一丈的小房间,砖铺的潮湿的地面,纸糊的墙壁和天花板,两扇木格子嵌玻璃的窗,窗上有很灵巧的纸卷帘,这在南方是少见的。

窗是朝东的。北方的夏季天亮得快,早晨五点钟左右太阳便照进我的小屋,把可畏的光线射个满室,直到十一点半才退出,令人感到炎热。这公寓里还有几间空房子,我原有选择的自由的,但我终于选定了这朝东房间,我怀着喜悦而满足的心情占有它,那是有一个小小理由。

这房间靠南的墙壁上,有一个小圆窗,直径一尺左右。窗是圆的,却嵌着一块六角形的玻璃,并且左下角是打碎了,留下一个大孔隙,手可以随意伸进伸出。圆窗外面长着常春藤。当太阳照过它繁密的枝叶,透到我房里来的时候,便有一片绿影。我便是欢喜这片绿影才选定这房间的。当公寓里的伙计替我提了随身小提箱,领我到这房间来的时候,我瞥见这绿影,感觉到一种喜悦,便毫不犹疑地决定下来,这样了截爽直使公寓里伙计都惊奇了。

绿色是多宝贵的啊!它是生命,它是希望,它是慰安,它是快乐。我怀念着绿色把我的心等焦了。我欢喜看水白,我欢喜看草绿。我疲累于灰暗的都市的天空和黄漠的平原,我怀念着绿色,如同涸辙的鱼盼等着雨水!我急不暇择的心情即使一枝之绿也视同至宝。当我在这小房中安顿下来,我移徙小台子到圆窗下，让我的面朝墙壁和小窗。门虽是常开着，可没人来打扰我，因为在这古城中我是孤独而陌生。但我并不感到孤独。我忘记了困倦的旅程和以往的许多不快的记忆。我望着这小圆洞，绿叶和我对语。我了解自然无声的语言，正如它了解我的语言一样。

我快活地坐在我的窗前。度过了一个月，两个月，我留恋于这片绿色。我开始了解渡越沙漠者望见绿洲的欢喜，我开始了解航海的冒险家望见海面飘来花草的茎叶的欢喜。人是在自然中生长的，绿是自然的颜色。

我天天望着窗口常春藤的生长。看它怎样伸开柔软的卷须，攀住一根缘引它的绳索，或一茎枯枝；看它怎样舒开折叠着的嫩叶，渐渐变青，渐渐变老，我细细观赏它纤细的脉络，嫩芽，我以揠苗助长的心情，巴不得它长得快，长得茂绿。下雨的时候，我爱它淅沥的声音，婆娑的摆舞。

忽然有一种自私的念头触动了我。我从破碎的窗口伸出手去，把两枝浆液丰富的柔条牵进我的屋子里来，教它伸长到我的书案上，让绿色和我更接近，更亲密。我拿绿色来装饰我这简陋的房间，装饰我过于抑郁的心情。我要借绿色来比喻葱茏的爱和幸福，我要借绿色来比喻猗郁[1]的年华。我囚住这绿色如同幽囚一只小鸟，要它为我作无声的歌唱。

绿的枝条悬垂在我的案前了。它依旧伸长，依旧攀缘，依旧舒放，并且比在外边长得更快。我好像发现了一种"生的欢喜"，超过了任何一种的喜悦。从前我有个时候，住在乡间的一所草屋里，地面是新铺的泥土，未除净的草根在我的床下茁出嫩绿的芽苗，蕈菌在地角上生长，我不忍加以剪除。后来一个友人一边说一边笑，替我拔去这些野草，我心里还引为可惜，倒怪他多事似的。

可是每天早晨，我起来观看这被幽囚的"绿友"时，它的尖端总朝着窗外的方向。甚至于一枚细叶，一茎卷须，都朝原来的方向。植物是多固执啊!它不了解我对它的爱抚，我对它的善意。我为了这永远向着阳光生长的植物不快，因为它损害了我的自尊心。可是我囚系住它，仍旧让柔弱的枝叶垂在我的案前。

它渐渐失去了青苍的颜色，变成柔绿，变成嫩黄；枝条变成细瘦，变成

---

❶猗郁(yī yù)：形容美好而又生气勃勃。

娇弱，好像病了的孩子。我渐渐不能原谅我自己的过失，把天空底下的植物移锁到暗黑的室内；我渐渐为这病损的枝叶可怜，虽则我恼怒它的固执，无亲热，我仍旧不放走它。魔念在我心中生长了。

我原是打算七月尾就回南去的。我计算着我的归期，计算这“绿囚”出牢的日子。在我离开的时候，便是它恢复自由的时候。卢沟桥事件发生了。担心我的朋友电催我赶快南归。我不得不变更我的计划；在七月中旬，不能再流连于烽烟四逼中的旧都，火车已经断了数天，我每日须得留心开车的消息。终于在一天早晨候到了。临行时我珍重地开释了这永不屈服于黑暗的囚人。我把瘦黄的枝叶放在原来的位置上，向它致诚意的祝福，愿它繁茂苍绿。

离开北平一年了。我怀念着我的圆窗和绿友。有一天，得重和它们见面的时候，会和我面生么？

抗日烈士陆蠡

陆蠡不仅是我国现代著名的散文家，而且是宁死不屈的抗日烈士。1942年4月，上海文化生活出版社发往西南的抗日书籍在金华被扣，日本宪兵队追踪到上海，查封了书店，没收了全部抗日书籍。出版社负责人陆蠡不顾胞妹的劝阻，亲自去巡捕房交涉，便遭关押。后被解到汪伪政府所在的南京审讯，敌宪问：“你赞成南京政府吗？”陆蠡说：“不赞成！”敌人又问：“日本人能否征服中国？”回答依然是：“绝不可能！”陆蠡7月21日临刑时，年仅34岁。

名家简介

庐隐(1898~1934),原名黄淑仪,又名黄英,福建省闽侯县南屿乡人。其笔名庐隐,有隐去庐山真面目的意思。著有《海滨故人》、《灵海潮汐》、《曼丽》、《东京小品》等。36岁时死于难产。

2003年美国哥伦比亚大学出版的《女作家在现代中国》之中,她与萧红、苏雪林和石评梅等人并列为18个重要的现代中国女作家之一。

邻　居

庐　隐

别了,繁华的闹市!当我们离开我们从前的住室门口的时候,恰恰是早晨七点钟。那耀眼的朝阳正照在电车线上,发出灿烂的金光,使人想象到不可忍受的闷热。而我们是搭上市外的电车,驰向那屋舍渐稀的郊野去;渐渐看见陂陀起伏的山上,林木葱茏,绿影婆娑,丛竹上满缀着清晨的露珠,兀自向人闪动,一阵阵的野花香扑到脸上来,使人心神爽快。经过三十分钟,便到我们的目的地。

在许多整饬的矮墙里,几株娇艳的玫瑰迎风袅娜,经过这一带碧绿的矮墙南折,便看见那一座郁郁葱葱的松柏林,穿过树林.就是那些小巧清洁的日本式房屋掩映于万绿丛中。微风吹拂,树影摩荡;明窗净几间,帘幔低垂,一种幽深静默的趣味,顿使人忘记这正是炎威犹存的残夏呢。

我们沿着鹅卵石垒成的马路前进,走百余步,便见斜刺里有一条窄窄的草径,两旁长满了红蓼、白荻和狗尾草。草叶亡朝露未干,沾衣皆湿。草底鸣虫唧唧,清脆可听。草径尽头一带竹篱,上面攀缘着牵牛茑萝,繁花如锦,清香醉人。就在竹篱内,有一所小小精舍,便是我们的新家了。淡黄色木质的墙壁、门窗和米黄色的地席,都是纤尘不染。我们将很简单的家具稍稍布置以后,便很安然地坐下谈天,似乎一个月以来奔波匆忙的心身,此刻才算是安定了。

但我们是没有受过操持家务的训练呵!虽是一个很简单的厨房,而在我们这一切生疏的人看来,真够严重了。怎样煮饭——一碗米应放多少水,煮肉应当放些什么调料啦!一切都不懂,只好凭想象力一件件的去尝试。这其中最大的难题是到后院井边去提水,老大的铅桶、满满一桶水真够累人的。我正在提着那亮晶晶发光的水桶不知所措的时候,忽见邻院门口走来一个身躯庞大,满面和气的日本女人——那正是我们头一次拜访的邻居胖太太——我们不知道她姓什么,可是我们赠送她这个绰号,总是很合适吧。她走到我们面前,向我们咕哩咕噜说了几句日本话,我们是又聋又哑的外国人,简直一句也不懂,只有瞪着眼向她呆笑。后来她接过我手里的水桶,到井边满满地汲了一桶水,放在我们的新厨房里。她看见我们那些新买来的锅呀、碗呀,上面都微微沾了一点灰尘,她便自动地替我们一件一件洗干净了,又一件件安置得妥妥帖帖,然后她鞠着躬说声サヨウナラ(再见)走了。

据说这位和气的邻居,对中国人特别有感情,她曾经帮中国人做过六七年的事,并且,她曾嫁过一个中国男人……不过人们谈到她的历史的时候,都带着一种猜度的神气,自然这似乎是一个比较神秘的人儿呢。但无论如何,她是我们的好邻居呵!

她自从认识我们以后,没事便时常过来串门。她来的时候,多半是先到厨房,遇见一堆用过的锅碗放在地板上,或水桶里的水用完了,她就不用吩咐地替我们洗碗打水。有时她还拿着些泡菜、辣椒粉之类零星物件送给我们。这种出乎我们意外的热诚,不禁使我们有些赧然。

我没有到日本以前,在天津大阪公司买船票时,为了一张八扣的优待——那是由北平日本公使馆发出来的——同那个留着小胡子的卖票员捣了许久的麻烦,最后还是拿了天津日本领事馆的公函,他们这才照办了。而买票找钱的时候,只不过一角钱,那位含着狡绘面相的卖票员竟让我们等了半点多钟。当时我曾赌气牺牲这一角钱,头也不回地离开那里。他们这才似乎有些过不去。连忙喊住我们,从桌子的抽屉里拿出一角钱给我们。这样尖酸刻薄的行为。无处不表现岛国细民的小气,真给我一个永世不会忘记的坏印象。

及至我上了长城丸(日本船名)时,那两个日本茶房也似乎带着些欺人时神气。比如开饭的时候,他们总先给日本人开,然后才轮到中国人。至于那些同渡的日本人,有几个男人嘴脸之间时时表现着夜郎自大的气概——自然也由于我国人太不争气的缘故。那些日本女人呢,个个对男人低首下心,柔顺如一只小羊。这虽然惹不起我们对她们的愤慨,却使我们有些伤心,“世界上最没有个性的女性呵,你们为什么情愿做男子的奴隶和傀儡呢?我不禁大声地喊着,可惜她们不懂我的话,大约以为我是个疯子吧。

总之我对于日本人从来没有好感,豺狼虎豹怎样凶狠恶毒,你们是想象得出来的,而我也同样地想象那些日本人呢。

但是不久我便到了东京,并且在东京住了两个礼拜了。我就觉得我太没出息——心眼儿太窄狭,日本人——在我们中国横行的日本人,当然是可恨。然而在东京我曾遇见过极和蔼忠诚的日本人。他们对我们客气,有礼貌,而且极热心地帮忙,的确的。他们对待一个异国人,实在比我们更有理智更富于同情些。至于做生意的人,无论大小买卖,都是言不二价,童叟无欺,现在又遇到我们的邻居胖太太,那种慈和忠实的行为,更使我惭愧我的小心眼了。我们的可爱的邻居,每天当我们煮饭的时候,她就出现在我们的厨房门口。

“サソ(太太)要水吗?”柔和而熟悉的声音每次都激动我对她的感愧。她是怎样无私的人儿呢!有一天晚上,我从街上回来,穿着一件淡青色的绸衫,因为时间已晚,忙着煮饭,也顾不得换衣服,同时又怕弄脏了绸衫,我就找了一块白包袱权作围裙,胡乱地扎在身上,当然这是有些不舒服的。正在这时候,我们的邻居来了。她见了我这种怪样,连忙跑到她自己房里,拿出一件她穿着过于窄小的白围裙送给我,她说:“我现在胖了,不能穿这围裙,送给你很好。”她说时,就亲自替我穿上,前后端详了一阵,含笑学着中国话道:“很好!很好!”

她胖大的身影,穿过遮住前面房屋的树丛,渐渐地看不见了。而我手里拿着炒菜的勺子,竟怔怔地如同失了魂。唉!我接受了她的礼物,竟忘记向她道谢,只因我接受了她的比衣服更可宝贵的仁爱,将我惊吓住了;我深自忏悔,我知道世界上的人类除了一部分为利欲所沉溺的以外,都有着丰富的同情和纯洁的友谊,人类的大部分毕竟是可爱的呵!

我们的邻居,她再也想不到她在一些琐碎的小事中给了我偌大的启示吧。愿以我的至诚向她祝福!

名家简介

废名(1901～1967),原名冯文炳。小说家,教授。湖北黄梅人。代表作有长篇小说《桥》及《莫须有先生传》、《莫须有先生坐飞机以后》等。

初　恋

废　名

我那时是“高等官小学堂”的学生,在乡里算是不容易攀上的资格,然而还是跟着祖母跑东跑西,——这自然是由于祖母的疼爱,而我“年少登科”,也很可以明白地看出了。

我一见她就爱;祖母说“银姐”,就喊“银姐”;银姐也立刻含笑答应,笑的时候,一边一个酒窝。

银姐的母亲是有钱的寡妇,照年纪,还不能陪着祖母进菩萨,正因为这缘故,她进菩萨总要祖母陪着,头一次见我,摸摸我的脑壳,“好孩子!谁家的女婿呢?”我不是碍着祖母的面子,真要唾她不懂事:“年纪虽小,先生总是一样!”待到见了银姐,才暗自侥幸:“喜得没有出口!”

我们住在一个城圈子里,我又特别得了堂长的允许下课回来睡觉,所以同银姐时常有会面的机会。

一天,我去银姐家请祖母,祖母正在那里吃午饭,观音娘娘的生期,刚刚由庵里转头。祖母问,父亲打发我来呢,还是母亲?我说,天后宫的尼姑收月米,母亲不知道往年的例。

“这算什么了不得的事呢,叫我!”

我暗自得计,坐在银姐对面的椅子上。银姐的母亲连忙吩咐银姐把刚才带回的云片糕给我,拿回去分弟弟。我慢慢地伸手接着,银姐的手缓缓地离开我,那手腕简直同塘里挖起来的嫩藕一般。

银姐的母亲往天井取浴盆,我装着瞧一瞧街的势子走出去,听得泼水的声响又走进来，银姐的母亲正在同祖母咕嗫："人家蠢笨的，那知道这些躲避！"我几乎忍不住笑了，同时也探得了她们的确实的意见。阿焱还是一个娃娃。

早饭之后，我跑进银姐的家，银姐一个人靠着堂屋里八只手、脚踏莲花的画像前面的长长几做针凿。我好像真个不知道：

"我的祖母在不在这里呢？"

"同妈妈在后房谈话："银姐很和气地答着。

话正谈得高兴，祖母车转头："啊，今天是礼拜。"银姐的母亲也偏头呼喊一声："银儿，引哥儿到后院打桑葚。"

后院有一棵桑树，红的葚，紫的葚，天上星那样丛密着。银姐拿起晾衣的竹竿一下一下地打，身子便随着竿子一下一下地弯；嘣嘣的落在地上，银姐的眼睛矍矍的忙个不开。

"拣！焱哥哥！"

只有"焱哥哥"到我的耳朵更清脆，更回旋，仿佛今天才被人这样称呼着。

我蹲下去拣那大而紫的了。

"用什么装呢？"

一手牵着长衫的一角……

"行不得！涂坏了衣服！"

荷包里掏出小小的白手帕递给我了。

中元节是我最忙的日子，邻舍同附近的同族都来请我写包袱。现在，又添了银姐一家了。远远望见我来，银姐的母亲笑嘻嘻地站在门口迎接着（她对于我好像真是疼爱，我也渐渐不当她是泛泛的婆子），仿佛经过相公的手，鬼拿去也更值钱些。墨同砚池都是银姐平素用来画花样的；笔，我自己早带在荷包；说声"水"，盛过香粉的玻璃瓶，早放在我的面前了。

"好一个水瓶！送给我不呢？"

"多着哩，只怕哥儿不要。"银姐的母亲忙帮着答应。随又坐在椅子上拍鞋灰："上街有事，就回。"

"哈哈！这屋子里将只有我同银姐两个了！"

屋子里只有我同银姐两个了，银姐而且就在我的身旁，写好了的包袱她搬过去，没有写的又搬过来。我不知怎的打不开眼睛，仿佛太阳光对着我射!而且不是坐在地下，是浮在天上!挣扎着偏头一觑，正觑在银姐的面庞!——这面庞呵，——我呵，我是一只鸟，越飞越小，小到只有一颗黑点，看不见了，消融于天空之中了……

我照着簿子写下去，平素在学堂里竞争第一，也没有今天这样起劲，并不完全因为银姐的缘故，包袱封裹得十分匀净(大约也是银姐的工作罢)，笔也是一枝新的，还只替自己家的一位堂婶子写过——那时嫌太新，不合式。写道：

故显考……冥中受用

孝女……化袱上荐

我迟疑了，我的祖父是父亲名字荐，我的死去了的堂叔是堂兄名字荐，都是“孝男”，哪里有什么“孝女”呢?——其实……“故曾祖”，“故祖”底下，又何尝不是“孝曾孙女”“孝孙女”?

我写给我的祖父，总私自照规定的数目多写几个，现在便也探一探银姐的意见：

“再是写给你的爸爸了。”

银姐突然把腰一伸，双手按住正在搬过来的一堆：

“哪——簿子上是什么记号呢?”

“八。”

“十二罢。”

银姐的母亲已经走进门来了。买回半斤蜜枣，两斤蛋糕，撒开铺在我的面前。银姐立刻沏一杯茶，也掏枚蜜枣放在自己的口里：

“妈妈，来罢!不吃，焱哥哥也不吃。”

有月亮的晚上，我同银姐，还杂着别的女孩，聚在银姐的门口玩：她们以为我会讲洋活，见了星也是问，见了蝙蝠也是问，“这叫什么呢?”其实我记得清楚的，只不过wife，gile之类，然而也不能不勉强答应，反正她们是一个不懂。各人的母亲唤回各人的女儿了，剩下的只有我同银姐(银姐的母亲知道在自己门口；我跟祖母来，自然也跟祖母去)，我的脚趾才舒好的踏地，不然，真要钩断了：“还不滚!”银姐坐在石阶的上级，我站在比银姐低一级；银姐望天河．我望银姐的下巴。我想说一句话，说到口边却又吞进去了。

“七月初八那一日。我大早起来望鸦鹊.果然有一只集在桑树……”

“羽毛蓬乱些不呢?”

“就是看这哩,倒不见得。”

“银姐!……”

“怎么?”

“我——我们两个咂嘴……”

“呸!下流!”

我羞到没有地方躲藏了。

这回我牵着祖母回家,心里憧憧不安:“该不告诉妈妈罢?”

——倘在平时,“赶快!赶快把今天过完,就是明天!”

这已经是十年的间隔了,我结婚后第一次回乡,会见的祖母,只有设在堂屋里的灵位;“奶奶病愈勿念”,乃是家人对于千里外的爱孙的瞒词。妻告诉我,一位五十岁的婆婆,比姑妈还要哭得厉害,哭完了又来看新娘,跟着的是一位嫂嫂模样的姐儿,拿了放在几上的我的相片,“这是焱哥哥吗?”

“啊……”

废名和熊十力

废名的狂是出了名的。有很多关于废名狂的故事,耳熟能详。比如,他和哲学家熊十力是老乡、好朋友,但一个以佛自居,与己不合者即是谤佛,一个恃才傲物,自号“十力熊菩萨”,在学术问题上二人便经常龃龉争吵。一天,废名在熊家与熊十力穿着单衣单裤,讨论东晋高僧僧肇的学说,免不了一番争吵。两个人越争声音越大,突然没有声音了,旁人一看,原来两人扭打在一块,脖子都被对方的手卡住,发不出声来。一会儿,废名气哄哄地出门回家了。换了一般人,还不恩断义绝,日后待我挑你学术的脚筋、泼你人格的污水。好在废名没有生活在当代,他们不怕丢面子,敢于拿出抱腰摔腿的三脚猫功夫,却学不会那些落井下石的阴损暗招。第二天,废名又乐呵呵地来熊家喝茶聊天。最好朋友兼最佳对手是人生的最高境界,是惺惺相惜的不朽佳话。

名家简介

石评梅(1902～1928),中国近现代女作家、革命活动家,“民国四大才女”之一。原名汝壁,因爱慕梅花之俏丽坚贞,自取笔名石评梅。曾用笔名评梅女士、波微、漱雪、冰华、心珠、梦黛、林娜等。1902年出生于山西省平定县,1919年在北京女子高等师范学校就读时即热心于文学创作,1923年9月在《晨报副刊》连载长篇游记《模糊的余影》,1924年与挚友陆晶清编辑《京报副刊·妇女周刊》,1926年,继续与陆晶清合编《世界日报副刊·蔷藏周刊》,1928年9月30日因病逝世。

石评梅一生中,创作了大量诗歌、散文、游记、小说,尤以诗歌见长,有“北京著名女诗人”之誉。作品大多以追求爱情、真理,渴望自由、光明为主题。小说创作以《红鬃马》、《匹马嘶风录》为代表。

在她去世后,其作品曾由庐隐、陆晶清等友人编辑成《涛语》、《偶然草》两个集子。

我只合独葬荒丘

石评梅

昨夜英送我归家的路上,他曾说这样料峭的寒风里带着雪意,夜深时一定会下雪的。那时我正瞻望着黑暗的远道,没有答他的话。今晨由梦中醒来,揭起帐子,由窗纱看见丁香枯枝上的雪花,我才知道果然,雪已在梦中悄悄地来到人间了。

窗外的白雪照着玻璃上美丽的冰纹,映着房中熊熊的红炉,我散着头发立在妆台前沉思,这时我由生的活跃的人间,想到死的冷静的黄泉。

这样天气,坐在红炉畔,饮着酽的清茶,吃着花生瓜子栗子一类的零碎,读着喜欢看的书,或和知心的朋友谈话,或默默无语独自想着旧梦,手里织点东西,自然最舒适了。我太矫情!偏是迎着寒风,扑着雪花,向荒郊野外,乱坟茔中独自去徘徊。

我是怎样希望我的生命，建在美的、冷的、静的基础上。因之我爱冬天，尤爱冬天的雪和梅花。如今，往日的绮梦，往日的欢荣，都如落花流水一样逝去，幸好还有一颗僵硬死寂的心，尚能在寒风凄雪里抖颤哀泣。于是我抱了这颗尚在抖颤，尚在哀号的心，无目的迷惘中走向那一片冰天雪地。

到了西单牌楼扰攘的街市上，白的雪已化成人们脚底污湿的黑泥。我抬头望着模糊中的宣武门，渐渐走近了，我看见白雪遮罩着红墙碧瓦的城楼。门洞里正过着一群送葬的人，许多旗牌执事后面，随着大红缎罩下黑漆的棺材；我知道这里面装着最可哀最可怕的“死”!棺材后是五六辆驴车，几个穿孝服的女人正在轻轻地抽噎着哭泣!这刹那间的街市是静穆严肃，除了奔走的车夫，推小车卖蔬菜的人们外，便是引导牵系着这沉重的悲哀，送葬者的音乐，在这凄风寒雪的清晨颤荡着。

凄苦中我被骆驼项下轻灵灵的铃声唤醒!车已走过了门洞到了桥梁上。我望着两行枯柳夹着的冰雪罩了的护城河。这地方只缺少一个月亮，或者一颗落日，便是一幅疏林寒雪图。

雪还下着，寒风刮得更紧，我独自驱车去陶然亭。

在车上我想到十四年正月初五那天，也是我和天辛在雪后来游陶然亭，是他未死前两个月的事。说起来太伤心，这次是他自己去找墓地。我不忍再言往事，过后他有一封信给我，是这样写的。

“珠!昨天是我们去游陶然亭的日子，也是我们历史上值得纪念的日子。我们的历史一半写于荒斋，一半写于医院，我希望将来便完成在这里。珠!你不要忘记了我的嘱托，并将一切经过永远记在心里。

“我写在城根雪地上的字，你问我：‘毁掉吗?’随即提足准备去踏；我笑着但是十分勉强的说：‘踏去吧!’虽然你并未曾真的将它踏掉，或者永远不会有人去把它踏掉；可是在你问我之后，我觉着我写的那‘心珠’好像正开着的鲜花，忽然从枝头”落在地上，而且马上便萎化了!我似乎亲眼看见那两个字于一分钟内，由活体立刻变成僵尸；当时由不得感到自己命运的悲惨，并有了一种送亡的心绪!所以到后来枯瓣落地，我利其一双成对，故用手杖掘了一个小坑埋入地下，笑说：‘埋葬了我们罢!’我当时实在是祷告埋葬了我那种悼亡的悲绪。我愿我不再那样易感，那种悲绪的确是已像枯瓣一样的埋葬了。

“我从来信我是顶不成的,可是昨天发现有时你比我还不成。当我们过了葛母墓地往南走的时候,我发觉你有一种悲哀感触,或者因为我当时那些话说的令人太伤心了!唉!想起来‘我只合独葬荒丘’的话来,我不由的低着头叹了一口气。你似乎注意力全移到我身上来,笑着唤:‘回来吧!’我转眼看你,适才的悲绪已完全消失了。就是这些不知不觉的转移,好像天幕之一角,偶然为急风吹起,使我得以窥见我的宇宙的隐秘,我的心意显着有些醉了。后来吃饭时候。我不过轻微地咳嗽了两下,你就那么着急起来;珠!你知道这些成就得一个世界是怎样伟大么?你知道这些更使一个心贴伏在爱之渊底吗?”

“在南下洼我持着线球,你织着绳衣,我们一边走一边说话,太阳加倍放些温热送回我们;我们都感谢那样好的天气,是特为我们出游布置的。吃饭前有一个时候,你低下头织衣,我斜枕着手静静地望着你,那时候我脑际萦绕着一种绮思,我想和你说;但后来你抬起头来看了看我,我没有说什么,只拉着你的手腕紧紧握了一下。这些情形和苏伊士梦境归来一样,我永永远远不忘它们。”

“命运是我们手十的泥,我们将它团成什么样子,它就得成什么样子;别人不会给我们命运,更不要相信空牌位子前竹签洞中瞎碰出来的黄纸条儿。

“我病现已算好,那能会死呢!你不要常那样想。”

两个月后我的恐怖悲哀实现了,他由活体变成僵尸!四个月后他的心愿达到了,我真的把他送到陶然亭畔,葛母墓旁那块他自己指给我的草地上埋葬。

我们的一切都像预言,自己布下凄凉的景,自己去投入排演。如今天辛算完了这一生,只剩我这漂泊的生命,尚在挣扎颠沛之中,将来的结束,自然是连天辛都不如的悲惨。

车过了三门阁,便有一幅最冷静最幽美的图画展在面前,那坚冰寒雪的来侵令我的心更冷更僵连抖颤都不能。下了车,在这白茫茫一片无人践踏、无人经过的雪地上伫立不前。假如我要走前一步,白雪里便要留下污黑的足痕;并且要揭露许多已经遮掩了的缺陷和恶迹。

我低头沉思了半晌，才鼓着勇气踏雪过了小桥，望见挂着银花的芦苇，望见隐约一角红墙的陶然亭，望见高峰突起的黑窑台，望见天辛坟前的白玉碑。我回顾零乱的足印，我深深地忏悔，我是和一切残忍冷酷的人类一样。

我真不能描画这个世界的冷静、幽美，我更不能形容我踏入这个世界是如何的冷静，如何的幽美。这是一幅不能画的画，这是一首不能写的诗，我这样想。一切轻笼着白纱，浅浅的雪遮着一堆一堆凸起的孤坟，遮着多少当年红颜娇美的少女，和英姿豪爽的英雄，遮着往日富丽的欢荣，遮着千秋遗迹的情爱，遮着苍松白杨，遮着古庙芦塘，遮着断碣残碑，遮着人们悼亡时遗留在这里的悲哀。

洁白凄冷围绕着我，白坟、白碑、白树、白地，低头看我白围巾上却透露出黑的影来，寂静得真不像人间。我这样毫无知觉地走到天辛墓前。我抱着墓碑，低低唤着他的名字，热的泪融化了我身畔的雪，一滴一滴落在雪地，和着我的心音哀泣!天辛!你哪能想到一年之后，你真的埋葬在这里，我真能在这寒风凛冽、雪花飞舞中，来到你坟头上吊你!天辛!我愿你无知，你应该怎样难受呢!怕这迷漫无际的白雪，都要化成潋滟生波的泪湖。

我睁眼四望，要寻觅我们一年前来到这里的遗痕，我真不知，现在是梦，还是过去是梦?天辛!自从你的生命如彗星一闪般陨坠之后，这片黄土便成了你的殡宫，从此后呵!永永远远再看不见你的颀影，再听不见你音乐般的语声!

雪下得更紧了，一片一片落到我的襟肩，一直融化到我心里;我愿雪把我深深地掩埋，深深地掩埋在这若干生命归宿的坟里。寒风吹着，雪花飞着，我像一座石膏人形一样矗立在这荒郊孤冢之前，我昂首向苍白的天宇默祷;这时候我真觉空无所有，亦无所恋，生命的灵焰已渐渐地模糊，忘了母亲，忘了一切爱我怜我同情我的朋友们。

正是我心神宁静得如死去一样的时候，芦塘里忽然飞出一对白鸽，落到一棵松树上;我用哀怜的声音告诉它，告诉它不要轻易泄漏了我这悲哀，给我的母亲，和一切爱我、怜我、同情我的朋友们。

我遍体感到寒冷僵硬，有点抖颤了!那边道上走过了一个银须飘拂、道貌巍然的老和尚，一手执着伞，一手执着念珠，慢慢地到这边来。我心里忽然一酸，因为这和尚有几分像我故乡七十岁的老父。他已惊破我的沉寂，我知此地不可再久留，用手指在雪罩了的石桌上写了“我来了”三个字，向墓再凝视一度，遂决然地离开这里：

归途上，我来时的足痕已被雪遮住。我空虚的心里，忽然想起天辛在病榻上念茵梦湖：

“死时候呵!死时候，我只合独葬荒丘!”

名家简介

施蛰存(1905~2003),中国现代作家、文学翻译家、学者,原名施青萍。施蛰存是中国现代小说的奠基人之一,“新感觉派”的主要作家之一。施蛰存是一位很有个性的知识分子。施蛰存博学多才,兼通古今中外,在文学创作、古典文学研究、碑帖研究、外国文学翻译方面均有成绩。他晚年对社会也很关注,从不掩饰自己的想法。

河内之夜

施蛰存

HanoiSoir! HanoiSoir!

卖报童子奔跑着叫喊的时候,这神秘的远东都市的确夜了。剑湖是河内的首府,正如河内是东京的首府一样。大杂货店(LeGrandMagazin)的电灯熄了,玻璃门开了,于是更多更灿烂的灯光人影在剑湖的浓厚得像甘油一样的水里照耀起来,于是水上的舞厅里响起铜笛的飘荡的声音来,于是湖滨的榕树林里不时地有一个两个穿着白色的或粉红色的安南女子像幽灵一样地闪过,于是吃茶店和咖啡店伸展到人行道上了。

河内夜了,一切的从来不曾有过的神秘在这时候显现了它们的魔术。

于是你可以走进那最小的但是最精致的“茶之沙龙”(Salon deThe),占据一个铝质的流线型的椅子,你要一杯茶或一杯柠檬水,要一碟糖或一碟蜜饯樱桃,抽烟不抽?

随便。

你会等到两个黄种的青年绅士进来,他们说很漂亮的巴黎话,向那很漂亮的法国女店员要一些吃的,也许,他们还高兴挑逗她几句。你以为这一定是安南青年了。并不,当他们自己谈话的时候,你会很高兴地.然而是很意外地听到他们用中国话了。

“不行,我要赶九点十五分的奥多累(Auto—rail)到海防去。今晚办不到。”

“明天去也可以,海防。”

“不行,船已经到了,今天已经卸了货。非赶明天清早装上汽车不可。”

“那也何必自己去,那边有人。”

“提单在我身边。”

“多少?”

“不知道。”

“提单上多少?”

“坶?说说有什么关系?”

“哼!”

“嗯? ? ”

“……”

“得啦!明晚回不回?”

“不回。”

“自己押运?”

“这是命令。”

于是他们匆匆地付了账出门。一个叫着Pousse—Pousse!Legare,一个慢步进湖滨的榕树林里去了。

于是,倘若你不怕树上面的白鹤遗屎在你肩膀上,你可以跟那青年绅士到树林里走走,那儿有游椅可坐。也有几个卖花的摊子,倘若没有什么人可以送的话,你也不妨买几朵小花,抛在水面上看它载沉载浮,也不能说毫无意思,而况只要你愿意,簪花佩花的人是随时可以邂逅到的。

开着高衩的水红衫子是诱人的,而况高衩中间还露着纤腰。窈窕的东京小女儿早已为全世界好色的新闻记者品题得不必更籍宣扬了。你当然也很容易成为她们的俘虏。然而,你要征服她们却并不同样的容易。

于是你势必在树林里找一个东京女儿捉迷藏。始终是双方喑哑也好,说一些彼此不懂得的话也好。恋爱的捉迷藏,原来并不需要语言。

你如果问:parlez vousf rancais?

她会抿着嘴:non。

这也并不可笑,也许她单会说non或oui,但是没有关系,她虽不会说,可完全听得懂,河内有不少说法国话的人,但是很少法国人。

然而和一个东京小女儿说法国话,也未免是多余的。

你们开始遗弃剑湖的时候,也许会在两株幽闭的大树下,看见刚才在“茶之沙龙”里的一个青年绅士向另一个神秘的褴褛汉足恭足敬地鞠着躬,使你愕然地,轻轻地听见一句:沙扬那拉。

穿过刺桐树荫的Boulevard,你的东京姑娘会带你走进一条黑暗的,但似乎是很清洁的小巷子。推开一扇大木板门,再把你带进一间世外桃源似的纯粹法国风的卧室。你从后间窥探出去,可以看见后面还有一排矮屋,微弱的灯光下,有安南老妇人在做活计或是挥扇。

从语言,手势,或微笑中,她告诉你这是她的家了。

茜色的河内之夜,享受不享受?

无论享受不享受,无论黑夜或白昼,当你匆匆从那里出来的时候,你不会在那门上发现一块横额的。于是你急于走出那小巷,赶回你的旅馆或办事处了。

明天,后天,你会回想你的浪漫史。你会怀念那个缟衣的或茜红衫的大眼睛的越南少女。于是你会隋不自禁地告诉你的朋友或同事。

你的朋友或同事会得纵声大笑,喷一口芳香的Cotab把他的故事告诉你。

“当她从一堆箱子中间伸起头来的时候,我开始认识她,那是在香港到海防的轮船中,过了海防的税关,我认识她,但是她不认识我了。然而我毕竟在这儿重又碰见她,并且,使她重又认识我了。”

“细微曲折的节目是无需多说的,总之,我们的交易非常公平。我替她带了一个大箱子经过海防的税关,没有经过检查,而她呢,在她那卧室里招待了我一晚。那就是你所曾去过的。”

“但是,我说,她是能够说中国话的。至少是中国的广东话。”

“你说的是不是左眉角上有一点黑痣的那个?”

“那就不记得了。也许,仿佛有那么一点。”

“但是她不像懂得任何中国话。她脸上投有显出中国话的反应来。”

“这就是东京姑娘的伶俐,也是她的特征。”

“后来?”

“后来我们不认识了:”

“哦,扑朔迷离得很:怎么一回事?”

“怎么一回事!你再也不会懂得,倘若我不告诉你。”

“你告诉我什么?”

“我告诉你,这不是一个安南女人。”

“不是安南女人?”

“不是。”

“嗯? ? ”

“jap! ”

你会得愕然。仿佛做了一个梦。明天,在光天化日之下,你会得寻到那小巷子里的木板门边。在那门上,你会看见一块黑地金字的横额,写着:Chambre Meuble a Louer。(有家具房间出租。)

梦一般的河内之夜,中国的游冶郎在做着茜红色的噩梦。

雷·布莱德贝利(1920~2012),当代美国科幻小说家。著有长篇小说《华氏温标题451》、《我歌唱带电的人体》、《万圣节树》、《霹雳轰鸣》,短篇小说集《火星编年史》、《太阳的金苹果》、《忧郁症之药》等。

奶　奶

【美】雷·布莱德贝利

她是个女人,手里拿着扫帚、畚箕、抹布或是汤匙。你看她早上哼着歌儿切馅饼皮,中午往餐桌上送新出炉的馅饼,黄昏收拾吃剩的冷馅饼。像个瑞士摇铃手叮叮当当地把瓷杯摆放整齐,又像个真空除尘器,一阵风走过每一间屋子,找出没弄好的地方,把它弄弄整齐。她只需手执小泥刀在花园里走上两趟,花儿就在她身后温暖的空气中燃起颤巍巍的红火,她睡得极安静,一夜翻身不到三次,舒坦得像一只白色的手套,但是天一亮,手套里又插进了一只精力充沛的手。她醒着的时候总像扶正画框一样,把每个人都弄得端端正正。

可是,现在呢?

“奶奶。”大家都在喊,“祖奶奶。”

现在她仿佛是一个庞大的数学式子终于算到了底。她填满过火鸡、家鸡、鸽子的肚子,也填满过大人、孩子的肚子。她擦洗过天花板、墙壁、病人和孩子。她铺过油毡,修理过自行车,上过钟表发条,烧过炉子,在一万个痛苦的伤口上涂过碘酒。她的两只手忙忙碌碌,做个不休,这里整一整,那里弄一弄。把垒球和鲜艳的捶球棍放回原位,给黑色的土地撒上种子。给馅饼包皮,给红烧肉浇汁,给酣睡的孩子盖被,无数次地拉下百叶窗、吹熄蜡烛、关上电灯——于是,她老了。回顾她所开始、进行、完成的三十亿件大大小小的工作,归纳到一起,最后的一个小数加上去了,最后的一个零填进去了。现在她手拿粉笔,退开了生活,她要沉默一个小时,然后便要拿起刷子,把这个数字擦去。

“我来看看”,祖奶奶说,“我来看看……”

她不再忙碌了。她绕着屋子不断转来转去,观看每一样东西。最后,她到了楼梯口,谁也没有告诉一声便爬上了一道楼梯,到了她的屋子,拉直了身子躺下,准备死去。像一个化石的模印打在越来越冷的雪一样的被窝里。

“奶奶!祖奶奶!”又有声音在叫她。

她要死了。这消息从楼梯间直落下来,像层层涟漪,荡漾进每一间屋子,荡漾出每一道门、每一个窗户,荡漾进榆树掩映的街道,来到苍翠的峡谷口上。

“来呀!来呀!”

一家人围到她的床边。

“让我躺躺吧。”她轻声地说。

她的病痛任何显微镜也查不出来:那是一种轻微的然而不断加重的疲倦,一种压在她那麻雀样身子上的朦胧压力。困倦了,更困倦了,困倦极了。

她的孩子们和孩子们的孩子们仿佛觉得她如此简单的动——世界上最轻微的动作,不可能引起这样严重的恐慌。

“祖奶奶,听我说,你现在不过是在闯过难关。这屋子没你是会塌的呀!你至少得让我们有一年的准备时间。”

祖奶奶睁开了一只眼睛,九十年的岁月像是沙尘鬼从迅速撤空的屋顶上的窗口飘了出来,静静地望着她的医生。

“汤姆呢?”

汤姆被送到她那悄声低语的床边。

“汤姆”,她说,声音微弱而辽远。“在南海的岛屿上每个人都有这么一天。那天到了,她自己也明白,天上她和亲友们握于告别,坐上帆船离开了。他走了,那是很自然的——他的时候到了。今天也是这样。我有时非常像你,星期六要看日场演出,到晚上九点才回来,还得打发你爸爸去接你,汤姆,当你看到同样的西部英雄在同样的高山顶上跟同样的印第安人打仗的时候,那就是离开座位往剧院大门走的时候了,你必须毫不留恋,不要回头。因此,我也该在看得津津有味的时候离开剧院了。”

第二个被叫到身边来的是道格拉斯。

“奶奶,明年春天叫谁去给房顶换木瓦呢?”

从有日历以来每年四月你都以为听见啄木鸟在啄屋顶:不,那是奶奶心醉神迷地哼着小曲在钉钉子。是她在九霄云里给房顶换木瓦!

“道格拉斯”,她细声细气地说,“不觉得盖屋顶有趣的人就别让他去盖。”

“是,奶奶。”

“到了四月,你向四面看看再问:‘谁愿意盖屋顶去?’谁脸上放出光彩你就让谁去,道格拉斯。在房顶上你可以看到全城的人往乡下走,乡下的人往天边走,往波光粼粼的小河上走;还看得到清晨的湖泊,脚下树梢上的小鸟,最舒畅的风在你周围呼呼地吹。这些东西哪怕只是为了一样,也值得找一个春天的黎明往风信鸡那儿爬一趟。那是很动人的时刻,只要你有机会去试试……”

她的声音低弱了,像在轻轻地颤动。

道格拉斯哭了。

她鼓起劲来。“哎呀,你哭什么?”

“因为”,他说,“你明天就不在了。”

她把一面小镜子转向孩子。在镜子里看了看她的脸,看了看自己的脸,又看了看她的脸。她说:“我要在明天早上七点钟起床。我要把耳朵后面洗干净。我要跟查理·伍德曼一起跑到教堂去。我要到电气公园去野餐。我要去游泳。打着光脚板跑。从树上落下来。嚼薄荷口香糖……道格拉斯,道格拉斯,你真丢脸!你剪手指甲吧?”

“剪的,奶奶。”

“你的身子每七年左右就会全体更新一次,指头上的细胞、心上的老细胞都得死去,新的细胞长出来。你不会为这个哭吧?

不会为这个难过吧?”

“不会的,奶奶。”

“那么,你想想看,孩子。那把剪下的手指甲收藏起来的人不是个傻瓜么?你见过把蜕去的蛇皮保存起来的蛇么?今天躺在这里的我也就跟手指甲和蛇皮差不多,一口气就能把我吹得片片飞落。重要的不是躺在这儿的我,而是那个坐在床前回头望我的我,在楼下做饭的我,躺在车房汽车底下的我,藏在书室里读书的我。起作用的是这许许多多的新我。我今天并不会真正死去。人只要有了家就不会死去;我还要活许久许久;数千年后会有多得像一座城市的子孙,坐在橡胶树荫里啃酸苹果。谁拿这种大问题来

问我，我就这么回答他！好了，快把别的人也都叫进来吧！”

全家人来齐了，站在屋子里等着，像是在火车站给旅客送行。

“好了”，祖奶奶说，“我在这儿，很荣耀，看见你们围在我床边，满心喜欢。下一周该让孩子们给园子松土和打扫厕所，也该买衣服了。既然你们为了方便起见称之为祖奶奶的那一部分我不会在这儿督促你们了，我的另外的部分，你们称作贝特大伯、利奥、汤姆、道格拉斯等等的部分，就要接过我这项工作，每个人都会有自己的工作。”

“是的，奶奶。”

“明天不要举行什么告别仪式，也不要为我说些动听的话。这些话我在自己的日子里已经满怀骄傲地说过。一切食物我都吃过了，一切舞我也跳过了。现在我要吃下最后一个我还没尝过的糕饼，用口哨吹出最后一曲我还没吹过的小调。但是我并不害怕，我还真感到好奇呢！我要把它吃得干干净净，不会在嘴边给死亡留下一点碎屑。不要为我难过。现在，你们都走吧，我要去寻找我的梦了……”

门在某个地方静静地关上了。

“我好过一点了。”在温暖雪白的亚麻布和毛毯铺就的被窝里，她感到舒适宁贴。贴花被子的颜色和往日马戏班的旗帜一样斑驳陆离。她躺在那儿，感到自己还很小、很神秘，好像八十多年前的某些早晨一样。那时她一觉醒来，在床上心满意足地伸伸她的嫩胳膊嫩腿。

很久很久以前，我想，我做了一个梦，做得正甜时却不知叫谁弄醒了——好像就是我出生的日子，现在呢？我来想想看……她的心又回到过去。那时我在哪儿？她努力回忆，我到哪儿去寻找那失去的梦？它的线索在哪儿？它是什么模样？她伸出一只小手。在那儿……是的，那就是它。她微笑了。她在枕头里转动脑袋，让它更深地埋进温暖的雪堆里。这样就好些了。现在，是的，她看见它在她心里静静地形成，平静得像沿着蜿蜒无尽的岸滩流淌的海洋。她让那久远的梦碰了碰她。把她从雪堆里举起，让她从那几乎被遗忘的床上飘了起来。

在楼下，她想到，他们在擦银器，在清理地窖，在打扫厅堂。她听得见他们在屋子里的每一个角落生活。“好的。”祖奶奶小声地说，梦把她飘了起来，“像生活中每一件事一样，这是恰当的”。

大海把她送回到岸滩边上。

名家简介

马克·吐温(1835～1910),美国作家。主要作品有《竞选州长》、《镀金时代》、《汤姆·索亚历险记》等。

漫谈理发师

【美】马克·吐温

一切事物都在日新月异,例外的是那些理发师,理发师的表现方式,以及理发师四周的情景,这些可是一成不变的。你第一次走进一家理发店里所体验到的,也就是你从今以后,一直到你末日,永远在理发店里所体验到的:我今天早晨又是像往常那样剃了胡子。就在我从大马路走近店门口的时候,另一个人从琼斯街走近那儿——瞧,你老是碰上这样的事。我虽然加快步伐,可是已经无济于事;他前我半步走进了店门,我接踵紧跟着进去,眼见他坐上了那张唯一的空椅子。那由最好的一位理发师所管的椅子。瞧,你老是碰上这样的事,我坐下了,但愿能够继承另一张椅子,因为管它的是剩下的二位理发师当中手艺较高的一位,因为他已经开始给他的客人梳头发,而他的伙伴还没完全把客人的头发搓揉好,搽上油。我急切地关心地注视着这令人患得患失的局势。当我看到二号逐渐追上一号时,我的关切变成了担心。当一号暂时停下,去给一个新来的客人付洗澡券的找头,在竞赛中落了后时,我的担心变成了焦急。当一号又赶上去,和他的伙伴一同拉掉了毛巾,刷干净客人脸上的粉,几乎是不分前后,一个刚要说"下一位!"时,我紧张得连气都透不过来。但是,就在那紧要关头,一号停下来,去梳了梳客人的眉毛,我看出他已经以一秒之差输了这场竞赛,于是我气得站起身,离开了理发店,以免落到二号手中,因为我根本缺乏那种令人欣羡的毅力,不能镇静自若地对一个等着我的理发师说,我要候他同事所管的那个位子。

我在外面待了一刻钟，又进去，希望这一次能碰上更好的运道。不用说，现在所有的椅子都已经坐满。四个人正坐在那儿等候，他们都不吭声，没好气，心烦意乱，显出厌倦。在理发店里挨着顺序等候的人总是那样儿。我在一个由铁扶手分隔成几个座儿的旧沙发上坐下，暂且豁出了时间去浏览镜框里那些五花八门的滑头染发成药的广告，后来，我读了几个私人用的生发水瓶子上的油腻腻的姓名；我读了鸽子笼里几只私人用的拌皂沫杯子上的姓名，还留心看它们上面的号码；我仔细看那些肮脏破烂的贱价画片。画的是打仗的情景，早年的总统，斜倾着身体、做出妖娆样子的苏丹妃子，还有戴上了祖父的眼镜、叫人看了厌烦、但是永远也少不了有她的年轻姑娘；我在暗中咒骂那只欢跃的金丝雀和那只扰人的鹦鹉，很少理发店里能缺少了它们。最后，我从乱糟糟堆在房中央那张肮脏的桌子上的隔年画报中找出了几份比较最不破烂的，然后去精读它们上面那些已经被人淡忘、又被人任意歪曲了的记事。

终于轮到我了。只听见有人说了声“下一位!”于是我就把自己交付给了……当然是交付给了那个二号。瞧，我老是碰上这样的事。我和颜悦色地说，我有事儿要赶急。如果说这话能感动他，那感动的程度也不会大，就好像他压根儿没听见一样。他把我的脑袋向上面一推，把一块围布就下边一兜。他把手指插进我的硬领，把一条毛巾扣好在那里。他用利爪探了探我的头发，说它们需要修短。我说我不要修短。他又探了探，说它们很长了，这式样现在已经不时新——最好是剪掉一些；后面的尤其需要剪，我说一星期前刚剪过。他热心地向它们看了一阵，像在回忆什么，然后露出轻蔑的神气，问那是谁剪的。我应声回答，说：“就是你剪的!”我这一句话可把他堵住了。接着他就开始拌肥皂沫，一面端详镜子里自己的身影，不时放下手头的活，向前凑近点儿，仔细鉴赏自己的下巴，或者留心看一粒粉刺。此后，他在我这半边脸上涂满了肥皂沫，而正当他要涂另半边的时候，一场狗斗吸引了他的注意，他赶到窗口，待在那儿把狗斗看到底，结果是在和其他理发师的打赌中输了两先令，我为此感到十分痛快。他涂完了肥皂沫，接着就用手在它里面搓。

这时候他开始在一条旧磨刀带上磨快他的剃刀，但耽搁了很多时间，原来前一天晚上他参加一次低级的化装舞会，当时他穿的是红色麻纱和假貂皮的衣服，扮的是一个什么国王，现在大伙就围绕着这件事掀起了一场争论。伙伴们戏弄他，说一个姑娘为他的风采所倾倒，他听得心花怒放，于是就装出被们的戏弄招恼了的神情，想方设法使争论延续下去。这件事越发引得他在镜子里顾影自怜，他放下了手里的剃刀，一丝不苟地刷他的头发，把前面的弯成一个钩儿倒贴在脑门上，把后面的均匀地梳成“分头”，然后让两边的鬓发很齐整好看地在耳朵上方向前翘着。与此同时，肥皂沫在我脸上收干，好像深深地沁入我的心脾。

现在他开始给我剃胡子了：为了要绷紧我脸上的皮，就用手指按我的脸；同时移动我的脑袋，一会儿把它向这边撩，一会把它往那面翻，其位置完全看是否便利于他的刮脸而定。当他刮着两边老皮肤的脸时，我还不觉得是在受苦；可是，当他把我下颏又扒又扯又拧时，我落下了泪。这时候，为了便于剃光我上唇的两角，他拧起了我的鼻子；根据他此时间接提供的证明，我发现他在理发店里的一部分任务是擦干净那些煤油灯。以前我常常会无聊地猜测：干这活儿的究竟是理发师呢，还是店老板？

大约就在这时候，为了给自己找点事情消遣，我就试着猜测他这一次最可能在什么地方给我开刀，但是他已抢到了我的头里，还没等我做出决定，就在我下巴尖儿上片掉了一层皮。他赶紧磨快他的剃刀(其实，他早已就该磨了)。我不喜欢剃得太光。不愿意让他给我再来上一通。我劝他这就放下剃刀，唯恐他进犯我的下颌侧面，那是我的娇嫩部位，剃刀在那地方不消接触第二下就会闯祸?但是他说只要把那一小块有欠光滑的地方略剃一下，可就在这时候，他悄悄地让剃刀沿着那禁区拉了个口子，而我担心的那些粉刺疤，就像是在响应号召似的，一下子都在剃光之下痛得火辣辣的暴露了它们的创痕。这时候他用毛巾蘸了香水，“叭”地一下把它恶狠狠地拍在我整个脸上；他那样“叭”地把它拍上去，就好像一个人有生以来一向是那样洗脸来着。接着，他要拭干我的脸，又把毛巾干的部分“叭”地一下拍在我脸上，就像一个人有生以来一向是那样拭干脸来着。可是，这里话又说回来了，理发师是难得会像文明人那样给你擦脸的。他的下一步是让毛巾蘸的香水沁入割破的地方，再用淀粉填塞创口，再用香水浸湿了它，要不是我一面反抗一面央告，那他肯定会轮流地浸湿了再洒粉，永远继续干下去。这时候他给我满脸都扑了粉，扶我坐起来，然后，带着若有所思的神

情，开始用手扒我的头发：稍停，他劝我洗头，说我的头发很需要洗，非常需要洗。我说前一天洗澡的时候已经把头发洗得十分干净。这一下我又“把他堵住了”，他接着向我推荐什么“史密斯头发的光荣”，并向我兜售一瓶。我谢绝了。他夸赞香水的新产品“琼斯化妆的乐趣”，要卖给我几瓶。我又谢绝了。他向我推销他本人发明的一种止痛牙水。我回绝了。于是，他试图和我做刀子交易。

最后这件交易没能做成，他又开始工作，他给我全身撒上香水，腿上和所有的地方都撒了，也不顾我反对，就给我的头发抹了油，把许多头发都给连根揉搓下来，把剩下的又是梳又是刷，在后边分开了，把一撮永远倒挂着的头发贴在脑门子上，然后，一面梳我那几根稀稀落落的眉毛，给它们抹上些润发油，一面闲扯胡聊。最后，我听见报午时的汽笛声，知道赶火车已经迟了五分钟。这时他蓦地拉掉毛巾，在我脸上轻轻地刷了刷，又把我的眉毛梳了梳，然后拖声迈气地、喜笑颜开地说了句：“下一位呀！”

两小时后，这位理发师摔了一跤，中风死了。为了出我那口气，我要等上一天——我要去看怎样把他埋葬了。

童　年

【美】马克·吐温

一八四九年我十四岁的时候，我们家还在密西西比河畔的汉尼堡，住在我父亲五年前刚盖的木房子里。家里有几个人住新屋，剩下的还住后面连着的老房子。

那年秋天，我姐姐主办了一次晚会，邀请村里所有到结婚年龄的男女青年参加。我还太小，不够参加这种社交活动的年龄。再说我也过于腼腆，跟年轻姑娘们合不到一块。总之，他们没有邀请我——至少没让我整个晚上都参加。我得以进场的全部时间只有十分钟，在一出小神话剧里扮演一只熊[1]。演出时我得穿上一件熊皮似的毛茸茸的棕色紧身衣服。大约十点钟时，有人叫我回自己的屋去穿上那件熊皮衣服。我走了几步，忽然

---

❶熊：英语为bear，与赤裸(bare)同音。此处为双关语。

灵机一动,决定先练习一番,可是那个房间太小了。我穿过大街,来到拐角上一栋很大的空房子里。可我根本没想到有十来个年轻人也正去那里换装,准备演戏呢。

我和小伙伴桑迪一起在二楼选了一间大而空旷的屋子。我们一边说话一边走了进去,这就使几个穿了一半衣服的姑娘有机会藏到一架屏风后面。她们的长裙服和其他东西都挂在门背后的钩子上,可我没看见。

屋里摆着一架旧屏风,上面有好些窟窿,我压根儿就不知道屏风后还有女孩子,所以对那些窟窿也没在意。我要是知道有这么一回事,怎么也不会在窗外射人的一片冷酷的月光里脱衣解带的,简直羞死人了!当时我一点儿都没想到这些,坦然地脱了个一丝不挂,然后就开始练习。我野心勃勃地想来个一鸣惊人,成为扮演熊的专家,那样他们就会常常请我演出了。于是我就带着为了立身扬名而忘我工作的那种热情投入了练习。我在两间屋子里满地乱爬,桑迪喝彩叫好;接着又直立行走,嘴里发出我认为像熊的咆哮声;我又是倒立,又是左蹦右跳。总而言之,凡是熊能做的动作我全表演了一遍,熊做不了的动作我也发明了不少,还有一些动作是稍有点自尊心的熊都不屑一做的。当然,我丝毫没有想到在我丢人现眼的时候,除了桑迪还有别人在场。最后,我来了个倒立,就那样停在空中稍事休息。

突然,屏风后面爆发出一阵女孩子的咯咯大笑。我的劲一下子全泄了,身子一软,摔了下来,撞倒了屏风,把那些年轻姑娘给压在了下面。她们吓得尖声大叫。我抓起衣服就跑,桑迪跟在后面。眨眼工夫我已经穿上了衣服,从后门溜之大吉。我让桑迪保证不吐一个字,然后一道找了个地方,一直躲到晚会开完。

屋里沉寂下来,静悄悄的,大家都入睡了。这时我才敢回家,垂头丧气,对自己丢人的罪过有一种辛酸凄楚的感觉。回到屋里,看见枕头上别着一张小纸条,上面写着:“你演熊可能演不好,但你演光屁股可真是精彩至极——哎哟,别提有多精彩啦!”

但是,孩子的生活里并不全是嬉笑和欢闹。也有许多令人感伤的事件闯入他的小天地里。那个醉鬼流浪汉在村里的班房被火烧死了。随后一百多个晚上这件事都压在我的心头,每夜做噩梦——梦见他那张哀求的脸,跟活着时看见的可怜面容一模一样,他的脸紧贴在窗子的铁栏杆上,身后是血红的地狱，那张脸似乎在对我说："如果你不给我那包火柴，这一切就不会发生，你要对我的死亡负责！"我根本没责任，借给他火柴完全是出于善意，哪想过要伤害他呢！这个流浪汉——他才是有罪的一只遭了十分钟的难，然而清白无辜的我却受了整整三个月的折磨。

几年之内村里又发生了几起惨剧，我也倒霉，每一次都在场。我的学识和受过的锻炼使我能对这些惨剧看得比未受教育的人更深刻一些。不过这些惨剧一般到了光天化日之下就失去了吓人的力量，它们逐渐褪去，消失在灿烂欢欣的阳光里，它们是黑暗和恐惧的宠儿。白昼给我带来宁静和欢愉；但一到夜晚，我重又回到痛苦不堪的逆境。在我的整个童年时代，白天时我也不曾想过，也没有努力要改善自己的生活条件，过得更好的日子。年事增长后我也没有如此奢想过。但就是到了现在，夜里的情况还没有变，和年轻时一样，给我带来对自己过去所作所为的沉痛感慨。我深深体会到，从呱呱坠地到如今，我都和世上其他人一样——一到夜晚脑子里就乱七八糟的，从来没有平静过。

蒙田(1533～1592),法国作家。主要作品有《蒙田随笔全集》、《蒙田意大利之旅》、《随笔集》、《蒙田随笔》、《蒙田随笔集》、《热爱生命》等,是欧洲近代散文体的创始人。

自画像

【法】蒙 田

本人身材矮小粗壮,面部丰满而不臃肿。性情嘛,半开朗半忧郁,合乎多血质[1]与激动之间。双腿、前胸,满布浓毛[2],身子结实,体魄强壮,虽则年事相当,但极少受疾病之苦—也许这是我暂时的情况,因为我正步入衰老之年,四十大寿早已过去了……

年岁渐长、体魄日衰,

盛年不再,暮境即来[3]。

今后的我,将不是完全的人,再不复是原来的我,我一天天消逝,已再不属于自己。

岁月之流,渐次将我们的一切带走[4]。

我的身体状况与精神状态,二者十分相称。我并不活跃好动,但精力充沛、持久。我能吃苦耐劳,但只有我主动去接受劳苦生涯的时候是如此,只有我乐于去这样做的时候是如此。乐然后不知艰辛[5]。

否则,倘若我不能被某种乐趣所吸引,倘若不是纯粹出于我个人的意

---

❶古代生物学用语,属多血质的人可能有忧郁症。

❷古罗马诗人马提雅尔的诗句。

❸古罗马诗人马提雅尔的诗句。

❹古罗马诗人贺拉斯的诗句。

❺古罗马诗人贺拉斯的诗句。

思，而是受别的什么支配，我就会一事无成。因为我是这样的人：除了健康和生命能令我担忧之外，我是什么都不想去操心，而且我也不愿意以身心之苦去换取任何东西。

如果竟以此为代价，
我宁愿不要那，
奔流入海的塔古斯河，
夹带而下的全部金沙[1]。

因为我性爱悠闲，而且十分喜欢无拘无束，我是有心要这样做的。

我尽量密切观察自己，眼睛不停地盯在自己身上，就像一个没有什么身外事的人那样。

不管北国谁家君主施威，
不问底里达特王因何失势[2]。

我发现自己的懦弱和虚荣心，好不容易才敢于直说出来。

我立足虚浮不稳，觉得会随时摇晃，失去平衡。我的目光无定，自感空腹、饭后都不一样。当我身强体壮或是风光明媚的时候，我便和颜悦色、喜气扬眉；但如果我的脚趾长了鸡眼，我就会愁眉苦脸，对人不予理会。

同一匹马的步伐，有时我觉得沉重，有时则觉得轻快。同一段路，这一回我觉得很短，另一回我觉得很长。同一样事物，有时觉得有趣，有时则感到乏味。某个时候我什么都能够做，换另一个时候我什么都做不了。今天我认为那是乐趣，明天也可能变成为烦恼。

千种易变无常的行为，万般反复不定的思绪，集于我一人之身。我既郁郁寡欢又暴跳如雷。有时是愁肠百结，不能自己，有时却满怀欢畅。某一时候我捧起书本，读到某些段落，会觉得美妙之极，激起内心的波澜；换一个时候再读这些段落，不管我如何反复翻阅，如何琢磨，总觉得晦涩难懂，兴味索然。

即便就我自己所写的东西来说吧，我也有许多时候体会不原先的想法。我不知道自己想说的是什么。我打算修改一下，加进一点新的意思，

---

❶古罗马诗人尤维纳利斯的诗句。

❷古罗马诗人贺拉斯诗句。

往往弄得更糟，以致失掉了原来较丰富的含义。

我不断前进，复又折回，反反复复。我的思想总不能笔直前行，它飘忽不定，东游西窜。

宛如大海上一叶扁舟，
在狂怒的暴风中漂流[1]。

任何人只要像我那样观察自己，在谈及本人的时候，都会说出差不多类似的话来。

---

❶古罗马诗人贺拉斯诗句。

雨果(1802～1870),法国作家,法国资产阶级浪漫主义文学运动的领袖人物;主要作品有诗集《东方吟》、《秋叶集》、《心声集》、《光和影集》,小说《悲惨世界》、《巴黎圣母院》、《海上劳工》、《笑面人》、《九三年》等。

悼念乔治·桑

【法】雨 果

我为一位死者哭泣,我向这位不朽者致敬。

昔日我曾爱慕过她,钦佩过她,崇敬过她,而后,在死神带来的庄严肃穆之中,我出神地凝视着她。

我祝贺她,因为她所做的是伟大的;我感激她,因为她所做的是美好的。我记得,曾经有一天,我给她写过这样的话:"感谢您,您的灵魂是如此伟大。"

难道说我们真的失去她了吗?

不。

那些高大的身影虽然与世长辞,然而他们并未真正消失。远非如此,人们甚至可以说他们已经自我完成。他们在某种形式下消失了,但是在另一种形式中犹然可见。这真是崇高的变容。

人类的躯体乃是一种遮掩。它能将神化的真正面貌——思想——遮掩起来。乔治·桑就是一种思想,她从肉体中超脱出来,自由自在,虽死犹生,永垂不朽。啊,自由的女神!

乔治·桑在我们这个时代具有独一无二的地位。其他的伟人都是男子,唯独她是伟大的女性。

在19世纪,法国革命的结束与人类革命的开始都是顺乎天理的,男女平等作为人与人之间平等的一部分,一个伟大的女性是必不可少的。妇女应该显示出,她们不仅保持天使般的禀性,而且还具有我们男子的才华。她们不仅应有强韧的力量,要不失其温柔的禀性。乔治·桑就是这类女性的典范。

当法兰西遭到人们的凌辱时,完全需要有人挺身而出,为他争光载誉。乔治·桑永远是本世纪的光荣,永远的法兰西的骄傲。这位荣誉等身的女性是完美无缺的。她像巴贝斯[1]一样有着一颗伟大的心,她像巴尔扎克一样有着伟大的精神,她像拉马丁一样有着伟大的灵魂。在她身上不乏诗才。在加里波第[2]曾创造过奇迹的时代里,乔治·桑留下了无数杰作佳品。

列举她的杰作显然是毫无必要的,重复大众的记忆又有何益?她的那些杰作的伟大力量概括起来就是"善良"二字。乔治·桑确实是善良的,当然她也招来某些人的仇视。崇敬总是有它的对立面的,这就是仇恨,有人狂热崇拜,也有人恶意辱骂,仇恨与辱骂正好表现人们的反对,或者不妨说它表明了人们的赞同——反对者的叫骂往往会被后人视为一种赞美之辞。谁带桂冠谁就招打,这是一条规律,咒骂的低劣正衬出赞美的高尚。

像乔治·桑这样的人物,可谓公开的行善者,他们离别了我们,而几乎是在离世的同时,人们在他们留下的似乎空荡荡的位子上发现新的进步已经出现。

每当人间的伟人逝世之时,我们都听到强大的振翅搏击的响声。一种事物消灭了,另一种事物降临了。

大地与苍穹都有阴晴圆缺。但是,这人间与那天上一样,消失之后就是再现。一个像火炬那样的男人或女子,在这种新式下熄灭了,在思想的形式下又复燃了。于是人们发现,曾经被认为是熄灭了的,其实是永远不会熄灭。这火炬燃得比以往任何时候更加光彩夺目,从此它组成文明的一部分,从而屹立在人类无限的光明之列,并将增添文明的光芒。健康的革命之风吹动着这支火炬,并使它呈现燎原之势,越烧越旺,那神秘的吹拂熄

---

❶巴贝斯(1809—1870),法国著名政治家。

❷加里波第(1807—1882),意大利民族解放运动的领袖,为意大利的统一奋斗了一生。

灭了虚假的光亮,却增添了真正的光明。劳动者离去了,但他的劳动成果留了下来。

埃德加·基内[1]逝世了,但是他的高深的哲学却越出了他的坟墓,居高临下劝告着人们。米谢莱[2]去世了,可在他的身后,记载着未来的史册却在高高耸起,乔治·桑虽然与我们永别了,但她留给我们以女权,充分显示出妇女有着不可抹杀的天才。正由于这样,革命才得以完全。让我们为死者哭泣吧,但是我们要看到他们的业绩:具有决定性意义的伟业,得益于颇可引以为豪的先驱者的英灵精神必定会随之而来。一切真理、一切正义正在向我们走来。这就是我们听到的振翅搏击的响声。

让我们接受这些卓绝的死者在离别我们时所遗赠的一切!让我们去迎接未来!让我们在静静的沉思中,向那些伟大的离别者为我们预言将要到来的伟大女性致敬!

沙　葬

【法】雨　果

勃尔登省的海岸边,时常有个人——旅行的或是捕鱼的人——趁潮落的时候,在离岸很远的沙滩上走。但他走了几分钟,忽然觉得有些不便当。脚底下的海滩,好似胶水一般;鞋底上黏着的沙,也简直和糨糊一般。沙滩上十分干燥,但是人走在上面,等到脚一提起,所印的脚印,却已被水装满了。眼睛里也看不出什么变动,只见一片冷僻的平平的海滩;所有的沙都是一般的样子,也分不出哪块沙土是坚实的,哪一块不是坚实的。一簇海虫,在旅客的脚边飞舞着。旅客向前走去——向着岸边走——想走近岸边。他一点也不挂念。有什么挂念呢?他只觉有些不妥当,好像他脚下重量一步加重一步了。忽地里陷了下去,有二三寸深。他一想这不是一条可走的路,便立定了想辨方向。低下头去看他脚底,已经看不出了,埋没在沙中了。他把脚拔出,想旋转身子向原路上回去。但陷得更深,沙到胫上了,

[1]埃德加·基内(1803－1874),法国哲学家。

[2]米谢莱(1798－1874),法国著名历史学家。

他想极力挣扎出险，才向左边一蹿，沙反拥到小腿；向右边一跳，沙齐了膝。于是他面上现出说不出的恐惧，知道自己已陷在松沙中。他的底下，便是人不能走、鱼也不能游的可怕的去处。他把肩上负的东西拿下来，好如遇险的船只想减去些重量。快得很，沙在膝面上了。

他高声喊救命，扬着帽子、手帕，但是沙把他愈掩愈深了沙滩这般荒凉，陆地离开这般远，滩又是著名危险的，近边又没有勇敢的人来救他，完了，他被罚葬在沙中了。他受罚这可怕的、逃不掉的、残酷的、慢吞吞地不快不迟的埋葬。几点钟里，倒也不就结果他，也不妨碍他的自由，也不害他生病。只使他立着，把他的脚向下抽去。随着他的挣扎叫喊.一步一步地引他下去。这正是好像他要抵抗，反受加倍的刑罚。一边慢慢地拖他下去，一边却尽他赏识四周围的风景，乡野的树儿、草儿，村庄上的烟儿，海船上的帆儿，飞鸣的鸟儿和日儿，天儿。

沙葬的一个坟，好如潮水从地下涌上来的，渐渐地加高，一分钟也不停。那可怜的人，想坐一下，想横下去，想爬起来，一举一动，都使他反埋得深了。立了起来，却又深入了好多。他知道是不好了，屈了两只手，高声向着老天求救，但却没有希望了。

他看沙齐了他的肚子，快到胸前，只剩半个身子在外面了。他就放声哭起来，伸起两只手狠命地向上挣，指爪向沙上乱抓，想拔出来。两只臂膊撑住了，想脱离这儿。沙上来了，齐了肩了，到颈上了，只剩下面孔还可以看得出。张开口大喊，沙塞满了，静默了。眼睛还睁着。沙遮盖了，乌黑了。后来额头渐渐下去了。只有几根头发在沙面上飘着。一只手露在外面，在沙面上乱挖，抖擞着，颤动着，隐灭了。唉，这是一个人不幸的结果!

名家简介

左拉(1840～1902),法国作家,自然主义创始人。全名爱弥尔·左拉(EmileZola)。少年时家境贫寒。中学毕业后做过打包工人和记者。1872年成为职业作家,作品以场景壮阔、气魄宏大、文体粗犷遒劲、夸张描写和大量的细节描写著称,《萌芽》(1885)是左拉的代表作。小说以煤矿工人罢工为背景,描写了矿工的悲惨生活。另著有《小酒店》《娜娜》《金钱》《崩溃》等。

铁 匠

【法】左 拉

铁匠是个大个儿,当地首屈一指的大个儿。两个肩头长满了肌肉疙瘩,面孔和臂膀被炉火和锤子迸起的铁屑炽染得黝黑。他脑门方方的,一簇乱蓬蓬浓黑的头发下面,生着一双孩子气的蓝色大眼睛,钢一样明亮。他颌骨宽大,发出笑声和喘息声来,就像他那巨大的风箱在狂欢和呼啸。当他以力气十足的姿态抡起臂膀——这是他常年在铁砧旁边劳动养我的习惯动作——他简直不像是年过五旬的人。他能举起绰号叫“小姐”的二十五斤重的铁锤,挥舞着这厉害无比的“姑娘”,从维农一直走到卢昂。

我跟铁匠在一起住了一年。这是我病后休养的一年。原来我身心交瘁,我离开了家,走呀,走呀,想找一个能够安静地工作的地方,以便恢复自己的精力。就这样,一天黄昏,我在旅途上错过了村子,却远远望见一个铁匠铺,火光熊熊,孤零零地坐落在两条大路交叉点的路旁。从敞开的大门里射出来的火光是那么灿烂辉煌,宛如十字路口燃起一堆篝火;对面沿溪边的一行白杨树,也像火把一样冒着青烟。在黄昏的微晖中,铁锤有节奏的响声传得老远老远,如同某个铁骑兵团在逐渐接近地驰骋而来。过了一会儿,我就在那敞开的门前,在强烈的火光里,在震耳欲聋的响声里,在滚雷般的震动里,停了下来。看到人的双手把烧红了的铁杆卷曲、伸直的这幅劳动场面,我已经感到幸福和快慰。

这个秋天的傍晚,我第一次看到铁匠。他正在打一片铁铧,他敞着怀,露出粗壮的胸脯,每呼吸一下,肋部便显现出久经锻炼的钢筋铁骨般的肋条。他身子向前一倾,猛地一下,把铁锤抡下来.就这样。片刻不停地、灵便而持续地晃动着身体,肌肉紧张而有力地伸展收缩铁锤按照一个有规则的圆圈环转,迸起点点火星,留下条条光尾。铁匠就这样挥舞着“小姐”;而他的儿子。一个二十来岁的小伙子,则用钳子夹住烧红的铁块,从另一面敲打。发出轻微的响声,被老头子手里那“姑娘”的令人眼花缭乱的舞蹈声所淹没。笃,笃——笃,笃——,犹如母亲庄严的声音,在鼓励婴儿咿呀学语。“小姐”不停地舞蹈,抖动着裙衣上的钻石,她每次跳落在铁砧上,便在犁铧上留下一个脚印,一股血红的火焰一直飞溅到地面,照亮了两个工人的魁梧的身躯,把他们的远大的身影投射到打铁间阴暗而又乱糟糟的角落一熊熊的火光逐渐暗淡下来,铁匠停止了工作。他依然浑身黝黑地伫立在那里,手拄着铁锤的把柄,任脑门上汗珠滚滚。他擦也不擦,他的两肋还在忽扇,在他儿子慢慢推拉着的风箱的呼呼声中,我仍能听见他喘息的声音。

那天晚上,我就投宿在铁匠家里,不再离开。在打铁间上面,有一间空着的阁楼,他让我住,我就住下了。从早晨五点钟起,天还没亮,我就同主人一起干活。我被震响全屋的欢笑声唤醒(这里从早到晚都充满着巨大的欢乐)。在我的阁楼下面铁锤已在飞舞。“小姐”把我当懒汉对待,她震动着楼下的天花板,像是硬要把我从床上拉起来。她把我那摆设着一个衣柜、张桌子和两把椅子的破旧房间摇撼得吱吱响,催我赶快起床。我不得不起身下楼。楼下,炉火已经通红,风箱呼啸着,一堆蓝里透红的火焰从煤炭中升起,像一颗星辰在鼓吹炭火的疾风里灼灼燃烧。铁匠正在准备一天的活计。他在一个角落里搬运铁块,翻弄已经制成的耕犁,细细察看每一个铁轮,见我走下楼来,这和善的人就手掐着腰,呵呵地笑起来。大嘴直咧到耳根。能够五点钟就把我从床上吵起来,这在他是件开心的事。我认为他早晨是故意敲打铁锤的,为的是好让铁锤的可怕喧闹当我的起床铃。他把粗大的双手搭在我的肩上,就像跟一个孩子讲话似的,俯下身子对我说,自从我在他的废铁堆里生活以来,我的身体见好了。我们天天都坐在一辆翻倒在地面的破旧篷车的底板上,一块儿喝白葡萄酒。

此后，我白天大都是在铁匠铺里度过的，特别是冬季和阴雨天气，我整天都在那里。我对这种劳动着了迷，铁匠把铁块随心所欲地摆弄，这场持久的战斗像一出感人肺腑的戏剧，使我万分激动。我注视着从炉火中夹出来放在铁砧上的铁块在工人的攻无不克的努力之下像柔软的蜡一样卷曲、伸直、揉成一团，惊叹不已。犁铧做成了，我就蹲在犁铧前面，却再也认不出前一天那块奇形怪状的废铁来。我细细端详一个个零件，似乎是力大无比的手指在不借助火力的情况下把它们捏成这个样子的。有时我不禁含笑地联想起一位远远眺见过的姑娘，在我对面的窗下，整天用她那纤细的手拿黄铜丝制成一根根枝茎，再用丝绒把手工做的紫罗兰花缚在上面。

铁匠从不唉声叹气。他白天干了十四个小时的活儿，晚上还总是乐滋滋的，喜笑颜开，以心满意足的神情揩着手臂。他从不感伤，从不疲倦，万一房子塌下来，他也顶得住。冬天，他说他的铁匠铺里再舒服不过了。夏天，他把门扉大开，让干草的清香随风扑进。夏天夕阳西下之际，我便走到门前，在他身旁坐下。那里正是半山腰，可以鸟瞰整个辽阔的山谷。耕过的田畴织成一望无际的地毯，消失在地平线尽头、黄昏的淡紫色的微光里。看到这幅景象，他感到非常幸福。

铁匠喜爱说笑话，他说，所有这些土地都是他的；他说，他的铁匠铺给这一带供应耕犁已经有两百多年。这是他的骄傲。没有他，什么庄稼也长不出来。平原上，五月碧绿，七月金黄，这块色彩变幻无穷的织锦有他的一份功劳。他像热爱自己的女儿一样爱庄稼。赶上出太阳的好天气，他便欢喜雀跃；看到令人发愁的乌云，便举拳咒骂。他常常指给我看远处几块还没有他脊背大的土地。向我叙述某一年他为这块燕麦地或稞麦地造成一部耕犁。农忙季节，他有时撂下铁锤，走到路边，手遮阳光，驰目四望。他看见自己制造的无数耕犁在啃噬泥土，开出一道道垄沟，前面，左面，右面，比比皆是。耕牛冉冉地前行，像千军万马在推进，犁铧在阳光下闪烁，发出银光。他便向我招手，叫我来看看他的耕犁在做着多么“神圣的工作”。

听有这些在我的阁楼底下叮叮当当的铁材向我的血液里注进了铁质，这比暇用药房买来的药对我更有效。我习惯了这种喧闹，我需要这种铁锤与铁砧碰撞发出的音乐，从其中倾听生活的节奏。在被风箱的轰鸣弄得欢腾活跃的房间里，我的头脑恢复了健康。笃，笃——，笃，笃——，这铁锤就是调节我的工作时刻的愉快的钟摆。在劳动最紧张的关头,铁匠发威了,烧红了的铁块在着了魔似的铁锤的跳跃下铿锵作响,这时,我的手腕也如同感染了一股巨大的活力,真想大笔一挥把这世界荡平。不久,当铁匠铺重归于平静,我的脑海里也便万籁俱静。我走下楼来.看到那些被征服而还在冒烟的金属,为自己微不足适的工作深自惭愧。啊!在午后酷热的当儿,他是多么壮美矫健!他上身直裸到腰间,肌肉突出而坚硬,犹如米开朗基罗[1]创作的力感极强的巨大雕像。在他身上,我发现了我们的艺术家们煞费苦心地在希腊死人的肉体上寻找的现代雕塑的线条。在我心目中,他就是因劳动而变得伟大的英雄,是我们时代的不知疲倦的儿子,是他,在烈火中用铁材锻造明天的社会。他用铁锤做游戏。当他开心取乐的时候,就抡起“小姐”,全力以赴地敲打,于是在他周围,在玫瑰色的炉火的光辉里,响起一片雷鸣:我好像听见了劳动着的人民的声息。

就在这里,在这铁匠铺里,在无数耕犁中间,我治好了懒惰和多疑的毛病。

---

❶米开朗基罗:意大利文艺复兴时期著名雕塑家。

名家简介

拉布吕耶尔(1645~1696),法国作家,法兰西学院院士。代表作《品行论》是法国文学杰作之一。

富人和穷人

【法】拉布吕耶尔

吉东肥头大耳,膀大腰圆,容光焕发,目光自信,步态轩昂。他讲话果断。他老是叫和他讲话的人重说一遍,可无论别人说什么他又都不甚以为然。他摊开一块大手帕,大声擤鼻涕;把痰吐得老远;他打喷嚏如雷贯耳。他白天睡觉,晚上睡觉,而且睡得又香又甜,他当着众人也会鼾声大作。用餐或散步时。他比别人占据更多的位置。他同别人散步时走在中间,他停下,别人也停下,他往前走,别人也往前走。所有人都仿效他的。打断别人的讲话,纠正别人的谬误。他说话时别人得洗耳恭听,而且无论他讲多久,谁也不敢有丝毫懈怠,别人对他意见点头称是,对他传播的消息深信不疑。如果他坐下来,他全身瘫痪在扶手椅里,跷起二郎腿,皱着眉,把帽子拉下来盖住眼睛,假装谁也没看见,或者随后把帽子掀起来,高傲而放肆地露出面孔。他快活,喜欢放声大笑;他急躁,刚愎,动辄大发雷霆;他无所顾忌,佯装洞悉国事,故弄玄虚;他认为自己有才华、机智。他是富人。

费东两眼深陷,满脸红斑和粉刺,身体干瘪,面庞瘦削。他很少睡眠,而且睡得不安稳,他沉默寡言,忧心忡忡,虽然人挺聪明,但看上去傻头傻脑;他对自己不熟悉的事情不声不响,对自己了解的事件也从不声张;而且即使他有时开口也抓不住要领;他担心听的人不耐烦,说话尽量简短,结果索然无味。他的讲话没有吸引力,唤不起笑声。他对别人的话报以赞许、微笑,拥戴别人的观点;他为人奔走,效犬马之劳。他殷勤、奉承、随和;他对自己的私事讳莫如深,有时用谎言搪塞;他胆小怕事,遇事谨小慎微,优柔寡断。他走路慢步轻声,仿佛害怕压坏了地面;他走路时眼睛朝地,目不斜视。他从来不敢参与高谈阔论,他站在讲话人背后,偷听只言片语;要是别人瞅他一眼,他赶紧溜走:他的身体不占位置,不占地方。为了不引人注意,他走路时夹着两肩,帽子拉下来盖住双眼,他蜷缩在自己的斗篷里,无论街道、走廊多么拥挤,多么熙来攘往,他都能够轻易钻过去,而且不被人察觉。要是别人请他坐下,他勉强用屁股挨着凳子的边缘;他说话声音低沉,而且,吐字模糊;然而他愤世嫉俗,对国事啧有烦言,对大臣和内阁不怀好感。他开口仅仅是为了应答;他咳嗽和擤涕时用帽子遮住;他痰毫无气派,几乎就吐在自己身上;他等到身边无人时才敢打喷嚏,或者,如果实在忍不住,他会无声无息,不让周围人知道。谁也不必因此向他祝福或者问候。他是穷人。

伪善者

【法】拉布吕耶尔

奥尼菲床上只有一张色布罩,但垫褥是用棉花和羽绒制成的。他穿着朴素,但很舒适。我的意思是他夏天着轻纱,天天穿软料。他的衬衣用细布缝制,但他小心翼翼地遮掩起来不让人看见。他不会说:“把我的粗毛衬衣和苦鞭拿来。”那样他就会露出马脚,表明他是伪君子,而他的目的是装扮自己,使别人把他当成一个虔诚的人。的确,虽然他不说,却使人相信他身上穿着粗毛衬衣,而且用苦鞭抽打自己。在他房间里随便摆着几本书,你翻开看看,《精神的战斗》《诚笃的基督教徒》《圣年》,其他书都锁着。如果他在大街上行走,远远看见一个人,而且觉得有必要在这个人面前显得虔诚,他赶忙垂下眼睑,步伐变得缓慢而稳重,俨然在冥思苦想。他在扮演自己的角色,如果他进入教堂,他首先观察里面有什么人,按照观察的结果,他才决定跪下祈祷,或者站在那儿,或者既不跪下也不祈祷。如果一位有名望、有地位的人朝他走过来,并且可能听见他的声音,他不仅祈祷,还唉声叹气,呼天抢地;等那人从他身边一走过,他立即安静下来,不再吭气。另一次,他走进一座教堂,从人群中挤过去,挑了一个能够被众人看见的位

置谦恭地祈祷。要是他听见侍臣们在教堂里讲话、嬉笑，比在候见厅里更加喧闹，他就大声呵斥他们，叫他们住口，而他继续默祷，同这些人形成对比，从而达到自己的目的。他从来不到那些偏僻冷清的教堂里去，而到信徒众多的教堂里去，那儿大家都会看见他，他肯定不会枉费心机。一年之中，他总要找些毫不相干的借口，用两三天时间斋戒，或者节制饮食；但是一到冬末。他就咳嗽，他就胸口痛，他就头晕，他就发烧。经人再三恳求、敦促、催逼，封斋期刚开始他就破了斋，而他这样做是为了不拂逆❶大家的意愿。

❶拂逆：违背；违反。

玛格丽特·杜拉斯(1914～1996),法国作家。1914年生于越南南部嘉定市。她父亲是数学教师,母亲是当地小学的教师。她有两个哥哥。在越南度过的童年和青少年时代成了她创作灵感的源泉。1943年她自己把自己的姓改成了父亲故乡的一条小河的名字杜拉斯。杜拉斯在大学里学过数学、法律和政治学。毕业后从1935年到1941年在法国政府殖民地部当秘书,后来参加过抵抗运动并加入共产党;1955年被共产党开除党籍。

她的成名作是自传体小说《抵挡太平洋的堤坝》(1950年)。在她后来的作品中通常描写一些试图逃脱孤独的人物的故事她早期的作品形式比较古典,后期的作品打破了传统的叙事式,并赋予心理分析新的内涵,给小说写作带来了革新,常被认为是新小说派的代表作家,但遭到作者本人的否定。1984年,她的作品《情人》获得龚古尔文学奖。玛格丽特·杜拉斯于1996年3月3日逝世,葬于蒙帕纳斯公墓。

杜拉斯的文学作品包括四十多部小说和十多部剧本,多次被改编成电影,如《广岛之恋》(1959)、《情人》(1992)。同时她本人也拍摄了几部电影,包括《印度之歌》和《孩子们》。

说谎的男人

【法】玛格丽特· 杜拉斯

最近我在试着写一本书,题目不妨叫作《说谎的男人》。写一个说谎的男人,他时时都在说谎,谈到他生活上的事,不论对谁,都是谎话连篇。谎话在还没有说出之前,就已经涌到他的嘴边。谎话出口,他连感觉也感觉不到。关于波德莱尔或者关于乔伊斯,他不说谎,吹嘘自己或是要人相信他的冒险事迹,他是不说假话的。不,对这些事他绝无谎言。至于一件套衫售价几何,乘地铁一段行程,一部影片上演时间,与同伴一次会晤,一次不相干的谈话,一份菜单,一次全程旅行,一些已知的城市的名称,关于他的家庭，他的母亲，他的甥男子侄，他都不说真话，说谎。他这样做完全不带任何利害因由，起初，那真会叫人发狂。几个月下来，人们也就习以为常了。

此人是一位天赋非凡的作家。人非常精敏细腻，非常风趣，非常非常有魅力。他也是一个善于言词的人，富有不可多得的资质。他是资产阶级出身，像王子那样谦和可爱。尽管是由母亲亲手抚养成人，就像一位国君应有的那样，但在天性上.魅力上，对他极少有什么影响。

我这样说他，几乎用不容置辩的方式说他，是因为他是一位情人，好几个女人的情人。他有这样的天资，能发现她们，只要看一眼，就能从她们欲念的实质上认出她们。我从没有见过有谁像他那样神魂颠倒的。我要说的就是这一方面，通过那种天赋他把她们抓上手，甚至在认清她们的美质、她们的声音之前就爱上她们了。

女人就是这个人生命的首要人物，许多女人只要一走近他，看到他的眼光，就对他领会于心。他这个人只要把女人看一看，他就已经是她的情人了。

在爱情中，他属于既野又克制，既可怕又圆柔一种狂暴粗野。

我多次试着去写这个男人，当我有意写他，这个人的说谎却又把他完全掩盖起来看不清了，包括他的面容，他注视的目光。现在，不意有可能下笔去写，这还是第一次。

他给他自己租下一处公寓住房。他躲在里面，避开他的朋友、他的家庭的任何牵制。他希望自己年轻，诱惑力历久不衰，过一个年轻人的生活，午饭吃火腿夹面包，晚餐到饭店去吃，要有女人，所有的女人，冬季是法国女人，春季是年轻的英国女人，夏季就到圣特罗佩[1]去。他循着女人各处迁移的足迹追踪不舍。1950年就是这样的一种情况，他决定在对女人的狂情中过活，以至于痛苦、危险，也在所不惜，不论他活到什么年纪都必须如此。他宁愿让她们把他打得粉身碎骨，成为女人的爪下物，于他也并无所失，他的欲望一定要有所成就。他引上手的女人，只需一次，在街上看一眼，就为他所有，他再也不会忘记她们。当她成为他选定的女人的欲望的捕获物，

[1] 法国瓦尔省濒地中海与戛纳相距不远的避暑胜地。

他就要为她投入专情热爱并生活于其中,其他的女人于是就不存在了。专爱独一一个女人,在这期间,神奇的爱情有着极大的强度。处在这样的状态下,他没有任何抉择,对一个女人.他不能决定自己的欲望,在他自身范围内也不能决定采取谨慎行为或者有所克制。他只有这样的能力,即对她有所欲愿并为此而死去。

真是一个美好的男子,完美的人,这是就完美这个词所有的含义而言,是完美的,永远衰竭濒临死亡却并不因此而死去,希求一死同样更渴望那种激情。他对自己有所认识,却不能没有女人。女人把他投入一种不明的悲剧感情之中。我在一些酒吧、在夜晚见到过他,他一接近某些女人就突然变得面无人色,好像立即就要昏厥倒下一样。当他在看某一个女人的时候,他就忘记所有其他的女人。任何一个女人出现在他面前都像是唯一的最后一个女人。这种情形直到他死去前一直是如此。

他的死发生在埃特勒塔[1],在春季的某一天。那一次他并没有死,没有因为患病有许多讨厌的禁忌亡命死去。即在两年之内严禁接触女人,不许吸烟,禁止做爱,拥吻也在禁止之列。他的生命在这种种条件下竟有所恢复。不过心肌梗死症是非常严重的,十年后他终于死在心肌梗死症上。

就在这两年当中,他继续写他那本书,那书已经写了不少年了,一本男人的书。书写得很长,50年。这本书让他获得一项法国最重要的文学奖:梅迪西奖。对此他感到很满意。

这个人有一天对我们一位共同的朋友,我想那是在他快要死去的时候,说他一生中有一次爱过一个女人,是持久的。有几年时间他对她始终没有欺骗,对这唯一一个女人没有说谎。并不是有意不说谎。到底是为什么?他也不知道。他一生中仅有这么一回,绝无仅有的一段时间,一段爱情。为什么和这样一个女人而不是别的女人?那件事竟达到如此强烈的强度,他自己并不知道。

他认为那并不是因为他,大概是因为她的缘故,他认为事情大概永远都是这样。他相信那永远永远都是女人,有赖于女人的欲望,应该由欲望对一对情人担负责任。爱情,历史,一切都有赖于女人的欲望持久不变。

---

[1] 埃特勒塔在法国北部塞纳滨海省,著名的海滨疗养地。

当女人的爱欲终止,男人的欲望也告停歇。或者说,男人的欲望在这样的情况下没有终止,那么他就变为不幸,愧悔,孤独,瘐死。

他认为女人和男人,在根本上,他们的肉体,他们的欲望,他们的形态,都是不相同的,仿佛那是一种完全不同的创造一样。

他死在出租过夜的旅馆房间里。这家旅馆靠近我的住处。有人说那个女人很美,年纪很轻,棕发,绿眼睛,就像他小说里写的女人那样,她正在准备结婚,一直到那天夜晚,她一直拒绝他。

她在等他,他迟迟到来,他是从容不迫的。他还燃起一支烟吸着,一年前他才开始吸烟,他非常想得到这个女人。他要求她单独和他到旅馆开房间已经持续有几个月好几个月了,她终于让步了。他面色十分苍白,激动得难以自持。自从上次心肌梗死发作以后,每见到新认识的女人,他都忐忑不安害怕死去。他的死只经历一秒钟,猝然死去,连说一句这就是死的时间也没有,这是她说的。突然一下她从肉体的重量上发现人死了,那时他正在她身上。她感觉到他也在那一时刻,她从旅馆跑出来。经过旅馆服务台,她说在某个房间里有一个人死了,应该通知警察局。

记忆依然是十分清晰的。他在一条街上向前走着,衣着优雅。还可以看到那种种色调,钉着铁掌的英国皮鞋,芥末色宽松套衫,浅栗色灯芯绒长裤。他步履齐整,走起路来很是好看,两腿立得很稳,行走姿态美雅,体态轻捷,无拘无束。他走着,他在顾盼,他的目光神色似空无所有,处在半睡眠状态。而这时,他其实正在注视着——他的名字一经说出,就像这样,他人就显现出来了,他在看,他在寻索,他把自己隐藏在他的视线后面。他在窥伺那冬日午后索漠烦闷情绪控制下带有某种香水气息的女人。

有一次,有一个十分年轻的女人走来看我,要我给她讲一讲这个人。她不是去旅馆的那个女人。她刚刚从他的死给她造成的悲剧中摆脱出来,她到处找人希望能详详细细给她讲讲有关这个人的事,他是那么明敏有才智,又是那么纯洁。我几乎什么也讲不出。

我们是在一次圣诞节庆会中认识的,那天夜里,我原本是到那里去看一个情人。他把我从会上带出来,可是我后退了,我想回去。他是我们共同的朋友,在巴黎,就像现在一样,彼此原本是认识的,他总是打电话给我的那个朋友,要他告诉我他在一家指定的咖啡馆里等我。他每天都在这家咖啡馆等我五、六小时，面对着大街，坐在那里，一直等了八天。我抵制着没有去。我每天都要上街，可是巴黎这个地区我避开不去。当时我正在一次新的爱情中活得快要死掉。第八天，我再走进那家咖啡馆，无疑是走向断头台。

幻影纷至沓来

【法】玛格丽特·杜拉斯

我在1984年6月把《情人》交给子夜出版社。接下来我制作了一部影片。其影片开拍，再后着手写《痛苦》，后来我就病了。《痛苦》出版的那一天，我住在医院里，扬给我带来普瓦罗·德尔佩汁[1]的评论，当时我正在进行人工呼吸。这一次我心智丧失有一个星期之久，和1985年4月那一次一样。我发癫险些把一个年轻女护士杀掉。剧情十分明确。那天晚上，一方面扬回到家中，我把我的几个指环交给他带走，以免在医院被窃，这类事是经常发生的。我对他说，就这样吧，晚上，扬就去我家，带着指环，就住在那里了。到了半夜，女护士本应前来给我治疗的，可是没有来。我等她一直等到凌晨两三点钟。接着，神志不清了，事情却是一清二楚的，无可置辩，是肯定的。这个女护士和她的几个所谓同事一起到了圣伯努瓦街，杀死扬，夺去我的指环。

天亮以后，我打开病房的窗子，我喊我要杀人，快来人。没有动静。后来有人告诉我，说我叫，听是听到的。我又大喊大叫，我还不停地央求，毫无反应。

第二天清晨，护士来了，我躲在床单下拿着一把刀，这刀是我从家里带来的。女护士惊呼叫人。我同时也狂叫，我要死了，有人杀我。来了一个护理。他被吓坏了。猛扑到我身上，把刀夺走——我也被划伤了。

由此开始，我相信我“知道”医院的那些“医生”把我给劫持了。大概经过几个小时，我和他们谈判，说他们如何取得赎金，电话打给谁，报一个数目不要太大、必须按照我在这项罪恶买卖的行情价值定出相当的数目。

---

[1]普瓦罗—德尔佩什，法国批评家。

所有这些胡话,现在已经记不太清,但可以称奇的是那种逻辑非常清楚,指环与谋杀是贯穿情节。我就是被这种逻辑明显性牢牢钉死脱身不得。

肺气肿发作,也会引起错乱。大脑缺氧,就要出轨,神经错乱。在我发病前一个星期,医院里还有一个青年,他整整一个下午充当一场足球赛的裁判。后来给他输氧,就平静无事了,医生对他说出的一套谚语笑了很久。可是,我害怕,非常怕。别人对你讲你自己,讲你在心智丧失情况下说了什么做了什么,那是非常可怕的。酒精中毒谵妄,在治疗过程中,我记不清了,只记得很少一点。我在昏迷状态下是说过这话,不过,我常常是昏迷几秒钟。相反,治疗后出现的幻觉我却记得十分完整。幻象出现,就是在美国医院开始的。

《印度之歌》变成了一条船。无所谓,就在这里再重复一遍。上尉的女人住在对面屋顶壁炉烟囱上。她是金发女人,色泽红润,有两个蓝眼睛。她仅仅把头伸出在烟囱之外。上尉与她相距有两米,在另一个壁炉的烟囱里。他和他的女人处境一样,都被挤压在烟囱里面。有一天,刮起大风,女人的头破碎,像玻璃一样。我看了非常气愤。有上万只乌龟以一种精确的方式像一本本书那样排列围在屋顶四周。到了夜晚,龟须返回檐槽下面地方去。这些形象比现实的还要清晰,好像从内部发光一般,这许多乌龟各就各位准备过夜需要经过许多个小时的时间,一个个循序滑下去。自然的构成竟是如此鄙陋粗劣,也让我非常气恼。这些乌龟各就各位需要这么长时间,这么困难,以至有不少乌龟一整天在原地蜷缩不动。

在这些“回忆”中,还有一个身穿绣金蓝色服装的亚细亚高官,他在医院的过道往来穿行,面无表情,沉默寡言,十分可怕。这是在拉埃内克医院还是美国医院,我记不清了,好像没有人看到有这样一个人,也许是没有吧。在美国医院我还看到迈克尔·理查森,他站在《印度之歌》房子里没有窗幔关着的窗后,四周布满花草和藤本植物,面带微笑,同时又在流泪,这是一个被封闭的故事里的囚徒,一个非常美的男人。在房屋门前,在靠墙的地方,放着那头著名的阿比西尼亚黑母牛,瘦骨嶙峋,在它旁边,还有一架中国大座椅,红色描金的,这两样东西被搬到纳伊人行道上,后来也就忘在那里了。在一堵墙拐角的地方,有些夜晚,迈克尔·隆斯达尔也出现,身穿贝督因人的服装,对着我哭。

我回家以后,种种幻象中最令人吃惊的也在夜间出现。歌声,合唱队从大楼四面围起的内部天井传出来,我往那个地方一看,我看见那里聚集着许多人,不同的人各自分成几组,都是来保护我的,保护我不要让我死掉——这是肯定无疑的。有一些人还拿着长矛。这些人正在谈论一个什么人,肯定是一个小孩,名叫“戈蒂埃”。我记得半夜在大楼楼梯通道上带着令人难忘的温情半喊半叫说出的一句话,说的是:“他们只要碰一碰小戈蒂埃,我呀,我就会死。”

在这些日子里,有很多人住在我们的公寓里。在浴室,有一个女人,还有一个死掉的小孩用白布包扎着,女人抱着小孩站在抽水马桶后面。她就那么站在那里,最后,我也就不去注意她了。还有几个男人,有五个人,一到夜里就走到扬的房间去。这几个都是真的人,他们走来走去,说话。他们的身体塞满揉皱的报纸团成轻轻的小球。桌子下面还有野兽,还有那个出名的带猪尾巴的小矮人,有人叫他“人面蛇身女怪”,还有一座女人车身像,彩陶制成的,叫作“法兰西共和国”[1],放在我书桌旁的书架上。有一个人住处靠近扬的房间,此人非常可怕,他在监视我。我就在刺耳的电话铃声中生活,电话响声不停。我发现电话总机就设在天井,在七楼女佣的房间里,这是敌人的专用电话。对门邻居把我的电话线路偷走,这我是可以肯定的,我有证明。在我房间周围,电话铃声形成一个包围圈。我发现情况极不正常。最可怕的是每天在公寓内部发生的情况;在我的取暖器后面吊着一条死狗。这条狗,再说我也弄不清是一只鸟呢还是鸭。我相信我有几天几夜没有睡了。我根本没有睡意。这一段时间大概我根本没有睡,一直醒着。

由于老鼠,一些动物,这又闹起来了。半夜,老鼠及其他一些动物等等比比皆是。扬听到有闹声。我立即穿鞋,拿起雨伞。赶老鼠,就这样,又发作了。我神志不清。一切都是在瓦格纳歌剧持续伴奏下上演的。德国警察叫喊声又听到了。接着,扬从M.D.[2]的书本里了解到的,在窗前枪杀犹太

[1]即下文所说的玛丽亚娜,玛利亚娜被视为法兰西共和国的象征。

[2]即玛格丽特·杜拉斯,作者本人自称。

人那段非同寻常的情节出现了。还有黑人，妇女，在客厅里……这一切麇集繁衍，层出不穷，数也数不清。如要我叙写，不是罗列，我说：客厅里的一群黑人和犹太人已经宣誓效忠纳粹，这时我的摩尔达维亚医生的几个朋友，坐在那张红躺椅上，红躺椅在前一天还没有在这里出现，他们正准备买走我所住的这所公寓，这公寓摩尔达维亚医生终于没有弄上手，所以也没有把它卖出去。在这一片混沌之中，还有几只猫，这一天自始至终都是安静的，只有我一个人，看见它们在公寓里穿行来去。

突然我又回到现实中来。我还记得，米歇尔·芒索做的那份肉豆蔻酱。我狼吞虎咽都吃了。后来，幻觉一点一点减退。德国警察从附近平台上撤离，在扬的房间塞满报纸的人也走了。在我的儿子的房间里的那个男人，就是那个长着一头灰色卷毛头发、白得像白粉一样、蓝眼睛目光迟滞失神的人，他还没有走，没有消失。还有几只猫，没有消失。没有消失的，最后一个，我想，就是玛丽亚娜，这真是最难以置信最可笑的一个，她还梳着洛林人的那种发式，一个表示热爱祖国、丧尽廉耻的对象，仍然留在我房间小书架上——它是怎么搞到这里来的，只有上帝知道。说来也巧，一个星期前，正好是1987年4月初，玛丽亚娜雕像本来放在波拿巴路一处公寓壁炉台上的，这公寓有几扇窗正好对着通用的天井。我相信我从来没有见过它。幻象中的雕像我可以辨认，是放在一座由一扇可以打开的窗镶起来的壁炉上的。医生曾经告诉我说：随着时间的推移，过去的一切我都会重新看到。在谵妄状态下，种种事物显现，都是我在生活中经历过或见过的，他说这一切无不是来自真实的记忆。这当中，只有一件事，直到现在我夜里仍然怕它再出现。那分明是无有但又可以看见，谁也不会相信，甚至现实的末端产生的效果也可能复现，甚至眼睛、头发、皮肤的颜色，都可能复现。我对瓦格纳的音乐本来一无所知，居然也可以辨认出来。我对扬说，如果这种情况持续半个月，我就只好死了，我没有别的选择。为什么不能忍受？活下去的依据一天天减少，为什么不能忍受？这当然是因为人，只有他自己才看到他自己所看到的，正如人只习惯于一己去想他所想。可是突然之间，脑子自行其是，自己显示自己，自己去看，思想像大写字母显现在屏幕上，随后，明知不会有人相信你，即使我轻声默念设法把那几个猫“弄走”。后来，也知道很快就会使爱你的人不堪忍受，不得不离你而去。医生说，在你四周必须有很多人,新来的陌生人,很多人把你围住。但是我迟早还是一个人关进自己的房间点上灯再去找先就在那里等着我的动物,桌下有小猪,书架上有玛丽亚娜。医生还不准我吃任何镇静剂。我很奇怪,周围的情况依然如故。所有这些成群结队纷纷出现的幻象都出自我本人,不仅不受阻碍.而且谁也没有迫使它们出现。

有一点我忘记说了,我曾经要求扬把吊在取暖器后面被纳粹杀死的死狗取下。我要他把狗扔出窗外,用力丢在过路行人的头上。让他们记住有人杀过犹太人。声音我是听到的,我看他把狗取下丢到窗外,这一切并没有让我怀疑那条死狗的真实性。有一次,米歇尔·波尔特[1]倒让我心里生出怀疑,当时我正好在我家厨房里,她进门把大衣挂在衣架上,走来和我相见,我们在闲谈中,我把我的那些幻象都对她说了。她不说话,只是听着。我对她说“我自己是相信的,可是我不能说服别人也信:”我还说:“你去看看你挂在那里的大衣右边的口袋。你看那里是否有一个刚出生的红红的小狗?但是,他们都说我弄错了。”她郑重其事去看了。然后转过身来,对着我,长时间地看着我,然后对我说,态度极为严重,绝无笑意:“玛格丽特,我凭我世界上最爱的人对你发誓,我什么也没有看见。”她没有说那里什么也没有,她说:“我什么也没有看见。”在这一点上,也许疯狂之中也夹杂有某种理性。

后来,有一天夜里,我叫扬把那个满脸搽着白粉一头卷毛发的男人给我赶出去,他已经走到门口过道上,离我的房间不过两米,我只听到一声吼声,扬是气得实在控制不住了——每天夜里我都受到公寓大楼不断走来的“人”的骚扰,每次我都叫醒扬——他大喊大叫:“你必须知道,我,我根本什么也没有看见,根本没有,你听见没有?什么也没有。”他重复叫着:“什么都没有,没有,没有。”我站在我房间的门前,扬吼叫的时候,我还看见那个卷毛男人走到他的身边,我求扬让他出去。这时,扬停下来,不再作声。那个穿黑大衣的男人对这个场面全不了解。他往扬那边走了几步。他站下来。他的眼睛一直都在紧盯着我看。他注意的是我,那种激情竟到了这种地

---

[1] 玛格丽特·杜拉斯著有《与米歇尔·波尔特谈话录》,附在《卡车》(1977)之后,还与米歇尔·波尔特著言《玛格丽特·杜拉斯笔下的地点》(1977)。

步,使他变得面无人色,非常可怕。他注意看我,注视之中带有一种痛苦的愤恨。我不看他,我还哭,我还要逃走,他可怎么办?他并不理解我不理解他欲求的是什么。就在我这时写这些文字的时候,已经是三年之后,我可以说,那的确是与我相关的。可能决心要把我带走,不一定非让我死不可。可能他到这里来是为让我知道我的归宿,几千年以来已被摧毁的那样一个归宿,这也恰恰是我在人世存在的理由。他或者是一个犹太人,或者就是我的父亲,或者是别的什么,是另一个来确定的什么人。而他的身份是确定无疑的,经过十五天,他的身份始终不变。他住在我的家里。十五天以来,他就住在朝大街的那个小房间里。他的两个大眼睛很蓝很蓝,他的头发十分卷曲,那是来自另一个世界的头发,头发有的地方是黑的,有的地方是白的,也是属于另一个时代的。是,他一定知道有关于我而我又不可知道的什么事。不是一件我已经忘记的事,而是一件我应该知道的事。此时此刻,他就在这里,和其他幻象交错相混,不过他是轴心。他是主宰,环绕着他,其他的幻象就在我生命四周转动不已。他不理解我为什么怕他。他看到我怕,我怕什么并不知道。我还发现——件更了不起的大事,法语我也弄不懂了。我对扬说的话,找自己也不理解。他有一张淡紫色的嘴,被死死地封住了。

他不说话,十五天以来,一个字也没有说过。所以日日夜夜这许多人他为什么到这里来,他没有说,没有对你说。对于他,我必须弄清他抱有期待所为何来。如果我不了解他,那址我不想了解他。但是,这一点我不可能知道。他的眼光始终单纯专一直直地向前看着,我应该了解,但是,不可能。

扬朝公寓住房的门口走去。我回到我的房间。什么也不看,眼不见为净。扬打开房门,又把门关上。他对我说:“出来吧,他走了。”他终于走了。我在扬的怀抱中哭了很长时间。

这件事,一直到这几天,我没有对任何人讲过。这就像是他与我之间滋生出一种仅仅延续几秒钟时间相生与共的灵智。我对那种空寂缥缈的情愫记得非常清楚,确实是这样,那人走后,我只感到有罪,当扬和我,我们单独在一起的时候,也就是说,我本应和他谈谈,向他解释,但我无能为力,不可能,因为我不理解他究竟要我怎样。

名家简介

萧伯纳(1856~1950),英国现代杰出的现实主义作家。主要作品《鳏夫的房子》、《华伦夫人的职业》、《巴巴拉少校》、《伤心之家》等。

贝多芬百年祭

【英】萧伯纳

一百年前,一位虽听得见雷声但已聋得听不见大型交响乐队演奏自己的乐曲的五十七岁的倔强的单身老人最后一次举拳向着咆哮的天空,然后逝去了,还是和他生前一直那样地唐突神灵,蔑视天地。他是反抗性的化身;他甚至在街上遇上一位大公和他的随从时也总不免把帽子向下按得紧紧地,然后从他们正中间大踏步地直穿而过。他有像一架不听话的蒸汽轧路机的风度(大多数轧路机还恭顺地听使唤和不那么调皮呢);他穿衣服之不讲究尤甚于田间的稻草人:事实上有一次他竟被当作流浪汉给抓了起来,因为警察不肯相信穿得这样破破烂烂的人竟会是一位大作曲家,更不能相信这副躯体竟能容得下纯音响世界最奔腾澎湃的灵魂。他的灵魂是伟大的;但是如果我使用了"最伟大的"这种字眼,那就是说比汉德尔[1]的灵魂还要伟大,贝多芬自己就会责怪我而且谁又能自负为灵魂比巴赫[2]的还伟大呢?但是说贝多芬的灵魂是最奔腾澎湃的那可没有一点问题。他的狂风怒涛一般的力量他自己能很容易控制住,可是常常并不愿去控制,这个和他狂呼大笑的滑稽诙谐之处是在别的作曲家作品里都找不到的。毛头小伙子们现在一提起切分音[3]就好像是一种使音乐节奏成为最强而有力的新方法;但是在听过贝多芬的第三里昂诺拉前奏曲之后,最狂热的爵士乐

---

❶ 汉德尔:德国出生的英国作曲家。

❷巴赫:德国作曲家。

❸采用切分音的节奏是爵士乐最明显的特点。

听起来也像“少女的祈祷”那样温和了。可以肯定地说，我听过的任何黑人的集体狂欢都不会像贝多芬的第七交响乐最后的乐章那样可以引起最黑最黑的舞蹈家拼了命地跳下去，而也没有另外哪一个作曲家可以先以他的乐曲的阴柔之美使得听众完全溶化在缠绵悱恻的境界里，而后突然以铜号的猛烈声音吹向他们，带着嘲讽似的使他们觉得自己是真傻。除了贝多芬之外谁也管不住贝多芬；而疯劲上来之后，他总有意不去管住自己，于是也就成为管不住的了。

这样奔腾澎湃，这种有意的散乱无章，这种嘲讽，这样无顾忌的骄纵的不理睬传统的风尚——这些就是使得贝多芬不同于十七和十八世纪谨守法度的其他音乐天才的地方。他是造成法国革命的精神风暴中的一个巨浪。他不认任何人为师。他同行里的先辈莫扎特从小起就是梳洗干净，穿着华丽，在王公贵族面前举止大方的。莫扎特小时候曾为了彭巴杜夫人[1]发脾气说：“这个女人是谁，也不来亲亲我，连皇后都亲我呢。”这种事在贝多芬是不可想象的，因为甚至在他已老到像一头苍熊时，他仍然是一只未经驯服的熊崽子。莫扎特天性文雅，与当时的传统社会很合拍，但也有灵魂的孤独；莫扎特和格鲁克[2]之文雅就犹如路易十四宫廷之文雅；海顿[3]之文雅就犹如他同时的最有教养的乡绅之文雅。和他们比起来，从社会地位上说贝多芬就是个不羁的艺术家，一个不穿紧腿裤的激进共和主义者。海顿从不知道什么是嫉妒，曾称呼比他年轻的莫扎特是有史以来最伟大的作曲家，可他就是吃不消贝多芬。莫扎特是更有远见的，他听了贝多芬的演奏后说：“有一天他是要出名的。”但是即使莫扎特活得长些，这两个人恐也难以相处下去。贝多芬对莫扎特有一种出于道德原因的恐怖。莫扎特在他的音乐中给贵族中的浪子唐璜[4]加上了一圈迷人的圣光，然后像一个天生的戏剧家那样运用道德的灵活性又回过来给莎拉斯特罗[5]加上了神人的

---

❶彭巴杜夫人(1721-1764)是法皇路易十五的情妇。

❷奥地利作曲家。

❸奥地利作曲家。

❹唐璜：欧洲传说中的浪荡公子。

❺莫扎特的歌剧《魔笛》中的一个代表真理和光明的人物。

光辉，给他口中的歌词谱上了前所未有的，就是出自上帝口中都不会显得不相称的乐调。

贝多芬不是戏剧家，赋予道德以灵活性对他来说就是一种可厌恶的玩世不恭。他仍然认为莫扎特是大师中的大师(这不是一顶空洞的高帽子，它的的确确就是说莫扎特是个为作曲家们欣赏的作曲家，而远远不是流行作曲家)；可是他是穿紧腿裤的宫廷侍从，而贝多芬却是个穿散腿裤的激进共和主义者；同样的海顿也是穿传统制服的侍从。在贝多芬和他们之间隔着一场法国大革命，划分开了十八世纪和十九世纪—但对贝多芬来说莫扎特可不如海顿，因为他把道德当儿戏。用迷人的音乐把罪恶谱成了像德行那样奇妙。如同每一个真正的激进的共和主义者都具有的，贝多芬身上的清教徒性格使他反对莫扎特，固然莫扎特曾向他启示了十九世纪音乐的各种创新的可能。因此贝多芬上溯到汉德尔——一位和贝多芬同样倔强的老单身汉，把他作为英雄。汉德尔瞧不上莫扎特崇拜的英雄格鲁克，虽然在汉德尔的《弥赛亚》里的田园乐是极为接近格鲁克在他的歌剧《奥菲阿》里那些向我们展示出天堂的原野的各个场面的。

因为有了无线电广播，成百万对音乐还接触不多的人在他百年祭的今年将第一次听到贝多芬的音乐。充满着照例不加选择地加在大音乐家身上的颂扬话的成百篇的纪念文章，将使人们抱有通常少有的期望。像贝多芬同时的人一样，虽然他们可以懂得格鲁克和海顿和莫扎特，但从贝多芬那里得到的不但是一种使他们困惑不解的意想不到的音乐，而且有时候简直是听不出是音乐的由管弦乐器发出来的杂乱音响，要解释这也不难。十八世纪的音乐都是舞蹈音乐，舞蹈是由动作起来令人愉快的步子组成的对称样式；舞蹈音乐是不跳舞也听起来令人愉快的由声音组成的对称的样式。因此这些乐式虽然起初不过是像棋盘那样简单，但被展开了，复杂化了，用和声丰富起来了，最后变得类似波斯地毯，而设计像波斯地毯那种乐式的作曲家也就不再期望人们跟着这种音乐跳舞了——要有神巫打旋子的本领才能跟着莫扎特的交响乐跳舞。

有一回我还真请了两位训练有素的青年舞蹈家跟着莫扎特的一阕前奏曲跳了一次，结果差点没把他们累垮了。就是音乐上原来使用的有关舞蹈的名词也慢慢地不用了，人们不再使用包括萨拉班德舞、巴万宫廷舞、加

伏特舞和快步舞等等在内的组曲形式,而把自己的音乐创作表现为奏鸣曲和交响乐,里面所包含的各部分也干脆叫作乐章,每一章都用意大利文记上速度,如快板、柔板、谐谑曲板、急板等等。但在任何时候,从巴赫的序曲到莫扎特的《天神交响乐》,音乐总呈现出一种对称的音响样式给我们以一种舞蹈的乐趣来作为乐曲的形式和基础。

可是音乐的作用并不止于创造悦耳的乐式,它还能表达感情。你能去津津有味地欣赏一张波斯地毯或者听一曲巴赫的序曲,但乐趣只止于此;可是你听了《唐璜》前奏曲之后却不可能不发生一种复杂的心情,它使你心里有准备去面对一场将淹没那种精致但又是魔鬼式的欢乐的可怖的末日悲剧,听莫扎特的《天神交响乐》最后一章时你会觉得那和贝多芬的第七交响乐的最后乐章一样,都是狂欢的音乐:它用响亮的鼓声奏出如醉如狂的旋律,而从头到尾又交织着一开始就有的具有一种不寻常的悲伤之美的乐调,因之更加沁人心脾。莫扎特的这一乐章又自始至终是乐式设计的杰作。

但是贝多芬所做到了的一点,也是使得某些与他同时的伟人不得不把他当作一个疯人,有时清醒就出些洋相或者显示出格调不高的一点,在于他把音乐完全用作了表现心情的手段,并且完全不把设计乐式本身作为目的。不错,他一生非常保守地(顺便说一句,这也是激进共和主义者的特点)使用着旧的乐式;但是他加给它们以惊人的活力和激情,包括产生于思想高度的那种最高的激情,使得产生于感觉的激情显得仅仅是感官上的享受,于是他不仅打乱了旧乐式的对称,而且常常使人听不出在感情的风暴之下竟还有什么样式存在着了。他的《英雄交响乐》一开始使用了一个乐式(这是从莫扎特幼年时一个前奏曲里借来的),跟着又用了另外几个很漂亮的乐式;这些乐式被赋予了巨大的内在力量,所以到了乐章的中段,这些乐式就全被不客气地打散了;于是,从只追求乐式的音乐家看来,贝多芬是发了疯了,他抛出了同时使用音阶上所有单音的可怖的和弦。他这么做只是因为他觉得非如此不可,而且还要求你也觉得非如此不可呢。

以上就是贝多芬之谜的全部。他有能力设计最好的乐式他能写出使你终身享受不尽的美丽的乐曲;他能挑出那些最干燥无味的旋律,把它们展开得那样引人,使你听上一百次也每回都能发现新东西:一句话,你可以拿所有用来形容以乐式见长的作曲家的话来形容他；但是他的病征，也就是不同于别人之处在于他那激动人的品质，他能使我们激动，并用他那奔放的感情笼罩着我们。当贝里奥滋[1]听到一位法国作曲家因为贝多芬的音乐使他听了很不舒服而说“我爱听能使我入睡的音乐”时，他非常生气。贝多芬的音乐是使你清醒的音乐；而当你想独自一个静一会儿的时候，你就怕听他的音乐。

懂了这个，你就从十八世纪前进了一步，也从旧式的跳舞乐队前进了一步（爵士乐，附带说一句，就是贝多芬化了的老式跳舞乐队），不但能懂得贝多芬的音乐，而且也能懂得贝多芬以后的最有深度的音乐了。

---

❶法国作曲家。

名家简介

维·阿莱桑德雷·梅洛(1898～1984),西班牙诗人。主要作品有诗集《轮廓》、《毁灭或爱情》、《如唇之剑》、《土地的感情》、《天堂的影子》、《孤独的世界》、《天堂的诗》、《心的历史》等。1950年成为西班牙皇家院院士,1977年获诺贝尔文学奖。

老人和太阳

【西班牙】阿莱桑德雷

他已经活了很久。

他靠在那里,老态龙钟,靠着一根树干,一根极粗的树干,在迟暮中,在夕阳下山的时候。

那时刻,我正好路过,便停下脚步,把他端详。

他老了,满脸皱纹,那双眼睛暗淡甚于忧伤。

他靠着树干,阳光先朝他移来,轻轻吞噬着他的双脚。

在那儿,像蜷缩着,停留了片刻。

然后上升,把他沉浸,把他淹没。

缓缓地从他那儿移开,把他和自己的美丽光芒合成一体。

啊,年老的生命,年老的存在,他在溶解!

整个的火,悲哀的历史,皱纹的残余,受侵蚀的皮肤的痛苦,

正怎样地啃啮自己,毁掉自己!

像毁灭性洪流中的一块岩石正被渐渐消蚀,向最响亮的爱屈服,老人就这样。在那静寂之中,慢慢消失,慢慢退隐我目睹着太阳怀着深深的爱恋慢慢把他吞下,叫他长眠。

就这样,一点一点把他带走;就这样,在自己的光芒中一点一点把他溶解。

像一个妈妈把自己的孩子温柔地重又抱在怀中。

我路过，我亲眼看见了他。可有时候我只看见一点最微妙的残余。几乎不是生命的最微细的痕迹。

留下的只是这个，当那深情可爱的老人成了光芒，
像世间其他无形的东西，
随着夕阳的余晖无比缓慢地离去。

献给一个死去的姑娘

【西班牙】阿莱桑德雷

告诉我，告诉我你处女心中的秘密，
告诉我你葬身地下的秘密，
我要知道为什么你现在成了水，
是清新的河岸，那儿一些赤露的脚在用浪沫洗涤。
告诉我，为什么你披散的秀发上，
在你那受到爱抚的芳草上，
燃烧或安详的太阳
在降下，滑落，爱抚，它抚摸着你，
有如一阵清风吹送着一只鸟儿或一只手。
告诉我，为什么你的心像一座纤小的丛林
在地下等待着不可能飞来的鸟儿，
这整个的歌儿在眼睛上面 在无声地经过时变出梦幻。
哦，你，歌儿啊，献给一个死去或活着的躯体，
献给在地下长眠的美人，
你歌唱石头的颜色，吻我嘴唇的颜色吧，
歌唱吧，就像珍珠母在睡觉或呼吸。
这个纤腰，这忧郁胸膛的微弱的容量，
这无视风儿的飘拂的卷发，这双只有寂静在荡漾的眼睛，
这些如同珍藏在象牙的牙齿，
这阵拂过枯草纹丝不动的微风……

哦，你，欢乐的天空，像浮云般移动，
哦，幸福的鸟儿，你在肩头微笑；
清新的泉水，潺潺流去，同月光一起把你缠绕，
柔软的草地，受爱慕的脚步在上面踩过。

名家简介

博尔赫斯(1899～1986)阿根廷诗人、小说家兼翻译家。其作品文体干净利落,文字精练,构思奇特,结构精巧,小说情节常在东方异国情调的背景中展开,荒诞离奇且充满幻想,带有浓重的神秘色彩。20世纪80年代以来,博尔赫斯的作品对当代中国文学有着难以估量的影响。

博尔赫斯的主要作品有诗集《布宜诺斯艾利斯的激情》(1923)、《面前的月亮》(1925)、《圣马丁牌练习簿》(1929)、《阴影颂》(1969)、《老虎的金黄》(1972)、《深沉的玫瑰》(1975),短篇小说集《恶棍列传》(1937)、《小径分岔的花园》(1941)、《阿莱夫》(1949)、《死亡与罗盘》(1951)、《布罗迫埃的报告》(1970)等。他还译有卡夫卡、福克纳等人的作品。

博尔赫斯说:"获奖只可用来满足虚荣心;既然是为了满足虚荣心,不得诺贝尔奖也罢。"博尔赫斯未获诺贝尔文学奖的确是一个重要的损失和遗憾,不过,这缺憾并不属于博尔赫斯,而属于诺贝尔文学奖。

另一个人

【阿根廷】博尔赫斯

事情发生在1969年2月,地点是波士顿北面的剑桥。当时我没有立即写出来,因为我第一个想法是要把它忘却,免得说蠢话。如今到了1972年,我想如果写出来,别人会把它看作故事,时间一久,我自己或许也会当成是故事。

事情进行时,我觉得不合情理,在此后的失眠的夜晚,越想越不对头。但这并不是说别人听了也会震惊。

那是上午十点钟光景。我坐在查尔斯河边的一条长椅上。右面五百公尺左右有一座不知什么名称的高层建筑。灰色的河水挟带着长长的冰凌。河流不可避免地使我想到时间的流逝。两千多年前的赫拉克利特的形象。前一天晚上我睡得很好;我认为学生们对我下午的讲课很感兴趣。

附近一个人都没有。

我突然觉得当时的情景以前早已有过(心理学家们认为这种印象是疲劳状态)。我的长椅的另一头坐着另一个人,我宁愿独自待着,但不想马上站起来走开,以免使人难堪。另一个人自得其乐地吹起了口哨,那天上午的许多揪心事就从那一刻开始了。他吹的,或者试图吹的口哨(我一向不喜欢充内行),是埃利亚斯·雷古莱斯的《废墟》的当地配乐。乐曲的调子把我带到一个已经消失的院落,我想起了多年前去世的阿尔瓦罗·拉菲努尔。接着他念起词句来,那是开头一节十行诗的词句,声音不是拉菲努尔的,但是学拉菲努尔。我惊骇地辨出了相似之处。

我凑近对他说:

“先生,您是乌拉圭人还是阿根廷人?”

“阿根廷人,不过从1914年起我一直住在日内瓦。”他回答道。

静默了好久。我又问他:

“住在马拉纽街十七号,俄国教堂对面?”

他回说不错。

“那么说”,我蛮有把握地说,“您就是豪尔赫·路易斯·博尔赫斯。我也是豪尔赫·路易斯·博尔赫斯。我们目前是1969年,在剑桥市。”

“不对”,他用我的声音回答,声音显得有些遥远。

过了片刻,他坚持说:

“我现在在日内瓦,坐在罗丹诺河边的一条长椅上。奇怪的是我们两个相像,不过您年纪比我大得多,头发也灰白了。”我回说。

“我可以向你证明我不是瞎说。我可以告诉你陌生人不可能知道的事情。那幢房子里有一个银制的马黛茶罐,底部是盘蛇装饰,是我们的曾祖父从秘鲁带回来的。鞍架上还挂着一个银脸盆—你房间里的柜子摆了两排书。兰恩版三卷本的《一千零一夜》,钢版插图,章与章之间有小号字的注释,基切拉特的拉丁文字典,塔西伦的《日耳曼地方志》的拉丁文原版和戈登的英文版,加尼埃尔出版社出的《堂吉诃德》,里韦拉·英达尔特的《血栏板》,扉页上有作者题词,卡莱尔的《成衣匠的改制》,一本艾米尔传,还有一册藏在别的书后面的平装本的有关巴尔干民族性风俗的书。我还记得杜博格广场房屋一层楼的傍晚的情景。”

“不是杜博格，是杜福尔”，他纠正说。

“好吧，杜福尔。这些证明还不够吗？”

“不够”，他回道，“这些证明不说明任何问题。如果我在做梦的话，你当然知道我所知道的事情。你长长的清单根本没有用。”

他反驳得有道理。我说：

“如果今天早晨和我们的邂逅都是梦境，我们两人中间的每一个都得认为做梦的是他自己。也许我们已经清醒，也许我们还在做梦。与此同时，我们的责任显然是接受梦境，正如我们已经接受了这个宇宙，承认我们生在这个世界上，能用眼睛看东西，能呼吸一样。”

“假如我们继续做梦呢？”他急切地问道。

为了让他和让我自己安心，我装出绝不存在的镇静。我对他说：

“我的梦已经持续了七十年。说到头，苏醒时每人都会发现自我。我们现在的情况正是这样，只不过我们是两个人罢了。你想不想稍稍了解一下我的过去，也就是等待着你的未来？”

他不作声，但是点头同意了。我有点颠三倒四地接着说：

“母亲身体硬朗，还在布宜诺斯艾利斯查尔加斯—马伊普街的老家，不过父亲三十多年前就去世了，死于心脏病。先前中风后半身不遂，左手搁在右手上面，像是孩子的软弱无力的放在巨人的手上。他最后活得不耐烦了，但是从不抱怨。祖母也死在那幢房子里。临终前几天，她把我们都叫到床前，对我们说：‘我是个很老的老太婆，大半截已经入土了。这种事太平常了，你们谁都不必大惊小怪。’诺拉，你的妹妹，结了婚，有两个孩子……”

“顺便问一句，家里人怎么样？”

“挺好。父亲还老是取笑宗教信仰。昨晚还说耶稣和高乔人一样，不愿意受牵连，因此总是用寓言传教。”

他迟疑了片刻，问我说：

“您呢？”

“我不知道你写了多少本书，只知道数目太多。你写的诗只讨你自己喜欢，写的短篇小说又太离奇。你还像父亲和我们家族许多别的成员那样讲课。”

使我高兴的是他只字不问我出版的书的成败。我换了口气,接着说:

“至于历史……又有一次大战,交战各方几乎还是那几个国家。法国很快就投降了。英国和美国对一个名叫希特勒的德国独裁者发起一场战役,是滑铁卢战役的重演。1946年,布宜诺斯艾利斯又出了一个罗萨斯,和我们那位亲戚很相像。1955年,科尔多瓦省挽救了我们,正如恩特雷里奥斯以前挽救过我们一样。现在情况不妙,俄国正在霸占全球,美国迷信民主,下不了当帝国的决心。我们的国家变得越来越土气,既土里土气,又自以为了不起,仿佛不睁开眼睛看看外面。如果学校里不开拉丁文课程,改教瓜拉尼土语,我也不会感到惊奇。”我发现他根本不注意听我讲话。对于不可能而又千真万确的事情的恐惧把他吓住了。我没有子女,对这可怜的小伙子感到一种眷恋之情,觉得他比我亲生的儿子还亲切。我见他手里捏着一本书。我问他是什么书。“费奥多·陀思妥耶夫斯基的《邪恶的人》,或者我想是《群魔》吧”,他不无卖弄地回答。

“我印象模糊了,那本书怎么样?”

我话一出口马上觉得问得有些唐突:

“这位俄罗斯大师。”他提出自己的见解说,“比谁都更了解斯拉夫民族灵魂的迷宫。”

这一修辞学的企图使我觉得他情绪已经平静。

我问他还浏览过那位大师的什么作品。

他说了两三个书名,包括《双重人格》。

我问他阅读时是否像看约瑟夫·康拉德的作品那样能清晰地区别书中人物,还问他有没有通读全集的打算。

“说实话,没有”,他略感诧异地回答。

我问他在写什么,他说他正在写一本诗,书名打算用《红色的颂歌》。他还想到《红色的旋律》。

“为什么不可以?”我对他说。“你可以援引著名的先例。鲁文·达里奥的蓝色诗集和魏尔兰的灰色《感伤集》。”

他不予理睬,自顾自解释说他的诗集要歌颂全人类的博爱。当代的诗人不能不面对现实。

我陷入沉思,接着问他是不是真的对所有的人有兄弟之情。比如说,对所有的殡仪馆老板，所有的邮递员，所有的潜水员，所有无家可归的人，所有的失音的人，等等。他对我说他的集子谈的是被压迫、被遗弃的广大群众。

“你所说的被压迫、被遗弃的广大群众，”我说，“只是一个抽象概念。如果说有人存在，存在的只是个别的人。昨天的人已不是今天的人，某个古希腊人早已断言。我们两个，坐在日内瓦或者剑桥的一张长椅上，也许就是证明。”

除了历史的严格的篇章之外，值得回忆的事实并不需要值得回忆的词句。一个垂死的人会回忆起幼时见过的一张版画；

即将投入战斗的士兵谈论的是泥泞的道路或军士长。我们的处境是绝无仅有的，老实说，我们都没有思想准备。我们不可避免地谈起了文笔；不过我谈的无非是常向新闻记者们谈的话题。我的另一个我喜欢发明或发现新的隐喻；我喜欢的却是符合隐秘或明显的类缘以及我们的想象力已经接受的隐喻。人的衰老和太阳的夕照，梦和生命，时间和水的流逝。我向他提出这个看法，几年后我还要在一本书中加以阐明。

他似乎没有听我说。突然问道：

“如果您做了我，您怎么解释说，您居然忘了1918年和一位自称也是博尔赫斯的老先生的邂逅相遇呢？”

我没有考虑过这个难题。我毫无把握地回答：

“我也许会说事情太奇怪了，我试图把它忘掉。”

他怯生生地提了一个问题：

“您的记忆力怎么样？”

我明白，在一个不满二十岁的小伙子眼里，七十多岁的老头和死人相差无几。我回说：“看来容易忘事，不过该记住的还能记住。我在学盎格罗—撒克逊文，成绩不是全班级最后一名。”

我们的谈话时间太长，不像是梦境。

我突然想出一个主意：

“我马上可以向你证明你不是和我一起做梦”，我对他说，“仔细听这句诗，你从未见过，可是我背得出。”

我慢条斯理地念出那句著名的诗：

“星球鳞片闪闪的躯体形成蜿蜒的宇宙之蛇。”

我觉察到他惊讶得几乎在颤抖。我低声重复了一遍，玩味着每个闪闪发亮的字。

“确实如此”，他嗫嚅说。“我怎么也写不出那种诗句：”

诗的作者雨果把我们联结起来。

我回想起先前他曾热切地重复沃尔特·惠特曼的一首短诗，惠特曼在其中回忆了他与人同享的、感到真正幸福的海滩上的一个夜晚。

“如果惠特曼歌唱了那个夜晚”，我评论说，“是因为他有此向往，事实上却没有实现。假如我们看出一首诗表达了某种渴望，而不是叙述一件事实，那首诗就是成功之作。”

他朝我干瞪眼。

“您不了解”，他失声喊道。“惠特曼不能说假话。”

半个世纪的年龄差异并不是平白无故的。我们两人兴趣各异，读过的书又不相同，通过我们的谈话，我明白我们不可能相互理解。我们不能不正视现实，因此对话相当困难。每一个人都是对方漫画式的仿制品。情况很不正常，不能再持续下去了。说服和争论都是白费力气，因为它不可避免的结局是我要成为我自己。

我突然又记起柯尔律治的一个奇想。有人做梦去天国走了一遭，天国给了他一枝花作为证据。他醒来时，那枝花居然还在。

我想出一个类似的办法。

“喂，你身边有没有钱?”我问他。

“有”，他回答说。“我有二十法郎左右。今晚我要请西蒙·吉奇林斯基在鳄鱼咖啡馆聚聚。”

“你对西蒙说，让他在卡卢其行医，救死扶伤……现在把你的钱币给我一枚。”

他掏出三枚银币和几个小钱币。他不明白我的用意，给了我一枚银币。

我递给他一张美国纸币，那些纸币大小一律，面值却有很大差别。他仔细察看。

“不可能”，他嚷道。“钞票上的年份是1974年。”

（几个月后，有人告诉我美元上不印年份。）

“这简直是个奇迹”，他终于说。“奇迹使人恐惧。亲眼看到死了四天的拉撒路复活的人也会吓呆的。”

我们一点没有变，我想道。总是引用书上的典故。

他撕碎钞票，收起了那枚银币。

我决定把银币扔到河里。银币扔进银白色的河里，画出一道弧线，然后消失不见，本可以给我的故事增添一个鲜明的形象，但是命运不希望如此。

我说超自然的事情如果出现两次就不吓人了。我提出第二再见面，在两个时代、两个地点的同一条长椅上碰头。

他立即答应了，他没有看表，却说他已经耽误了时间。我们两人都没有说真话，每人都知道对方在撒谎。我对他说有人要找我。

“找你？”他问道。

“不错。等你到了我的年纪，你也会几乎完全失明。你只能看见黄颜色和明暗，你不必担心。逐渐失明并不是悲惨的事情，那像是夏季天黑得很慢。”

我们没有握手便告了别。第二天，我没有去。另一个人也不会去。

我对这次邂逅思考了许多，谁也没有告诉。我认为自己找到了答案。邂逅是确有其事，但是另一个人是在梦中和我谈话，因此可能忘掉我；我是清醒时同他谈话，因此回忆起这件事就使我烦恼。

另一个人梦见了我，但是梦见得不真切。现在我明白他梦见了美元上不可能出现的年份。

博尔赫斯和我

【阿根廷】博尔赫斯

有所作为的是另一个人，是博尔赫斯。我只是漫步于布宜诺斯艾里斯的街头，并且说不定已经是下意识的会在一处拱门和门洞前踯躅逗留。我通过邮件获得关于博尔赫斯的消息并在候选教授的名单或人名辞典中看到过他的名字。我喜欢沙漏，地图，18世纪的印刷术，词语的来源，咖啡的香味和斯蒂文森的散文；博尔赫斯也有同样的嗜好，不过有点虚荣地将那些嗜好变得想演戏。说我俩不共戴天，未免言过其实；我活着，竟然还活着，只是为了让博尔赫斯能够致力于他的文学，而那文学又反证了我活着的意义。

我无须隐讳地承认他确实写了一些有价值的东西，但是那些东西却救不了我，因为好东西不属于任何人，甚至也不属于他，而是属于语言或者传统。此外，我注定要销声匿迹，只是某个瞬息可能会藉他而超生。我尽管知道他有歪曲或者美化的恶癖，却还是逐渐将自己的一切全都转赠给了他。斯宾诺莎为万物都愿意保持自己的形态，石头永远都愿意是石头，老虎永远愿意是老虎？我将寄生于博尔赫斯而不是我自己（假如说我还是个人物的话），不过，跟他的著作相比，我倒是在别的许多人的著述里或者甚至是在吉他的紧拨慢弹中更能找到自己的踪迹。很多年前我就曾经企图摆脱他而独处并从耽于城郊的神话转向同时光及无限的游戏。然而，那游戏如今也成了博尔赫斯的了，我还得另作打算。因此，我的命运就是逃逸，丧失一切，一切都被忘却或者归于别人。

我不知道我们俩当中是谁写下了这篇文字。

名家简介

斯·茨威格(1881～1942),全名斯特凡·茨威格,奥地利作家、文艺评论家。主要作品有短篇小说集《初次经历》、《阿莫克》、《感觉的混乱》,长篇历史小说《约瑟夫·富歇》、《玛丽亚·斯图尔特》等,还写有一些巴尔扎克等著名作家的传记或论述,晚年著有回忆录《昨天的世界》。

从罗丹得到的启示

【奥地利】茨威格

我那时大约二十五岁,在巴黎研究与写作。许多人都已称赞我发表过的文章,有些我自己也喜欢。但是,我心里深深感到我还能写得更好,虽然我不能断定那症结的所在。

于是,一个伟大的人给了我一个伟大的启示。那件仿佛微乎其微的事,竟成为我一生的关键。

有一晚,在比利时名作家魏尔哈仑家里,一位年长的画家慨叹着雕塑美术的衰落。我年轻而好饶舌。热情地反对他的意见。“就在这城里”,我说,“不是住着一个与米开朗基罗媲美的雕刻家吗?罗丹的《沉思者》《巴尔扎克》,不是同他用以雕塑他们的大理石一样永垂不朽吗?”

当我倾吐完了的时候,魏尔哈仑高兴地指指我的背。“我明天要去看罗丹”,他说,“来,一块儿去吧。凡像你这样赞美他的人都该去会他。”

我充满了喜悦,但第二天魏尔哈仑把我带到那雕刻家那里的时候,我一句话也说不出。在老朋友畅谈之际,我觉得我似乎是一个多余的不速之客。

但是,最伟大的人是最亲切的。我们告别时,罗丹转向我。“我想你也许愿意看看我的雕刻,”他说,“我这里简直什么也没有。可是礼拜天,你到麦东来同我一块吃饭吧。”

在罗丹朴素的别墅里,我们在一张小桌前坐下吃便饭。不久,他温和的眼睛发出的鼓励的凝视，他本身的淳朴，宽释了我的不安。

在他的工作室——有着大窗户的简朴的屋子里，有完成的雕像，有许许多多小塑样——一只胳膊，一只手，有的只是一只手指或者指节，有他已动工而搁下的雕像，有堆着草图的桌子，这是他一生不断追求与劳作的地方。

罗丹罩上了粗布工作衫，因而好像就变成了一个工人。他在一个台架前停着。

“这是我的近作。”他说，把湿布揭开，现出一座女正身像，以黏土美好地塑成的。“这已完工了。”我想。

他退后一步，仔细看着，这身材魁梧、阔肩、白髯的老人。

但是在审视片刻之后，他低语着：“就在这肩上线条还是太粗。对不起……”

他拿起刮刀、木刀片轻轻滑过软和的黏土，给肌肉一种更柔美的光泽。他健壮的手动起来了，他的眼睛闪耀着。“还有那里……还有那里……”他又修改了一下，他走回去。他把台架转过来，含糊地吐着奇异的喉音。时而，他的眼睛高兴得发亮；时而，他的双眉苦恼地蹙着。他捏好小块的黏土，粘在像身上……刮开一些。

这样过了半点钟，一点钟……他没有再向我说过一句话。他忘掉了一切，除了他要创造的更崇高的形体的意象。他专注于他的工作，犹如在创世的太初[1]的上帝。最后，带着舒叹，他扔下刮刀，一个男子把披肩披到他情人肩上那种温存关怀般地把湿布蒙着女正身像。于是，他又转身要走，那身材魁梧的老人。

在他快走到门口之前，他看见了我。他凝视着，就在那时他才记起，他显然因他的失礼而惊惶。“对不起，先生，我完全把你忘记了，可是你知道……”我握着他的手，感谢地紧握着。也许他已领悟我所感受到的，因为在我们走出屋子时他微笑，用手搀着我的肩头。

在麦东那天下午，我学得的比在学校所有的时间都多。从此，我知道凡人类的工作必须怎样做，假如那是好而又值得的。

---

[1]太初：天地形成之初。

再没有什么像亲见一个人全然忘记时间、地方与世界那样使我感动。那时，我参悟到一切艺术与伟业的奥妙——专心，完成或大或小的事情的全力集中，把易于弛散的意志贯注在一件事情上的本领。

于是，我察觉我至今在我自己的工作上所缺少的——那能使人除了追求完整的意志而外把一切都忘掉的热忱，一个人一定要能够把他自己完全沉浸在他的工作里，没有——我现在才知道——别的秘诀。

屠格涅夫(1818～1883),全名为伊凡·谢尔盖耶维奇·屠格涅夫,俄罗斯19世纪杰出的现实主义作家。主要著作有中篇小说《木木》,特写集《猎人笔记》,长篇小说《罗亭》、《贵族之家》、《前夜》、《父与子》等。

马　霞

【俄罗斯】屠格涅夫

许多年以前,我住在圣彼得堡的时候,我每次坐雪车,总要和车夫谈些闲话。

我特别喜欢和那些夜间赶车的车夫谈话,他们都是近乡的贫苦农人,赶了他们的赭色的车子和瘦弱的小马进京城里来做生意,想挣得他们的饮食和主人的田租回去。

有一天我雇了这样一个车夫的车子——他是一个二十岁光景的年轻人,高个子,身材魁梧,是一个漂亮的小伙子。他有一对蓝眼睛和红红的面颊,他那顶窄小的破帽子盖到了他的眉毛上,帽子下面露出来他的卷成一串串小圈的亚麻色的头发。在他那宽大的肩膀上想不到却披了一件那么窄小的外衣。

这个车夫的没有胡须的漂亮的脸上却带了忧郁、沮丧的神情。

我和他谈起话来。他的声音也是带了忧郁的。

"朋友,什么事情?"我问他道,"你为什么不高兴?你有不如意的事?"

他起先并不回答我。后来他才说:"先生,是的。再没有比这更不幸的了,我死了妻子。"

"你爱她……你的妻子?"

这个年轻人并不掉过头看我。他只把头微微俯下去。

"先生,我爱她。已经八个月了……可是我还不能够忘记。真的……

我的心一天天给它吃尽了……为什么她应该死呢?她年轻又强壮。只有一天的功夫她就被霍乱症带走了。”

“她待你好吗?”

“呵,先生!”这个可怜的男子深深叹了一口气,“我和她一起过得多么快活!她不等我回家就死了!你知道,我刚在这里听到那消息,他们就已经把她安葬好了,我立刻赶回村里,回到家中。我到了那儿——已经过了半夜了。我走进我的小屋,一个人站在屋子中间低声唤着:‘马霞,喂,马霞!’没有一声回应,我只听见蟋蟀的哀叫——我不觉哭起来,就坐在地上,用我的拳头打着地面。我说:‘你这贪吃的土地,你把她吞了……把我也吞下去吧!呵,马霞。’”

“马霞。”他突然放低声音再唤了一次。他依旧拉着缰绳不放松,一面却用袖子揩去了眼角的泪,他挥着袖耸了耸肩,就不再作声了。我深深鞠了一躬,便踏着那荒凉的街上的积雪,在寒冷的正月的浓雾里缓缓地驱车走远了。

老　人

【俄罗斯】屠格涅夫

黑暗、沉重的日子来到了……

你自己的疾病,亲人们的苦痛,老年的凄凉和悲哀……你所钟爱过的一切,你曾献身过的一切,都一去不复返地在消失和毁灭了。走的是一条下坡路。

怎么办呢?悲伤?哀悼?你这样做对你自己,对别人都没有帮助。

在弯曲的正在枯萎的树上,叶子更零落、更稀疏了——但它还是一样翠绿。

那么,你感到憋闷时,请追溯往事,回到自己的记忆中去吧——在那儿,深深地,深深地,在百感交集的心灵深处,你往日可以理解的生活会重现在你的眼前,为你闪耀着光辉,发出自己的芬芳,依然饱孕着新绿和春天的明媚与力量!

但你得小心……可不要朝前看啊,可怜的老人!

菜　汤

【俄罗斯】屠格涅夫

一个守寡的农妇,死掉了二十岁的独生子,失去了村里最好的劳动力。

一个贵妇人——同村的地主太太,得悉农妇很伤心,在殡葬那天去看望她。

贵妇人见她在家。她站在茅屋中间的桌子前面,用右手(左手无力地耷拉着)不慌不忙,从从容容地从熏黑的陶罐底里舀取稀薄的菜汤,一勺一勺喝进肚里。

农妇的脸又瘦又黑,眼睛红肿……但她像在教堂里似的,虔诚地,笔直地站着。

"天啊",贵妇人心里想,"在这种时候,她还能吃东西……他们这些人心肠真硬!"

贵妇人立即想起了,几年前她死了才九个月的女儿,就悲痛得无心去彼得堡郊区租一幢漂亮的别墅避暑,宁愿整个夏天就住在城里!可这农妇还有心思继续喝菜汤呢。

贵妇人终于忍不住了。

"塔姬扬娜!"她说道,"哎呀!我感到奇怪!难道你不疼爱你的儿子?为什么你的胃口还这么好呢?你怎么还能喝得下这菜汤呢?"

"我的瓦西亚死了",农妇低声说,痛苦的眼泪沿着她凹陷的脸颊流淌下来。"就是说,我的日子也到头了,就像是活活地被摘了心肝一样。可是菜汤不能糟蹋呀,要知道里面是放了盐的呵。"

贵妇人只是耸耸肩膀,就走开了。她当然觉得买盐很便宜。

名家简介

约尔丹·拉迪奇科夫(1929～2004),保加利亚作家、戏剧家。著有小说《心为人间搏动》、《一双粗手》,剧本《想飞》、《捆住的气球》等,童话《小青蛙的故事》一书获得1996年的安徒生奖。

我的爸爸

【保加利亚】拉迪奇科夫

没有人比我爸爸更有力气了。他只要挥动几下斧子就能砍倒林子里的树木;只要在我的手上吹一下就能使我暖和起来;只要对那些牛吆喝一声,它们便摇着尾巴站起来。

他什么都行。我站在他的身影里,幻想有一天我能变得像他一样有力气,像他一样英勇无畏,战无不胜。

我看着爸爸用斧子砍树,那些树伴随着咔嚓咔嚓的声响倒在雪地上,在山谷里回荡着伐树的咔嚓声。我全身颤抖,感到整个森林都在爸爸的斧子下呻吟、震撼。他把砍下的树毫不费力地装在雪橇上,用绳子把它们紧紧地捆在一起,像捆麦秸一样。然后套上两头牛——像祖母讲的神话中嘴里喷火的龙一样。

但是雪橇的滑板冻住了,它们拉不动。于是,爸爸使劲用肩推,冻住的雪块发出震耳的响声,牛轻快地拉着雪橇向前走去。

我坐在雪橇上面,身上裹着爸爸的旧皮袄,看着他手里牵着牛的缰绳艰难地朝前走着。那两头大黑牛像两只小狗一样驯顺地跟在他身后。我真不明白爸爸哪儿来得这么大劲,他能够摆布周围的一切。

太阳不慌不忙、稳稳当当地在天空中滚动。爸爸点上烟,牵着牛,不慌不忙、稳稳当当地在雪地上走着。突然,他的脚滑了一下,跌倒在雪地上,像我在冰场上摔跤一样,见了这场面,我感到难为情,臊得我都想哭了,因为我亲眼看见爸爸摔倒了，在那一瞬间，他是那么无可奈何。

至今我仍不愿相信这是真的，虽然我还清清楚楚地记得当时的情景：他从雪地上爬起来，用帽子扑打着粘在身上的雪，气恼而尴尬地朝我笑笑。我同样也感到尴尬和气恼，因为摔倒的不是别人，正是我的爸爸。对于我，他简直就是一切。

名家简介

纪伯伦(1883～1931),黎巴嫩著名诗人、画家。后长期侨居美国,用阿拉伯和英语创作了大量小说、诗歌和散文。主要作品有《叛逆的灵魂》、《先知》、《泪与笑》、《暴风雨》等。

罪　犯

【黎巴嫩】纪伯伦

有一个青年坐在大道上行乞。他本来身强力壮,但饥饿使他变得肌瘦体弱了。他坐在马路的拐弯处,伸手向过往行人乞讨,向那些善心人求助,口中喋喋不休地诉说着他的不幸遭遇和饥饿的痛苦。

黑夜笼罩了大地,他已口干舌燥,然而,两手像他肚子一样空空如也。这时,他起身朝城外走去,然后坐在一棵树下痛哭起来。在饥饿的煎迫下,他两眼噙着泪水,仰望苍天说道:"主啊!为了找事干,我到过财主那里。由于我的衣衫褴褛,被他们赶了出来。我敲过学校的大门,因为两手空空而遭拒绝。我渴望被人雇使,只求糊口度日。但我的运气不佳,一切都落了空,最后我只得去乞讨。然而我的主啊!你的崇拜者们看见我说,此人健壮有力,好逸恶劳,不应该得到施舍。主啊!我的母亲按照你的旨意生下了我,我现在存在于你的世界之中,为什么我以你的名义向人们乞讨时,他们竟拒绝给我一口面包呢?"

此时此刻,这个绝望的人表情变了,他突然站起身来,两只眼睛里闪过流星滑过一般的亮光。然后,他愤然折断了一根干枯的大树枝,用树枝指着城里,大声喊道:"我想靠劳动谋生,但我未能如愿。现在,我将用我的臂力去获取。我以友爱的名义去讨饭,但没人理睬。好吧!我只好以罪恶的名义来求得,而且将求得更多。"几天过后,这个青年为了获得几串项链,砍了几个人头。一旦他的欲望受到抵抗,他就将对手碎尸万段。就这样,他财源亨通，暴发致富。他的凶狠残暴，尽人皆知。他成了人间盗贼崇拜的偶像、智者的凶神。于是，国王按照惯例选中这个青年作为他在这个城市的钦差大臣。人类就是这样的标新立异——由于它的悭吝而使一个可怜的穷苦人变成了刽子手，由于它的残忍而使一个心地善良的人变成了杀人犯。

名家简介

壶井荣(1900～1967),日本女作家。主要作品有《萝卜缨》、《海风》、《雾街》、《坡路》、《没有母亲的孩子和没有孩子的母亲》、《二十四只眼睛》等。

报春花

【日本】壶井荣

路过花店,檐头底下见到一盆报春花,不觉拿到手里来欣赏。这不是因为在东京这样的闹市里见到报春花,觉得真稀罕,而为的是我怀恋起很久以前,孩子时候,在家乡的山野里见惯的报春花。花店老板娘以为我要买,出来招呼,我只得道歉说,回来买吧,就走开了。可是萦回着报春花,追慕我母亲的声容,往事有如泉水一般涌上心头来。

母亲有时背着柴禾,有时背着茅草,老是在傍晚的山路里,迈着疾步回家。现在我才领悟到。看来总是那么轻快的脚步,全是为了惦记家里等着吃奶的婴孩。母亲这样在山路上奔走,直到她累得倒下来的前一天。

每天母亲从山上或是地里回来,我总哄着饿得哭闹的小妹妹,在半路迎上来。刚到地藏仙跟前,母亲就"哦,哦"喊着,加快一步赶过来了。有时妹妹哭得厉害,母亲等不及到家,就把背子往地边石帮上一靠,急忙解开胸襟。她舔湿了指头,一揉那饱胀的乳房,就像水枪似的滋出奶来,娘儿俩都乐得欢笑起来。母亲的皮肤真白,通年脸色晒得像小麦,却这么肌理细腻,柔软得好像糯米饽饽。也许只是乳房,我怎么也不信母亲全身都是这样的,因为母亲的奶水尽管足得像水枪似的滋出来,但她背上老插有一株报春花。而村里人叫它作荷克理的报春花,乃是治皴裂口子的灵药,母亲也爱用它。

不仅是我母亲,所有穷苦的山农渔户人家的主妇们,每逢好天,一年里

多一半日子都在山里地里过。只是偶然去拉个大网，才吃上一口有蛋白质的东西。全靠身体做本钱的主妇们，一个劲儿光是消耗着肉体。我那生孩子过多的母亲，更是瘦得油枯脂干的，一过夏天，就常年价闹起手脚裂口子来。尽管奶足得像水枪似的滋出来，但凉风一起，就得防护脚心，从冬月、腊月，直到正月、二月，四十岁的母亲便痛得直喊阿唷哇。用什么治呢？便是这报春花。把报春花的球根捣烂，剔去筋，和饭粒儿捏，捏到发黏，填进裂口里。

"瞧，有娃娃的嘴那么大呀！"

母亲常这么夸张她的皴裂口。她用荷克理填满手脚上张开的好些"娃娃嘴"，从纸拉门上撕下一小块、一小块的纸来贴在上面，母亲的脚跟就成了纸糊的了。

皴裂口也是个预报气候冷暖的东西。

"说不定要下雪啦，今儿晚上裂口痛得厉害哩。"母亲这样说。

操劳，操劳，一辈子非得辛辛苦苦操劳不能生活过来的穷苦母亲，尽管手脚上的裂口里渗出血来，母亲的乳房还是光滑的，难道所谓母性就是这样的么？母亲得了脑充血躺下来的时候，她的第十个孩子还没有离奶呢，她气得捶打着半身不遂的手脚，好像就是手脚犯了罪，不住地叨咕：

"这只手，这只脚，竟不听我使唤了。多么气人呀！"

母亲躺的日子多了，她的手脚也变得好看了，好像贵族小姐似的，她从此倒不再同荷克理打交道了。

如今，已经过了三十多年的岁月，我偶然在东京大街上发现了报春花，不由回忆起把它叫作荷克理的往日，想到母亲在抚养十个孩子的岁月里不知道牺牲了多少报春花的生命，然而我正如面对了我那穷苦的母亲，不禁对报春花发生了亲密的情感。

东山魁夷(1908~1999),原名新吉,生于日本横滨,日本著名画家。擅长散文,著有《东山魁夷文集》。

老　师

【日本】东山魁夷

一九五七年二月三日,未明。听到急剧的电话铃声,我飞身下床,怀着不良的预感拿起听筒。结城素明先生突然去世了!他的夫人报告了这一消息。大约是四时半,我和妻子匆忙赶往中山车站,乘上头班电车,来到御茶之水,然后又叫了出租汽车直奔林町的府邸。原来先生于昨夜十点左右就寝时精神还很好,今天早晨发病,等叫了医生已经来不及了。他患的是心脏麻痹。

在芝地的增上寺举行了隆重的葬礼。先生于一九０二年在东京美术学校做聘用教师,一九０四年成为副教授,一九四年退职。在这段漫长的时间里,他作为日本画专业的教师,养了众多的学生。正如他作为画家留下伟大的足迹一样,先生作为一个教育家,其功绩也应受到很高的评价。然而,战争末期,先生作为一个自由主义者,不得不辞去了教职。

他是历经明治、大正、昭和的日本画坛的先驱者、巨匠。作为画家和教育家,他像一棵大树,强劲的枝条上结满了丰硕 果实,粗壮的树根周围培养了众多的幼树。狂风猛烈地吹打这棵大树,大树受伤了,受到枝叶庇护的幼树却平安地生长着。作为一个先驱、一个巨人,先生有着不可避免的命运,可以说他是竭尽全力走完了八十二年漫长的道路的。

先生的门生之中,我是他最末代的学生。因此,即便从画集上,我也未能看到过像《鸣蛼》《歌神》《八千草》《夏山趣》《朝霁薄暮》《诗经图》之类的传世之作,而这些都是 在画坛上风华正茂、大显身手时期的作品。我第一次看到这些画，还是在为纪念先生逝世一周年所举办的遗作展览会上，当时我更加深切体会到先生的伟大。

我进美术学校是昭和初期，那是先生队海外归来成为美术院会员的第二年。我在学生时代既没有受到先生的表扬，也没有挨过先生的批评，没有什么值得回忆的事情。倒是松冈映丘先生常和学生们聊，所以印象很深。松冈先生总是穿着长袍大褂来教室上课。川合玉堂和小堀音两位先生当然也是一样。特别是川合先生，端然整洁的和服和纯白的布袜，给我留下了鲜明的记忆。然而，结城先生却不修边幅，他那一身粗毛西装，从当时的常识来看，无论怎样都不像个日本画家，给人的感觉倒像一位油画大师。先生体格魁梧，在我这个做学生的眼里，显现了一个画家、一个人的伟大之处。

松冈先生在颜料的调配、上胶和涂矾水上，唠叨得使人心烦。结城先生对这些细小之处从来不说什么，但是对构图要求极为严格。有时候上石膏和人物素描课，他会用粗大的手指猛地蹭着画面，把走样的地方订正过来。那黑乎乎的指印，用多少面包屑也擦不掉。两位先生站在迥然不同的立场上，在指导学生方面鲜明地表现了各自的态度，这是很难得的。我们是从这两位老师身上汲取营养成长起来的。

前面说了，结城先生是个巨人，世上的人和我们这些门生对他的认识，仅仅是眼前的一部分，就像瞎子摸象一般。有很多人认为先生是个世界主义者，强烈地体现着西欧合理主义精神。他确实博学多识，富有进取性。我年轻时到西洋去，这在第三者看来一定是冒险的事，但先生却极表赞成。我能够作为日德双方交换学生出国留学，固然由于两国文化交流的倡导者友枝高彦先的协助，同时结城先生也到文化部去为我苦心周旋，这是我后来才知道的。在柏林时接到先生的来信，他提醒说，参观古典的东西固然有必要，但也应当了解欧洲美术发展的新动向。

回国后，我有很长一段时期不为画坛承认，是在暗暗摸索之中度过的，先生多次指出，说我练习写生不够。

“不经过写生，绘画就站不住脚。缺乏这个根底，就会感到气韵不足。在使作品精益求精的道路上伴随着苦恼，是要碰几次壁的，这时，就要回到写实中去加以修正。”他还说：“细致观察平常事物，就会有非凡的发现。”至今,我依然常常想起这些话来。当我在“文展”上落选的时候,先生为我把盏:“我看了展览,某某的画不错嘛。”接着又马上说道:“但是如果认为明年还是这样那就错啦。”这些话简直叫人捉摸不透。可不是吗?

那时“帝展”变成“文展”,进而变成“新文展”,画坛动荡不止。战争的风暴已经袭来,我不过是这风暴中的一片树叶罢了。

“拿起素描本出门写生去吧,要心如明镜般地观察自然。”先生结束了他的谈话。

那时的情景,现在回想起来眼睛还是热辣辣的。我遵照先生的话,立即拿起素描本踏上了旅途。先生的话语像照亮黑夜的明灯,流贯了我的全身,使我受到强烈的感动。这是后来的事。那时候,战争夺去了我的一切。

我以为,人们未能真正理解先生关于写实这话的意思。他所说的写实绝不是对自然表面的描摹。先生是个激进的民族主义者,他具有旺盛的东方精神,尤其对于佛教有着渊博的知识和浓厚时兴趣。

他说:“将来,为了求得日本美术的繁荣,必须求得日本国家的繁荣。”

先生在战前繁忙的日常生活中,自己徒步遍访各地,出版了《东京美术家墓志考》。战后对这本书又加以增补,编纂了日本全国美术家和文艺家的墓志。先生拥有的多方面丰富的藏书中,有关佛教的书籍占着很大的比重。

名家简介

斯蒂芬·里柯克(1869～1944),加拿大作家。著有散文集《出类拔萃》,幽默小品集《文学的失误》、《滑稽故事集》等。

我们是怎样过母亲节的

——一个家庭成员的自述

【加拿大】斯蒂芬·里柯克

在最近提出来的所有各式各样的意见中,我认为,一年过一次"母亲节"这个主意要算最高明了。难怪五月十一日在美国正在成为一个人人喜爱的日子,而且我还相信,这样的想法也一定会蔓延到英国去。

在我们这样一个大家庭里,这个想法特别受欢迎,所以我们决定为"母亲节"举行一次特别庆祝。我们觉得这是个好主意,它使我们大伙儿都体会到。母亲为我们成年累月地操劳,她吃足苦头和付出牺牲,全都是为了我们的缘故。

因此,我们决定把这一天过得痛痛快快的,成为全家的一个节日,我们要做一切我们力所能及的事情让母亲高兴。父亲决定向办公室请一天假,好在庆祝节日时帮帮忙,姐姐安娜和我从大学请假回家,妹妹玛丽和弟弟维尔也从中学请假回来了。

我们的计划是,把这一天过得像过圣诞节或别的盛大的节日一样隆重,我们决定用鲜花点缀房间,在壁炉上摆些格言,以及诸如此类的事情。我们请母亲安排格言和布置装饰品,因为在圣诞节她是经常干这些事情的。

两个姑娘考虑到,逢到这样一个大场面,我们应该穿戴得最最漂亮才合适,于是她们俩都买了新帽子。母亲把两顶帽子都修饰了一番,使它们显得挺好看。父亲给他自己和我们兄弟俩买了几条带活结的丝领带,作为纪念母亲这个节日的纪念品。我们也准备给母亲买顶新帽子,不过,她倒是似乎更喜欢她那顶灰色的旧无檐帽,不喜欢新的,而且两个女孩子都说,那顶旧帽子,她戴了非常合适。

早饭后,我们做了一个出乎母亲意料之外的安排我们准备雇一辆汽车,把她载到乡下去美滋滋地兜游一番。母亲一向是难得有这样一种享受的,因为我们只雇得起一个女佣人,在家里母亲几乎就得整天忙个不停。当然,如今乡下正是风光明媚的时节,要是让她驱车游逛几十英里,度过一个美好的早晨,这对她来说可真会是莫大的享受。

但是,就在当天早晨,我们把计划稍微修改了一下,因为父亲想起了一个主意,与其让母亲坐在汽车里逛来逛去,倒不如带她去钓鱼更妙。父亲说,出租汽车么,雇了一样得花钱,我们何不利用它又游玩又开到山上有溪流的地方去钓鱼哩。就像父亲说的,如果你只是驱车出游而没有一个目标,那么你就会有一种漫无目的之感;可是如果你要去钓鱼,前面就有个明确的目标,能提高你的兴致。

我们大伙儿都感觉到,对母亲来说,有个明确的目标会更好些;再说,不管怎样,父亲昨天刚好又买了一根新钓竿,这就更自然而然地使他想起钓鱼来了。他还说,要是母亲愿意的话,她还可以使用那根钓竿。真的,他说过,钓竿实际上是给她买的,不过母亲说,她宁愿看着父亲钓鱼,她自已却不想钓。

这样,我们便为这次旅行做好了一切安排,我们让母亲切了些夹心面包片,为了怕我们肚子饿,还准备了一顿便餐,当然中午我们坏要回到家毋来吃一顿丰富的币餐。就像讨圣诞节和新年那样。母亲把所有的东西都给我们收拾齐全,放到一只篮子里,准备上车。

唉,车子到了门口的时候,不料汽车里面看来并没有我们想象的那么宽敞,因为我们没有把父亲的鱼篓、钓竿以及便餐估计在内,显然,我们没法儿都坐进车里去。

父亲叫我们不必管他,他说他留在家里也很不错,而且他相信他能利用这段时间在花园里干点活儿;他说那里有一大堆他可以干的粗活和脏活,比如挖个垃圾坑什么的,这就免得雇人来干了,所以他愿意留在家里;他说我们也用不着顾虑他三年来一直没有过过一个真正的假日这回事;他要我们马上出发，快快活活地过个节。不要为他操心；他说他能够整天埋头干活；而且，真的。他还说，本来，他想过个什么节就是想入非非。

不过，当然我们全都觉得，让父亲留在家里可绝对不行。特别是，我们都知道，他果真留下来的话，准会闯祸。安娜和玛丽姐妹俩倒也都乐意留下来，帮着女佣人做中饭，只是，在这样一个美好的日子里，她们买了新帽子不戴一戴，未免太使人扫兴。不过，她们都表示，只要母亲说句话，她们就都乐意留在家里干活。维尔和我本来也愿意退出，但不幸的是，我们在准备饭菜上，却是一点忙也帮不上。

因此，到最后，决定还是母亲留下来，就在家里痛痛快快地休息一天，同时准备午饭。反正母亲不喜欢钓鱼，而且尽管天气明媚，阳光灿烂，但室外还是有点儿凉，父亲有些担心，要是母亲出门，她没准会着凉的。

他说，当母亲本来可以好好地休息的时候，如果他硬拉她到乡下去转悠，一下子得了重感冒，他是永远不会原谅自己的。他说，母亲既然已经为我们大伙儿操劳了一辈子，我们有责任想方设法让她尽可能安安静静地多休息一会儿。他还说，他之所以想到出门去钓鱼，主要的是，这么一来就可以给母亲一点安静。他说年轻人很少能体会到，安静对于上了年纪的人有多么重大的意义。关于他自己，他总算还够硬朗，不过他很高兴能让母亲避免这一场折腾。

于是我们向母亲欢呼了三次之后就开车出发了，母亲站在阳台上，从那里瞅着我们，直到瞅不见为止，父亲每隔一会儿就转身向她挥手，后来他的手撞在车后座的边上，他才说，他认为母亲看不着我们了。

嗯，我们把汽车开到美妙无比的山岗中行驶，度过了最愉快的一天。父亲钓到了各式各样的大鱼，他敢肯定，要是母亲来钓的话，她是无论如何也拽不上来的。维尔和我也都钓了，不过我们钓的鱼都不及父亲钓的那么多。至于那两个姑娘呢，在我们乘车一路去的时候，她们碰到不少熟人，在溪流旁边她们还遇到几个熟识的小伙子，便在一块儿聊起来，这一回，我们大伙儿都玩得痛快极了。

我们到家已经很晚，快到下午七点了，不过母亲猜到我们会回来得晚，于是她把开饭的时间推迟了，热腾腾的饭菜给我们准备着。可是首先她不得不给父亲拿来手巾和肥皂，还有干净的衣服，因为他钓鱼时总是弄得一身肮里肮脏的，这就叫母亲忙了好一阵子，接着，她又去帮女孩子们开饭。

终于，一切都齐备了，我们便在最最豪华的筵席上坐下来.有烤火鸡和圣诞节吃的各种各样的好东西。吃饭的时候，母亲不得不屡次三番地站起来，去帮着上菜、收盘，再坐下来吃。后来父亲注意到这种情况，便说，她完全不必这样忙来忙去，他要她歇会儿，于是他便自己站起身到碗橱里去拿水果。

这顿饭吃了好长的时间，真是有趣极了。吃完饭，我们大伙儿争着帮忙擦桌子、洗碗碟，可是母亲说她情愿亲自来做这些事，我们只好让她去做了，因为这一次我们也总得迁就她才行。

一切收拾完毕，已经很晚了，睡觉之前我们全都去吻过母亲，她说，这是她有生以来过得最最快活的一天，我觉得她眼里含着泪水，总之，我们大家都感觉到，我们所做的一切得到了最大的报偿。

名家简介

波德莱尔(1821～1867)法国诗人。主要作品有诗集《恶之花》,散文诗集还写有文学和美学论文。

穷人的玩具

【法】波德莱尔

娱乐很少是无罪的,而我今天却要讲一讲一种天真无邪的娱乐。

当你每天走出门来,想在大街上逛一逛,把一些小玩具如用一根线牵动的木偶人,在砧子上敲打的铁匠,骑士和尾巴是个响笛的战马……装满衣袋,在沿街酒吧前的树丛阴凉下,把这些玩意儿当作礼物送给你碰到的不相识的穷孩子们,你会看到他们出奇地睁着大眼睛,开始不敢拿,还怀疑他们遇到的这桩好事。但马上,他们会用手紧紧夺过礼物,接着就像猫逃到很远的地方去吃它的食物一样,因为他们懂得不能轻信人类。

在一条大道旁,有一座花园,里边矗立着一座美丽的白色古堡,沐浴在阳光下。在花园栅栏的后面,站着一个俊俏的孩子,穿着一件乡下式样但又十分娇美的衣眼。荣华富贵,无忧无虑和习惯性的豪华奢侈,使这样的孩子显得如此俊俏。人们会觉得,他与贫苦人家和小康人家的孩子比较起来,像是用另一种材料制成的。

在那孩子身边的草地上,躺着一个特别漂亮的小布娃娃,上着漆,镀着金,穿着一件绛红色的裙子,头上戴着玻璃彩珠和沛着羽毛的小帽子,也像他的主人一样俊美。可是,那孩子并不去理会他所喜爱的玩具,而是向另一面看着……

在栅栏的另一边的路上,一丛丛蒺藜和荨麻苹中间,也有一个孩子。他肮脏、瘦弱,生着一副烟灰色的脸孔;但公正的人一眼便可以从他身上发现一种美,就像一个行家从一个汽车制造工身上的油漆中可以悟到一幅理想的画一样，把他从贫困的令人厌恶的铜锈中清理出来。

那个穷孩子，隔着这些立在大路和城堡之间的、象征着两个世界分界线的栏杆，向这个富孩子摆弄着自己的玩意儿。同时富孩子也像看一个稀奇的、没见过的东西一样，盯着那个玩意儿。

那脏小孩逗弄着的玩意儿正在一个小笼子里上蹿下跳。原来，那是一只活老鼠!他的父母，准是出于节省，早就把玩具从生活中除掉了。

然而，两个孩子兄弟般地互相对笑着，露出“同样白”的牙齿!

名家简介

法朗士(1844~1924),原名阿那托尔·法朗索瓦·蒂波,19世纪与20世纪之交法国著名的小说家、文学评论家。他开始写诗和儿童文学作品,后来专门从事小说创作。主要著作有长篇小说《苔丝》、《企鹅岛》等,文艺评论《大学生活》四册,历史著述《贞德传》二册,杂文集《走向更美好的生活》多卷。1896年被选为法兰西学院院士,1921年获得诺贝尔文学奖。

钓　鱼

【法】法朗士

早晨热昂准时地和他的妹妹热昂妮出发了。他的肩上扛着一根钓竿。臂上挂着一个鱼篓。这正是假期,学校已经关门了,这也正是为什么热昂每天总要扛着鱼竿和提着鱼篓跟他的妹妹一道出去,沿着河岸往前走。热昂是杜林人,他的妹妹也是一个杜林姑娘。下面的河流也是杜林河,它位置在一个湿润的、柔和的天空下,在两排银色的杨柳中间。不慌不忙地向前流,水清得像镜子。早晨和晚间,这里总有一层白雾在水草地上移动。但热昂和热昂妮所喜爱的并不是它两岸的绿色,也不是那映着天空的一平如镜的清水。他们昕喜爱的是河里的鱼。他们在一个合适的地点停下步子,热昂妮在一个秃顶的杨树下坐下来。热昂把鱼篓放在一边,就解开他的渔具。这是一件很原始的钓鱼工具——一根枝条,系上一根线,线的尽头有一根弯过来的针。枝条是热昂提供的,线和钩子则是热昂妮的贡献。因此这一套渔具是哥哥和妹妹的共同财产。双方都想占有这一套工具。这一套本来是和鱼儿开玩笑的东西,不料在这和平安静的河边竟成了家庭口角和相互殴斗的根源。哥哥和妹妹都为争取自由使用鱼竿和钓丝的权利而斗了起来。热昂的胳膊被拧得发紫,热昂妮的双颊被她哥哥的耳光打得发红。最后,他们拧累了,也打累了,热昂和热昂妮只好达成协议,同意不用武力攫取渔具而在友谊的气氛中共用。他们约定,每次钓起一条鱼,钓竿就得轮流从哥哥转到妹妹的手中来。

协定是由热昂开始执行。可是他执行到什么时候为止，那可就无法预测了，他没有公开破坏协定，但他却用了一个很不光彩的办法来逃避履行责任——为了不把鱼竿交给他的妹妹，即使鱼儿把食饵啃得浮子上下移动，他也不把鱼儿抽出水来。

热昂是诡计多端的，但热昂妮对此却很有耐心。她已经等待了两个钟头了。但最后她终于感到闲得发慌了。她打呵欠，伸懒腰，只好躺在柳树荫下，闭起眼睛来。热昂从眼角里斜斜地望了她一眼，以为她睡着了。他突然把线抽出水来，线尾上悬着一件闪闪发光的东西。一条白杨鱼已经挂在钩子上了。

"啊!现在轮到我了。"他后面有一个声音叫出来。

热昂妮把钓竿抢过来了。

一个孩子的宴会

【法】法朗士

玩"宴会"的游戏是多么有趣啊!你可以举行一个简单的宴会或一个复杂的宴会——随你的便。你就是什么东西都没有，也可以开一个宴会。你只需装作是有许多东西就得了。

戴丽丝和她的妹妹苞玲邀请皮埃尔和玛苔到乡下来参加一个宴会。正式通知早已经发出了，而且他们为此事也谈论了好几天。妈妈对她的这两个女孩子给了一些良好的忠告，也给了一些好吃的东西。她们有奶油杏仁糖，柔软的蛋糕，还有巧克力奶糕。餐桌是设在一个凉亭里。

"但愿天气很好。"戴丽丝大声说。她现在已经九岁了，一个人到了她这样的年龄就会知道，在这个世界上你最珍爱的希望常常是会落空的，你所想做的事情也常常是会无法实现。可是苞玲却没有这些烦恼。她想象不到天气会变坏，天将会是很晴朗的——因为她希望是如此。

啊!那伟大的一天终于是明朗清洁，阳光灿烂，天空上半点云块也没有，那两位客人也到来了。多幸运啊!因为客人不来也是戴丽丝担心的一件事情。玛苔曾得了感冒，也许她到时不能全好。至于小小的皮埃尔呢，谁都知道他总是误掉火车。这不能怪他，这是一种不幸．但不是他的过错——她的妈妈是一个天生不遵守时间的人。不管在什么场合下，皮埃尔总要比别人迟到；在他一生之中，从来没有一件事情他能看到它的开始。这使他产生一种呆滞、听天由命的表情。

宴会开始了。绅士淑女们，各位请坐!戴丽丝当主人。她的态度是既殷勤而又严肃。主妇的本能现在在她内心里开始发生作用了。皮埃尔劲头十足地切起烤肉来。他的鼻子低到盘里，手肘翘到头上，他是在拿出他平生的气力为大家分切一只鸡腿。

嗨!甚至他的双脚也在他这番努力中做出贡献了。玛苔小姐吃饭的态度很文雅。她既不慌张，也不发出响声，完全像一个成熟的姑娘。苞玲倒不是如此特别，她喜欢怎样吃就怎样吃，喜欢吃多少就吃多少。

戴丽丝一会儿伺候客人，一会儿自己也当客人，她感到非常满足；而满足比起快乐来是要略胜一筹的。小狗喜浦也来参加，吃掉那些残羹剩菜。当她看见它啃那些骨头时，她想：小狗们不会懂得成年人——也包括孩子们——的宴会是多么考究和优雅。这才是使人感到心旷神怡的东西哩。

夏克玲和米劳

【法】法朗士

夏克玲和米劳是朋友。夏克玲是一个小女孩，米劳是一只大狗。他们是来自同一个世界，他们都是在乡下长大的，因此他们彼此的理解都很深。他们彼此认识了多久呢?他们也说不出来。这都是超乎一只狗儿和一个小女孩记忆之外的事情。除此以外，他们也不需要认识，他们没有希望、也没有必要认识任何东西。他们所具有的唯一概念是他们好久以来——自从有世界以来，他们就认识了；因为他们谁也无法想象宇宙会在他们出生之前就已经存在。按照他们的想象，世界也像他们一样，是既年轻、又单纯，也天真烂漫。夏克玲看米劳，米劳看夏克玲，都是彼此彼此。

米劳比夏克玲要大得多，也强壮得多。当他把前脚搁到这孩子的肩上时,他足足比她高一个头和胸。他可以三口就把她吃掉;但是他知道,他觉得她身上具有某种优良的品质,虽然她很幼小,她是很可爱的。他崇拜她,他喜爱她。他怀着真诚的感情舐她的脸。夏克玲也爱他,是因为她觉得他强壮和善良。她非常尊敬他,她发现他知道许多她所不知道的秘密,而且在他身上还可以发现地球上最神秘的天才,她崇敬他,正如古代的人在另一种天空下崇敬树林里和田野上的那些粗野的、毛茸茸的神仙一样。

但是有一天她看到一件惊奇的怪事,使她感到迷惑和恐怖;她看到她所崇敬的神物、大地上的天才、她那毛茸茸的米劳神被一根长皮带系在井旁边的一棵树上。她凝望,惊奇着。米劳也从他那诚实和有耐性的眼里望着她。他不知道自己是一个神、一个多毛的神,因而也就毫无怨色地戴着他的带子和套圈一声不响。但夏克玲却犹疑起来了,她不敢走近前去,她不理解她那神圣和神秘的朋友现在成了一个囚徒。一种无名的忧郁笼罩着她整个稚弱的灵魂。

名家简介

大仲马(1802~1870),法国著名作家。著有《三剑客》、《基督山伯爵》等100多部小说。

猎狼记

【法】大仲马

在一辆三套马车上面,配备了三个或四个打猎人,每个打猎人带着一支双筒猎枪。

三套马车是一种由三匹马拉的车辆。这一名称的来源,不是由于车的外形,而是由于把三匹马套在车上的缘故。

在这三匹马中间,当中的一匹马总是小步快跑右面和左面的两匹马总是奔驰前进。中间那匹马快跑时,低垂着头,因而称之为吃雪马。在它左右的两个同伴只有一根缰绳,这两匹马的躯体中部被分别缚在左右两边的辕上,当这两匹马奔驰时。一匹马的头偏斜在左面,另一匹马的头偏斜在右面,人们称这两匹马为猛烈的马。

三匹马拉着这辆马车奔跑时,这辆车波动得宛如一把正在扇风的扇子。

打猎人用绳子把一头年轻力壮的猪系在车尾。为了安全牢固起见,打猎人或者又用一根链子把它系在车尾。

无论是绳子或链子都必须有十公尺左右的长度。

在起程时,猎人们把这头年轻力壮的猪放在车上带走,它是舒舒服服的。到了森林的入口处,猎人们打算开始打猎了。猎人们在那儿把这头猪从车上放到地上,系在车尾,驭者挥动缰绳,三匹马就起步了。中间这匹马小步快跑,左右的两匹马奔驰前进。

猪跟在车后奔跑,感到不大习惯,便抱怨叫屈。一会儿,它的叫屈声变成了哀叫声。

听到猪的哀叫声后,第一只狼出现了,它追逐着那头猪。接着两只狼出现了,接着三只狼出现了,接着十只狼出现了,接着五十只狼出现了。

所有的狼都争夺这只年轻力壮的猪,为了接近这只猪互相打架。它们都向猪冲来,有的狼用爪抓猪一下,有的狼咬猪一口。

这只可怜的猪绝望地惨叫了。这种惨叫使森林最深僻遥远处的狼都被唤醒了。

周围三里以内所有的狼都跑来了,这三套马车被一大群的狼追赶着。

当这种时候,就非常需要一个能干的驭者。这三匹马对于狼本来就有本能的恐惧心,现在被这群狼追赶时,它们变得疯狂了。中间那匹小步跑的马,现在奔驰前进了;左边和右边的两匹马,原来是奔驰前进的,现在却惊慌狂奔了。

向狼开火时,猎人们是随意开枪,不需要瞄准。这时,那一只猪在狂叫,三匹马在嘶鸣,一群狼在嗥叫;此外,还有连续的枪声。三匹马、猎人们、猪和狼群共同表现的那种急剧猛烈的行动,简直像一阵旋风。四周雪片纷纷,空中寒风阵阵。枪弹飞射,闪闪发光。枪声大作,有如霹雳。

不管三匹马是怎样狂乱暴躁,只要驭者能控制住它们,那就是胜利大吉,满载而归。

但是,假如他不能控制它们,假如那三套马车撞上障碍物,或者那三套马车翻了车,那就一切都完蛋了!

明天、后天,或一星期之后,车子的残片碎块、猎枪的枪管、马的骸骨,以及打猎人和驭者的粗大骨头,都会被人们找到。

名家简介

都德(1840～1897),全名阿尔封斯,都德,法国小说家。1866年以发表散文故事集《磨坊书简》而成名。主要作品有半自传性长篇小说《小东西》,短篇小说集《月曜日故事集》等。

从阿尔卑斯山归来

【法】都 德

在普鲁文斯省,当天气温暖起来时,把家畜送到阿尔卑斯山里去已经是习惯了。牲畜和人在那里要过五个月或者六个月,夜间便睡在露天底下高齐腰际的草里;随后,当秋天最初战栗的时候,他们又下山回到农庄里来,重新在被迷迭香的花熏香了的灰色的小山上过着单调的牧羊的生活……

因此,昨天晚上羊群回来了。从早上起,大门便敞开等待着;羊圈里铺了新鲜的干草。

不时地,人们重复着说:"现在,他们已经到艾杰尔了,现在,已经到巴拉都了。"

接着,近黄昏的时候,突然间,一声大叫:"他们到那儿啦!"而在那边,在远处,我们看见羊群在尘土腾起的光辉里前进着。

整个的路好像在跟羊群一起蠕动……老公羊走在最前边,角往前伸着,显出凶野的神气;在它们后边,是羊群的主要部分,有点疲倦了的母亲们,偎挤在腿间的乳儿——篮子里驮着新生的小羊羔,一边走一边摇晃着的、头上戴着红绒球的骡子;再后边,是全身浸在汗里、舌头伸到地上的狗,和两个高大的裹在褐色毛布外套里的牧羊的家伙,他们的外套像袈裟一样,一直拖到脚后跟。

所有这一切,在我们面前快乐地排成行列,带着一阵急雨般的践踏声拥进了大门。

那时院子里是怎样的骚乱呵。金绿两色相间的大孔雀.戴着绢绒般的冠,从它们的栖木上认出了来者,并用一种惊人的号筒般的鸣叫迎接着它们。

沉睡着的鸡窝突然被惊醒了。所有的都站了起来:鸽子,鸭子,火鸡,竹鸡。整个的家禽场像是疯狂了一般。母鸡们谈着要玩一整夜……

好像是每一只羊在它的沾染着阿尔卑斯草的芬芳的毛里,带回一种使人沉醉、使人舞蹈的田野的活跃的气氛似的。

在这样的骚扰中间,羊群各自找到了自己的住所。没有比这样的安置看来更可爱了。老公羊看到了它们的石槽,感动得流出了眼泪。那些在旅途中生出来而还从未看见过农庄的羊羔和极小的羔儿,惊奇地看着它们的周围。

但是最动人的是那些狗,是那些忠于职守的牧羊人的狗,它们跟在羊群后边十分忙碌,在农庄上就只看到它们。

守夜的狗在它的窝里唤它们回来是徒劳的,井边盛满了新鲜的水的水桶向它们做手势也全无用处。在羊群进来以前,在粗大的门闩把小栅栏门关了以前,在牧羊人到低矮的小屋里坐在桌子周围以前,它们是什么也不要看,什么也不要听的。

而到这时候,它们才仅仅同意进到群狗的窝里去;在那儿,它们一边舐着它们的菜汤桶,一边同它们农庄上的同泮们谈论着它们在山里所做的事情,在那可怕的地方,有狼,有洋溢着露珠的大朵的紫色的毛地黄……

名家简介

加德纳（1865～1945），英国著名散文家。主要作品有散文集《海滩细石》、《风中落叶》、《意外收获》、《道道犁沟》等。

旅　伴

【英】加德纳

我不知道，我俩谁先进的车厢。确实，有好一会儿我根本不知道它在车厢里。这是从伦敦开往中部一个镇子去的最后一班火车——一趟慢车，一趟慢得要命的火车，一趟那种叫你领教一下无始无终的滋味的火车。列车出发时还相当满。但我们在郊区各站停车时，旅客们就三三两两地下了车，待我们把伦敦城的最外一圈抛到后面时，就剩下了我独自一人——或者说，我以为就剩我自己了。

车厢轰隆轰隆地颠簸着穿过黑夜，独自一人坐在其中，真有一种获得自由的舒畅之感。这是一种非常惬意的自由和放松，你可以为所欲为了。你可以随意高声自语，而不会有人听见。你可以和琼斯辩个水落石出，然后得意扬扬地把他翻倒在地，不必担心遭到回击。你可以头朝下倒立，也不会有人看见。你可以唱歌，或跳二步舞，或是练高尔夫球打法，或是在地板上畅通无阻、尽兴地玩打弹子游戏。你尽可以打开窗户或关上窗户，也不会遭人反对。你可以把两扇窗户都打开或关上。你甚至可以伸直身子躺在坐垫上，享受一番违反规章，而且可能是侵犯了《英国国防令》要害部分的难得的乐趣。唯有《英国国防令》，自己不知道她的要害部分遭到了侵犯，你甚至都能逃避《英国国防令》。

这天晚上，这些事我一点儿没做，我碰巧没想到它们，我的所作所为极为平常。当最后一名旅客走后，我就放下报纸伸展开胳膊、腿，站起身来朝窗外宁静的夏夜望去，我就在这样的夜晚旅行，我注意到北部空中那朦胧的、流连忘返的白昼仍依稀可见；我穿过车厢，从其他窗户朝外望去，点了支烟，坐下来，然后又开始看报。就在这时，我发现了我的旅伴。它飞过来落在我鼻子上。它是那些我们笼统地称之为蚊子的那种有翅膀、刺人、勇猛的昆虫中的一个。我把它从鼻子上弹走。接着它就在车厢里转悠起来，查看了它的长，宽、高，探望了每个窗户，又扑打着翅膀围灯转了一阵。它判定，什么也不如待在角落里的那个大动物有趣，就回过来看了看我的脖子。

我又把它弹开。它溜走了。又绕着这节车厢游览了一圈，再回来，然后便放肆地落在我的手背上。够了，我说，宽宏大量是有限度的。已经警告过你两次了。我是个重要人物，而且我这个堂堂汉子对于陌生人搔我痒痒的行为最恼火。我拿起了黑帽子❶，我处你死刑，正义要求如此，法庭业已判决。你罪状累累。你是个流浪汉，你是公众厌恶之物，你旅行不买车票，你没有食肉证券。由于以上种种和许许多多其他的不端行为，你就要死了。我用右手迅速地给了它致命一击。它态度傲慢，毫不费力地躲开了这一掌。这真出了我的丑，我本人的虚荣心被激发了。我用手，用报纸向它猛击，我跳到椅子上，围着灯追逐它，我采取了猫一样的狡猾的战术，等它落下来，就偷偷摸摸地挨近它，突然神速地打去。

全落空了。它在明目张胆地耍弄我，就像一名技艺高超的斗牛士在转来转去地引逗一头发怒的公牛。显然它正怡然自得，正因为如此，它扰乱了我的平静。它想要稍稍运动一下，而有什么样的运动能与让一个动物与硕大、笨重的风车追逐相比呢?这个动物的味道那么香，看上去又是如此无用和愚蠢。我开始进入这个家伙的灵魂之中。它不再仅仅是一个昆虫。它演变成了一个人，一个以平等的地位、为这节车厢的听有权向我挑战的天使。我感到对它产生了好感，而且那种优越感消失了。在这场我们有生以来进行的唯一的一次角逐中，我怎能对一个显然是胜利者的生物感到优越呢?为何不能再宽宏大量一次?宽容和慈悲是人最崇高的品德。在体现这些高贵品质的过程中，我可以恢复自己的声望。目前，我是一个可笑的人物，一个笑柄、笑料。借施仁慈，我可以重新坚持人的道德尊严，并体面

❶在英国，法官宣判死刑时戴黑色法帽。

地返回我的角落。撤销死刑,我宣布道,并返回我的座位。我不能不杀你,但我可以对你缓期执行,就这样办。

我拿起报纸,它又飞来落在上面。傻家伙,我说,你是自己送上门来了。我只要把这份可敬的舆论喉舌周刊的两面“啪”地一合,那你就成了一具僵尸,就被干净利索地夹在《论和平圈套》和《论休斯先生的谦虚》两篇文章之间了。但我不会这样做。我已经对你缓刑,我要向你证实,这个庞大的动物言而有信。此外,我不再想杀你了。经过对你的进一步了解。我开始对你产生了——可以这样说吗?——一种好感。我相信圣弗朗西斯也会把你称为“小兄弟”的。但毕竟还达不到基督徒那样的仁慈和谦恭的地步。不过我认了一房远亲。命运使我们在这个夏夜成为旅伴。我引起了你的注意,而你又使我感兴趣。这种恩惠是相互的,是建立在一个基本的事实上,即我们同是尘世的生灵。人生的奇迹是我们共同的,它的奥秘亦是如此。我想,你对你的旅途还一无所知;我也不敢说,对我自己的旅途我已知道不少。在想到这件事时,我们确实极为相似——只是两个时隐时现的幽灵,刚从黑夜中来到这明亮的车厢内,围着灯扑打一阵,然后又出去,回到夜幕之中。或许……

“今晚还走吗?”先生厂窗口有个声音问道。那是一个好心的脚夫,暗示我该在这站下车。我谢过他,并说,我一定是打盹了。然后我抓起帽子和手杖走出去,进入到凉爽的夏夜里。在关这节车厢的门时,我看见了我那旅伴正拍打着翅膀围绕灯转……

名家简介

玛丽·兰姆(1764～1847),英国女散文家。与其弟(查理·兰姆)合著有《莎士比亚故事集》、《莱加蔚特夫人的学校》等。

我的水手舅舅

【英】玛丽·土姆

我的父亲是村早教堂的副牧师,这教室距安威尔有五卫远,我的出生地即在牧师宅院,地与教堂墓地相毗邻,我记忆中的第一件事便是父亲用母亲坟上的碑文教我识字。

记得我常常跑到父亲的书房去敲门。至今我的耳边仿佛还响着父亲的声音:“谁呀哦的小女儿,什么事啊?”“去看妈妈,去认那好看的字。”于是,父亲放下了于十的书本和沦文(像这情形一天能力好几回),带我到那里去,然斤让我一边用手指着碑文字母,一边跟他学习拼写。就这样,母亲的墓碑遂成了我的启蒙读物与拼写课本,识字在我就是这么开始的。一天我正在墓地围篱的台阶上坐着,这时一位过路的先生听见了我的拼音,因为这时我正一字一音地念着组成亡母名字的那些字母。然后以一种坚定的口吻,读出“伊丽莎白·威勒斯”,那神气。活像我正在办理一桩了不起的大事。这位先生便是我的舅舅詹姆斯,一名海军上尉,他在我父母成亲后几周便离开英国,如今经过了一番漫长的海行之后又重返家乡。他这次便是前来看望我母亲的。这时母亲故去已经满一年,但这噩耗他却并不知道当他看到我坐在那台阶上,又听见我念着我母亲的名字时,他不禁深深地向我瞅了一眼,这时他大概看出了我和他姊妹的模样很像,因而估摸着我可能就是她的孩子。但我那时心思太集中了,并没有多注意他,而是继续我的拼读:“是谁教会你拼得这么好,我的小姑娘?”我那舅舅问道。“是妈妈。”我回答说,因为照我的想法,墓上的碑文便是我妈妈身上的一部分,所以是她教的我:“那么谁是你的妈妈?”他追问道:“伊丽莎白·威勒斯。”我回答。听到这个，我的舅舅便管我叫起小外甥女了，并叫我带他一道去见妈妈。他拉住我的手便要住家走，心中非常高兴他这回认出了我，因为在他想来，一会儿他的姊妹见到她那小女儿竟把一个多年失掉音信的水手舅舅带回了家中，一定是会惊喜交集的。

我答应了带他去找妈妈，但是走哪条路。我们却发生了争执。我的舅舅要走直通我家门的那条路；但我却用手指着墓地，说往那边走才能见着妈妈。虽然他急于见到妈妈。但究竟不愿为这点小事便与新见面的小亲戚多争，于是便扶我过了篱笆，然后打算带我顺着一条小径抵达我家园的后门，但是不行。那条路我同样也不肯走。我挣脱他的手道："那条路你不认识，我来告你。"于是我便匆匆忙忙穿行在长草与紫蓟中间。有时也跳过几座低矮的坟头，而他呢，在追赶着（他所谓的）我那顽固的步伐的当儿，不禁叫道："我的小外甥女啊，你也够得上个固执的家伙了！我来你母亲的家时你还没有出生哪。"最后，我停在了我母亲的坟边，指着那墓碑说："这里就是妈妈："这时非常得意，仿佛这回可表明我是最熟悉路径的吧。我正抬起头来准备看他认错，但是天啊，我看到的却是多么悲伤的一副面孔！我害怕极了，所以后来的事我就记不很清。我只记得我扯了扯他的衣服，叫道："先生，先生！"心想把他拉开。我一时不知如何是好，心中也乱作一团，发现自己做了错事，把一位先生引来去见妈妈，结果害得他哭成这样。不过错在哪里，我却又说不出。这座坟墓向来是我最快活的地方。在家里时父亲常常会嫌我唠叨，而把我打发出去；但这里却是我的天地。在这里我完全可以随意讲话、恣情、游戏；每次我们拜访妈妈时，这里都是一片愉快和谐。这时父亲会对我讲妈妈在这里睡得非常安详，而且将来哪一天他自己和他的小白蒂也一定会在这坟里睡在妈妈的身边。于是每当我上床睡觉把头安放在枕上时，我总是希望我能和爸爸和妈妈一起睡在那座墓里；而在我童稚的梦里竟不止一次去了那里——那个地方深居地下，一切柔美光洁，碧绿青葱。妈妈到底是什么样子，我始终想象不出，但那墓碑、爸爸、光洁的绿草，以及枕在父亲身边的我，这些对我已经够了。

舅舅在这种悲哀之中沉浸了多久，我说不出，但在我的感觉上却是很不短的一段时间。最后他把我抱在怀中，但搂得太紧，我几乎哭了出来，接着我马上跑回家去，告诉父亲说，一位先生因为看了妈妈墓上的文字竟痛哭起来。

父亲与舅舅的这次会晤是感人的。我记得这是我第一次见到父亲在啜泣。我还记得我当时曾是怎么心神不安,怎么跑进厨房告诉苏曾(我们的女佣人)爸爸哭了,等等;她听后要我留在她的身边,而不要去打搅大人谈话;但我不肯,还是要回客厅去找爸爸,于是悄悄溜了进去,挤在父亲双膝之间。舅舅想要抱我,但我愠怒地拒绝了他,而和父亲依偎得更紧。舅舅惹得我父亲哭了一场,因而此时不免对他有些怀恨。

这时我才第一次听说母亲在临终前曾受尽了病痛的折磨;

我亲耳听见父亲详细讲了她长期卧病不起和最后病殁的悲惨经过,以及这事对他的沉重打击。舅舅听后道,现在留在他身边的孩子还这么幼小,这的确是件悲惨的事。但是父亲回答说,他的小白蒂正是他的最大安慰;事实上如果不是因为我的话,他也许早已悒郁地死去了。怎么我竟会成了父亲的安慰,这话实在使我非常惊讶。父亲跟我一块玩耍或聊天的时候.我是感觉很愉快的;但是我所得到的关怀和好处也无非这些,至于我怎么还能成为他的几分快乐,这事我就想不出了。另外我刚才还听说他受过许多痛苦,这在我也觉得新奇和不好理解。我从来没有觉得他有过什么不快。他说话时不总是那么和蔼可亲高高兴兴嘛!在这以前我从来没有见他哭过,或者流露过半点悲哀,绝不像我那样,稍有一些不快便不免要形之于色。在这些问题上我总是想不清楚和非常幼稚的,不过自那时起妈妈的悲惨遭遇常常使我想个不已。

第二天,由于习惯使然,我又去了书房门前。想唤爸爸去那亲爱的坟地。但我的心中忽然产生了疑虑,迟迟不敢敲门。我在厨房与书房之间逡巡徘徊了很久,心中不知如何是好。舅舅在过道遇见了我,说道:“白蒂,你不来和我到园中走走,我拒绝了,我要的不是这个,而是那坟上的快乐和跟父亲谈话。舅舅极力要我同他去,但我却连连回答“不,不”。一面哭着跑进厨房。舅舅跟了进来,这时苏曾说道:“这孩子今天的脾气坏得厉害,我真不知道拿她怎么办。”“是的。”我舅舅说,“我看我这亲戚把她给惯坏了,就是这么一个孩儿。”他对我父亲的这句批评简直使得我火冒三丈,因为我并没有忘记,正是因为这个舅舅才把苦恼带进了家里。我于是高声号叫起来,直弄到父亲跑出来询问,方才罢休。他把舅舅请回了客厅,说由他自己去对付那个小闹事者。舅舅走后我的哭喊停了下来;但父亲这时却忘了去责备我的不是,也没有去查问原因,而是不久我们又一起坐到了墓碑之旁。

不过那一天拼音课不曾进行;没有谈起过长眠在青青墓草之下的美丽妈妈;没有发生从墓碑跳到地面的举动;也没有热闹的玩笑和有趣的故事。我端坐在父亲膝上,仰视着他的面孔,心想:爸爸的脸色那么凄惨!渐渐地,由于我刚才哭得过久,倦意袭来,加上心绪重重,不觉昏然睡去。

舅舅从苏曾那里听说,那块坟地是我们经常去的地方;她还告诉他说,如果她的主人总是不断带他孩子到墓碑那里去认字,他恐怕永远也不能从他断弦的痛苦中解脱出来,这事虽能宽慰他于一时,却只能使这种怀念更加难忘。他姊妹的坟冢是舅舅最不忍睹的事物,因此他立刻和苏曾有了同样的顾虑;他察觉到,如果我的学习能用其他方法进行,那么以后就不便再以学习为借口去上坟。说罢,我舅舅便马上去了附近镇上,准备给我购买些书。

舅舅与苏曾的一番谈话我都听到了。我对他想干预我们的乐趣的做法很不赞成。我看见他戴上帽子出去了,于是心中暗暗盼望,他这一走最好远去了苏曾听说的那相当遥远的海外而再别回来。至于那海外到底在哪里,我说不出,但想必是个相当遥远的地方。我跑去坐在那篱旁的台阶上,眼睛盯着大路,一边口中念叨着:“我再也不想见着我那舅舅了。但愿他从海外再别回来。”不过这话我是小声说的,因为我自己也多少觉察到我那时的脾气有点不好,我在那里一直坐到我那舅舅购书回来。我看见他回来的时候走得很快,腋下夹着一个包裹。见着了他我的心情非常懊丧,于是皱着眉头,装出很愠怒的样子。他打开了包说道:“白蒂,你看我给你买来多么好看的书。”我把头掉转过去,说道:“我不要书。”但却又忍不住回头看看。舅舅打开包时很匆忙,一下子竟把书都翻到了地上.霎时间我的周围真是眼花缭乱,美不胜收。这是何等迷人的景象啊!我的一腔愤懑登时都烟消云散了。我伸出了脸去亲他,正像平时父亲对我特别好时,我向他表示感谢那样。

这一来可给他自己寻来了一项艰苦差事。他先前见我拼读得不错,原以为只要把一批书塞在我的手里,由我自行阅读也就是了。而没料到,尽管我已经稍会拼读,我这批新书中的字母却比我原先熟悉的那些要小得多,它们在我读来无异天书,我对这些一点也读不懂。但是这位老实的水手却没有被这事难住,虽说他从来没有当过老师,这次却毅然承担起教我读书的任务,而且教起来孜孜不倦,极有耐心。另外每逢看到父亲或我又有想去坟地的意思,便马上建议另去一些更加欢乐的地方;而如果父亲嫌那里太远,孩子不便走去,他便会把我背在肩上,说:“那就让白蒂骑着去吧。”而且往往一背就是几里。

每次外出畅游时,舅舅总是要让苏曾事先给我们备好一顿午餐。这事虽然说来平常——我们谁不天天吃饭?但是到了那里却使爸爸与我不止一次感到惊奇,因为每当我们坐到浓阴之下休憩时,他一掏衣袋,总是能拿出点东西来的。这时我便要去搜索他的另一只口袋,看看有没有红醋栗酒和我那口饮水的小瓶;如果偶尔小瓶忘带了,那也是有趣的事——那么白蒂就得将就啜上口酒。然后便开始唠叨起我的故事,而且不止我的糊涂事情,还有我舅舅的那许多津津有味的航海与历险的故事,可惜好些我现在已经记不起来了。这便是我们坐在绿树荫下安享午餐时的情景。

舅舅的这次来我家长住的确是我一生当中的一件大事。一一详述起来,必将使读者生厌,但是等他离去以后,我的故事也就剩得不多了。

长夏逝去了,但倒也不觉其速——那许多愉快的漫步以及舅舅的各种历险故事都使我的时光过得相当充实。冬日的到来只是因为他给了我一件厚厚的大衣才使我觉察出来,而我第一次穿起来时又是多么得意啊,这时他总是管我叫“小红帽”,并要我当心别被狼吃掉,我听了总是大笑,说现在没有这种事了;然后他便给我讲起了他所遇见过的那些熊、狼和狮子和老虎,都是在一些荒无人烟的地带见着的,跟鲁滨孙的那个世界差不多。啊,这是多么幸福的岁月!

冬天我们出去的时间短了,次数也更少了。这时书籍成了我的主要快乐,但读书中间也常和我舅舅在一起胡蹦乱闹一阵,最后甚至弄得恼了起来,因为我嫌他玩得太粗野。但是早在这之前我已对他有了深厚的感情,和他相处的这段时期我所获得的进步的确很大。这时我已经能够顺利地阅读书籍,另外经常有机会听父亲和舅舅交谈也加速了我理解上的成熟。所以难怪父亲常对他说:“詹姆斯,多亏了你,我这小东西现在已经挺懂事了。”

父亲每逢事情忙时,例如有讲道文要写,有病人要探望,或者要找邻居谈话,他总是把我留给舅舅。这时舅舅便要和我进行长时间的交谈;他对我说我应当如何如何使父亲高兴。如何如何在他离去之后继续努力用功——这时我才真正懂得为什么他费尽一切努力去防止父亲去上亡母的坟。

那座坟本是我早就跑惯和习以为常的地方，但现在再去时则怀抱着崇敬心理，因为舅舅不止一次对我讲过我的母亲是一个再好不过的人。所以现在母亲在我的心中已经是一个有血有肉的人，而以前只不过是个模糊的理想，完全与生活无关。他还讲，那些出身豪门巨室、荣居教堂上席的贵妇，那些邻里之间人品端方的淑媛，论风采，论贤惠，比起我那可爱的妈妈来都相差很远。所以如果今天她还活着的话，我也就不必要跟一个粗鲁的水手去学知识，跟苏曾去学针线了；她必定会亲自教我怎样刺绣，另外一切优品行、规矩礼貌她也一定会样样传授给我，她还会把许多有助于启人心智的好书挑选给我来读，而对这些他却是不在行的。如果说日后我对一个女人在立身行事上还稍知一二的话，那么这点知识则不能不归功于我那卑俚不文的舅舅。因为，在说明亡母将会以何种原则教育我时，他无异便把应当如何做人的标准教给了我。所以到了舅舅走后我被引见给当地的贵妇人时，我并没有低垂着头，满面羞涩，寒碜局促得像个村姑，而是讲起话来，吐音清楚，举止从容，彬彬有礼，正像舅舅所说的我妈妈当年的模样。的确，我没有把头低得没处去放，而是神情自若，坦然平视，并且心想，一位有教养的女人必然是风致翩翩，想象当年母亲必定便是这般人物，因为母亲本来便是她们所不能比的。另外每逢她们当着父亲夸他的孩子懂得礼貌或称赞他教子有方时，我总是心中想道："其实爸爸平时对我的礼貌倒也并不十分关心，他只要我不胡闹就行；而是舅舅把我教得像了妈妈—"——舅舅常常说他自己是怎么粗鲁和不文明，但今天我早已不是这个认识，因为他对我的种种教诲实在是太完美和太深刻了，令我永远难忘，并且终生受用不尽。他对自己所使用的字眼的意义，例如风韵、文雅、谦卑、做作等等，都要给我详细解释，而且还要从来教堂做礼拜的太太小姐们的身上一一举出例证说明。因为由于父亲讲道出色，不仅当地的贵妇常来听讲，周围不少邻村的家庭也都慕名而来。

次年早春时节，当园里的番红花初次绽放.树篱边的樱草刚刚吐蕊的时候，我的舅舅终于走了。当我从那枝条的稀疏处最后望见他一步步上了大路时，我痛哭得简直心都碎了。父亲送他去了镇上，从那里他将搭乘驿站马车前赴伦敦。苏曾虽曾尽量哄我高兴，却使我感觉讨厌。这时我第一次见到舅舅时所坐的台阶不觉涌现到我的心头，于是我想到那里去坐坐，以便好好沉思默想一番。但我刚坐在那里，往事便一幕幕地向着我的心头袭来。我想起了我曾愚蠢地把舅舅带到母亲墓上而使他深深受惊，再有，当我又坐在这同一地方，口中念念有词，但愿那个为我去买书的舅舅再别回来时，我自己是多么不对；我过去常好和舅舅争吵，而现在他已离我而去，再不能和我一起玩了，一想到这里，我真的伤心透了。不得已，我只好又跑回苏曾的屋里去寻找安慰，尽管刚刚不久我对此还不屑一顾。

几天之后的一个傍晚，天色已暝，但还没有掌灯之前，我和父亲正围炉闲坐，这时我禁不住把自己在墓地台阶时的一番歉疚不安心情都向父亲倾诉了出来，我说舅舅初来时我对他非常不好，以后还常和他吵闹，想到这些，尤其使我不安。

父亲听后笑了，他握住我的手，讲了下面一番道理："这点我要和你详细说说。每当我们和亲爱的人分别后，我们都难免有这种感觉。当亲密的朋友和我们在一起时，我们往往只觉得这样相处非常惬意，而不大体会到这实在便是一种幸福；另外我们对自己的日常言行也往往疏于检点，即使中间偶有细小不快发生，事情一过我们也就会和好如初，不再放在心上。但是一旦我们心爱的人们和自己永远诀别，这时哪怕一些细小的缺点也会在我们心头引起痛苦的悔恨。你那亲爱的妈妈和我之间应算得上是十分融洽了；但即使这样，她死之后我还是多次发现我平时对她不够尽心。这种情形在你来说也是一样。在讨得你舅舅对你的欢心上，你已经尽了一个孩子的最大努力，而且你也确实非常爱他；现在你想起了一些小事而使你童稚的心灵感觉不安，但这些在你舅舅的回忆中却只是使他欣慰的事。记得我们最后一次散步时他曾和我说起，他最初来时真是好不容易才得到你的好感——这点你现在想起来也许不免痛苦，但是他远去之后再回想起这些只会增加他的愉快。所以快把这些无端的悲哀收拾起吧!不过应当记住，以后对你的亲人应当尽量使他们高兴；另外不应忘记，一旦当他们离你而去以后.你便会发现你对他们平日尽心往往不够。你刚才所叙说的那些正是我们人人都具有的共同心理。将来等我不在时，你也一定会有这种感觉。你将来的子孙对你也是同样。不过你那舅舅。白蒂，还是要再回来的，他要给我们带只鹦鹉回来，所以还得给它寻个放的笼子；另外你去叫苏曾点支蜡来，顺便看看她答应给我们吃茶时做的蛋糕是不是已经烘好了。"

名家简介

高尔斯华绥(1867~1933),英国作家。主要作品有长篇小说《岛国的法利赛人》及三部曲《福尔赛世家》、《现代喜剧》、《尾声》,还著有《银匣》、《斗争》、《法网》等20余部剧本。1932年获诺贝尔文学奖。

观 舞

【英】高尔斯华绥

某日下午我被友人邀至一家剧院观舞。幕启后,台上除周围高垂的灰色幕布外,空荡不见一物。未久,从幕布厚重的皱褶处,孩子们一个个或一双双联翩而入,最后台上总共出现了十多个人,全都是女孩子,其中最大的看来也超不过十三四岁,最小的一两个则仅有七八岁。她们穿得都很单薄.腿脚胳臂完全袒露,她们的头发也散而未束,面孔端庄之中却又堆着笑容,竟是那么和蔼而可亲,看后恍有被携去苹果仙园之感,仿佛已身已不复存在,唯有精魂浮游于那缥缈的晴空。这些孩子当中,有的白皙而丰满,有的棕褐而窈窕,但却个个欢欣愉快,天真烂漫,没有丝毫矫揉造作之感,尽管她们显然全都受过极高超和认真的训练。每个跳步,每个转动,仿佛都是出之于对生命的喜悦而就在此时此地即兴编成的——舞蹈对于她们真是毫不费力,不论是演出还是排练。这里见不到蹑足欠步、装模作样的姿态,见不到徒耗体力、漫无目标的动作。眼前唯有节奏、音乐、光明、舒畅和(特别是)欢乐。笑与爱曾经帮助形成她们的舞姿;笑与爱此刻又正从她们的一张张笑脸中,从她们肢体的雪白而灵动的旋转中息息透出,光彩照人。

尽管她们无一不觉可爱,其中却有两人尤其引我注目,其一为她们中间个子最高、肤褐腰细的那个女孩,她的每种表情每个动作都可见出一种庄重然而火辣的热情。

舞蹈节目中有一出由她扮演一个美童的追求者,这个美童的每个动作，顺便说一句，也都异常妩媚；而这场追逐——宛如点水蜻蜓之戏舞于睡莲之旁，或如暮春夜晚之向明月吐诉衷曲——表达了一缕摄人心魂的细细幽情。这个肤色棕褐的女猎手，情如火燎，实在是世间一切渴求的最奇妙不过的象征，深深地感动着人们的心。当我们从她身上看到她在追求她那情人时所流露的一腔迷惘激情，那种将得又止的夷犹[1]，神态，我们仿佛隐然窥见了那追逐奔流于整个世界并永远如斯的伟大神秘力量——如悲剧之从不衰歇，虽永劫而长葆芳馨。

另一个使我最迷恋不止的是身材上倒数第二、头发浅棕、头着白花半月冠的俊美女神，短裙之上，绛英瓣瓣；衣衫动处，飘飘欲仙。她的妙舞已远远脱出儿童的境界。她那娇小的秀颀与腰肢之间处处都燃烧着律动的圣洁火焰；在她的一小段“独舞”中，她简直成了节奏的化身。快睹之下，恍若一团喜气骤从天欻降，并且顿时凝聚在那里；而满台喜悦之声则洋洋乎盈耳。这时从台下也真的响起了一片寒窣与啧啧之声，继而欢声雷动。

我看了看我那友人，他正在用指尖悄悄地从眼边拭泪。至于我自己，则氍毹[2]；之上几乎一片溟蒙，世间万物都顿觉可爱，仿佛经此飞仙用圣火一点，一切都已变得金光灿灿。

或许唯有上帝知道她从哪里得来的这股力量，能够把喜悦带给我们这些枯竭的心田；唯有上帝知道她能把这力量保持多久!但是这个蹁跹的小爱神的身上却蕴蓄着那种为浓艳色调、幽美乐曲、风和丽日以及某些伟大艺术珍品等等所同具的力量——足以把心灵从它的一切窒碍之中解脱出来，使之泛满喜悦。

---

❶夷犹(yi you):指平坦而又忧虑。

❷氍毹(qu shuo):毛织地毯，借指舞台。

名家简介

马克斯·比尔博姆(1872～1956),英国著名的漫画家、作家、评论家,擅以犀利的画笔和幽默的语言品评生活。

送　行

【英】马克斯·比尔博姆

对于送行,我并不在行。我觉得要扮好送行的角色似乎是世界上最难的事情了,对大家来说,或许同样如此吧。

到滑铁产车站给一位去伏克斯豪尔的朋友送行,那该是件十分容易的事,但我们从来不会被请去表演这种小技。只有当一个朋友将作一次较长的旅行,将离开一段较长的时间。我们才来到火车站,朋友越亲,路程越远,分别越久,我们就到得越早,送行也必定越笨拙得可怜。我们的这种无能,与送别场合的隆重以及我们感情的深度恰成正比。

在房间里,甚至在家门前,我们能亲切、自然地送别友人,脸上会流露山心中所感到的真诚的忧伤,话语也很得体,双方都没有拘谨,不觉得尴尬,我们中间的友情之线并未折断 这样的告别倒是理想的,那么,何不到此为止呢？辞行的朋友往往恳清我们,第二天早上不必劳驾占车站,我们明知这并非真心,也就不予理会。可如果我信以为真,离去的朋友就会认为我们太不谙世故了,况月他们也确实希望再见我们一次,他们这个心愿得到了诚心诚意的报答——我们按时来到车站;随后呢。天哪！随后我们和他们之间就出现了一道深渊,我们徒劳地伸过手去,它还是把我们断然隔开。我们简直无话可说,互相 注视着就像不会开口的动物瞧着人一样。我们在“制造谈话”——就这样没话找话。我们明知昨天晚上刚和这些朋友道别,他们也清楚我们没变模样,但表面上,一切都不同了,我们是那么紧张,只盼着车警吹哨开车来结束这一出滑稽戏。

上星期一个阴冷的早晨，我准时赶到尤斯顿车站，去送一位动身前往美国的老朋友。

头天晚上，我们为他饯行。席间，欢宴的气氛里掺杂着惜别的凄怆，他可能一去数载才归，我们有些人也许再也见不到他了，我们既有对未来的悬想，又有对昔日欢乐的倾诉。我们感谢他光临做客，惋惜他即将离去，两种情感都溢于言表，这实在是一次完美的送别了。

可现在，在月台上，我们又变得局促不安了。我们的朋友的脸出现在车窗口，但那已像是一张陌生人的脸——一个巴望讨好、哀哀求助的、笨拙的陌生人。“你东西都拿了吗?”我们中有人打破了沉默。“拿了，都拿了。”“你将要在车上吃午饭。”我说，尽管这个“预言”已经重复过几次。“啊，是啊!”他坚信不疑地应道，还补充说那趟车是直达利物浦的。这句相当奇怪的话使我们很吃惊，我们互相递着眼色，有人间:“它在克鲁不停吗?”“不停。”那位朋友简短地答道。他几乎变得叫人讨厌了。接着是长时间的沉默，我们件很荣幸的事。我始终不明白，为什么他的魅力没使他在伦敦舞台上获得成功。他是个优秀的演员，平素稳重，但像许多与他同类的人一样，休伯特·勒罗(这当然不是他的真名)很快就漂泊他乡，从我，从每个人的记忆中消失了。

过了这么些年，在尤斯顿车站的月台上邂逅，他显得那样壮实，那样神采奕奕，真不可思议!除了身体发福，一身衣着也使人难以认出他来了。从前，他老是穿件仿毛皮的外衣。这件外衣，像他那胡子拉碴的瘦长下巴一样，也是他的组成部分。现在，他的服装堪称华贵高雅，岂止招人起眼，简直引人注目。他看上去像个银行家，任何人有他来送行，都会感到荣幸的。

“请往后站!”火车就要开了，我挥手和朋友告别，勒罗没朝后站，双手仍紧抓着那个年轻的美国人。“先生，请往后站!”他听从了，马上又冲上前去，小声地最后再叮咛几句。我觉得小姐眼中仿佛含着泪水，而他注视着列车驶去，直到看不见时才转过身来，我发现他确实泪水盈眶。不过他看到我，还是挺高兴。他问我这些年来躲到哪儿去了，同时把半克朗钱还给我，好像它是昨天刚借去似的。他挽住我的胳臂，顺月台慢慢走着，一面告诉我，每星期六他是何等欣喜地读我写的戏剧评论。

作为回敬，我也告诉他，舞台上失去他是多么遗憾。“啊，是的，”他说，

“如今我不再在舞台上演戏了。”他把“舞台”这个字说得特重。我又问他到底在哪里表演，“台上。”他回答。“你的意思是，”我说，“在音乐会上朗诵?”他笑了。“这个月台，”他用手杖敲敲地面，悄悄说道，“就是我说的台。”莫非神秘的发迹使他神经错乱了?他看来很清醒。我请求他说明白些。

他递给我一支雪茄烟，帮我点上火，说道：“我想，你方才是送一位朋友吧?”我说是的。他又问我是否知道他在干什么，我说我看见他也在送人。“不，”他一本正经地说，“那位小姐并不是我的朋友。今天早上，不到半小时以前，我跟她才在这儿第一次见面。”说着，他又用手杖敲敲地面。

我坦白说我给搞糊涂了。他笑道：“你大概听到过英美社交处?”我没听说过：他对我解释说，每年有成千上万美国人路经英国。其中许多人在英国没有亲友，以往他们一般都带介绍信，但英国人是那么不好客，以致这些信的价值比它们所用的纸都不如了。“于是，”勒罗说，“英美社交处就满足了一个向往已久的需求。美国人是爱交际的，大多很有钱，英美社交处向他们提供英国‘朋友’，百分之五十的报酬付给这些‘朋友’，另一半由社交处扣下。我嘛，唉，不是处长，否则一定成个真正‘的富翁’!我不过是个雇员，但即便那样，我也混得不错。我是送行员之一。”

我再次请他指教。“许多美国人，”他说，“在英国交不上‘朋友’，但完全可以雇人送行。送单身旅客的费用仅仅五英镑或二十五美元，送两位或更多人就收八英镑或四十美元。他们到社交处付钱，留下动身日期和外貌特征，以便送行员在月台上认出他们。然后嘛，然后他们就被送行了。”

“但是那值得吗?”我喊道。“当然值得，”勒罗说，“这样可以免得他们感到孤独，既让他们博得车警的尊敬，也不致被他们的旅伴——那些将要同车的人瞧不起，在整个旅途中都有了身价地位。此外，这送行本身就包含着巨大的乐趣。你看见我送那位小姐了，你不感到我干得很出色吗?”“出色，”我承认，“我很羡慕你。我在那儿……”“是啊，我能想象，你在那儿浑身不自在，茫然地看着你的朋友，竭力找些话讲。这我明白。在学习这一行，入了门并以此为业之前，我也是这样的。我不是说我已经精通，我仍然一上月台就发慌。你自己也发现，一切演出场所中，最难演的地方就是火车站。”“但是.”我不满地反驳道，“我并不试图演戏。我的确有感情!”“我也一样，伙计，”勒罗说，“没有感情演不成戏嘛。那个法国人——叫什么名字来着?对了,狄德罗——说没感情也行,可他懂什么送行?火车启动时,你没瞧见我眼中的泪水?它们不是我硬挤出来的,告诉你,我真的感动了!我敢说,你也不例外,但你就洒不出一滴眼泪来证明你是感动了。你不会表达你的感情.换句话说.你不会演戏。至少,"他温柔地加了一句,"不会在火车站演戏:""教教我吧!"我叫了起来:他若有所思地打量着我:"嗯,"他终于说,"送行的季节差不多过了,好。我将给你上课:我现在已经有不少学生,"他翻了翻一本精美的记事本又说道:"不过每星期二和星期五,我可以挤出一小时时间。"

我承认,他索取的学费相当贵。但是我并不吝惜这笔投资。

名家简介

魏斯(1916~1982),瑞典德语作家,生于柏林的犹太商人家庭。主要作品有小说《马车夫的身影》、《告别双亲》、《逃亡》、《反抗美学》,剧作《马拉遇刺记》、《调查》等。

告　别

【瑞典】魏 斯

我常试图想象我的母亲和父亲究竟是什么样子,并且总是以一种好恶参半的心理去进行思考。但我从来把握不住,也永远说不清楚我生活中的这两个重要人物的性格特征到底是什么。当他俩几乎同时去世时,我发现,我同他们之间有着多么深的隔阂。我并不为他们而悲哀,因为我几乎不认识他们。使我悲哀的倒是无可挽回地失去的那一切。由于这个缘故,我的童年和青年时代几乎像一片空白。我感到悲哀,因为我认识到,一种共同生活的尝试已彻底失败,一个家庭的成员数十年之久只是勉强地生活在一起而已。我悲哀,还因为我认识到我们兄弟姐妹们聚集在坟墓旁已为时过晚,我们匆匆相遇,又匆匆分手,每个人都各奔前程。母亲去世后,毕生都在孜孜不倦地工作并因此而为人称道的父亲,试图再次唤起从头开始的假象。他独自前往比利时,据他说,是为了建立业务上的关系。但实际上,他是准备像一只受伤的野兽那样在隐匿中孤独地死去。他出门时已经老态龙钟,走路很吃力,离不开两只拐杖。接到他在根特去世的通知后,我乘飞机到了布鲁塞尔。在机场,怀着抑郁的心情踏上了一条漫长的路。我父亲也曾走过这条路,并且不得不拖着他那两条因血脉不通而行动艰难的腿,在楼梯上爬上爬下,穿过一个个大厅,一条条走廊。那是三月初,天空晴朗,阳光灿烂,一阵阵寒风刮过根特的上空。我沿着铁路旁的一条街道向医院走去,父亲的灵柩就安放在医院的小教堂里。在一排光秃秃的、经过修剪的树木后面，一列列货车正在调轨，一节节车厢呼啸着飞驰而过。我来到那个形同车库的小教堂前，一位护士替我打开门。父亲就躺在一个蒙着帆布的托架上，身旁放着一口覆盖着花束和花圈的棺材。他穿着那身过于肥大的黑色西装，套着黑袜子，两只手叠放在胸前。怀里，是一张镶有黑框的母亲的遗照。他那瘦削的脸庞十分安详，几乎还没有变白的稀疏的头发卷曲地贴在额上，表情里有一种我以前未曾看到过的高傲和果敢。那两只匀称的手上，指甲闪着淡青色的光芒。当我抚摸这冰冷、发黄、皮肤绷紧的手时，那个护士就站在几步远的门外，在太阳地里等我。我回想着我最后一次看见父亲时的情景。在埋葬了母亲之后，他躺在卧室的沙发上，身上盖着毯子，泪水模糊的脸显得发灰，嘴里不停地小声念叨着母亲的名字……我久久地站立着，任凭凛冽的寒风吹拂着我冻僵的身体，耳边响着从铁路那边传来的汽笛声和机车喷出蒸气时短促的响声。我面前这个人的生 命之火完伞熄灭了，他那旺盛的精力已化成了彻底的虚上。在我面前，在异乡一间靠近铁路的车库里，躺着一个人的尸体，他将长眠地下，再也不可企及。这个人在他的一生中，曾拥打过许多营业所和工厂，曾作过无数次旅行，住过无数家旅馆。在他的一生中，他有过规模宏大的房屋和豪华的住宅，打过许多间摆满家具的房间；在这个人的一生中，他的妻子总是陪伴着他，在共同的家早等待着他；这个人的一生中也有过许多孩子，他总是避外他们，从来不会和他们谈点什么，但是，当他外出旅行时，他也会感到对孩子们温存的爱，希望见到他们。他总是把他们的相片带在身边，在旅途中，在夜晚住宿的旅馆里，他常常端详这些已经揉皱、磨损的照片，并且相信，在他回家后他们会对他报以信赖，可是，每当他回到家，发现的却总足失望和相互间的隔膜。这个人在他的一生中，曾作过不懈的努力来维护他的家庭，使它不至于崩溃，即使在忧虑和疾病中，他也同妻子一道勉为其难地维护这个家庭的产业，自己却从未从这份产业中获得过一丝幸福。这个人现在就躺在我面前，永远地安息了。他从未动摇过对于现有这个家的信念，然而却孤独地死在远离这个家的一问病房里。在他离开人世的那一瞬间，当他伸手按电铃时，他也许突然感到了一阵寒冷和空虚，想唤来某种东西。得到哪种帮助或足宽慰。我端详着父亲的脸，还活在人世的我，心中保留着对他的纪念、这张被阴影笼罩的脸变得陌生了，他正带着满足的神情躺住这里，永远脱离了尘世，而与此同时，他的最后一幢大厦还矗立在某个地方，里面铺满了地毯，摆满了家具、盆栽花卉和绘画，这是一个失去了生命力的家，是他经历了多年的流亡和频繁的迁徙，克服了种种不适应的困难，饱尝了战争忧患拯救下来的家、这天的晚些时候，父亲被殓进了我从殡仪馆买来的一口普通褐色棺材。在那位护士的关照下，他妻子的相片仍留在他的怀里 在货运列车驶过的隆隆声中，两名杂役旋紧了棺材盖并将父亲的灵柩抬到灵车上，我则乘坐一辆出租汽车跟在后面。在通往布鲁塞尔的公路上，过路的农民和工人在夕阳的映照下向那辆黑色的灵车脱帽致意，这是父亲在一个陌生的国家里所做的最后一次旅行。在市郊的一块高地上，坐落着设有火葬场的一座公墓，寒风吹拂着墓碑和光秃秃的树木。父亲的棺材被抬进了礼拜堂的一间圆形大厅里，安放在一个台基上。我站在一旁等待着。壁龛里的管风琴旁，坐着一个面带醉意的老人，他开始演奏一支安魂曲。此时，墙壁正中的一扇门突然开了，载有棺木的台基开始微微移动，沿着嵌在地板上几乎察觉不到的轨道缓缓地向门后一间空荡荡的四方形房间滑去，然后，门又无声地关上了。两个小时后，我拿到了父亲的骨灰盒。我捧着这只嵌有十字架、上宽下窄的盒子，在工作人员和客人陌生的目光下走过，父亲的骨灰随着我的脚步在盒中发出轻微的响声。我回到旅馆，先是把骨灰盒放在桌上，然后移到窗台上，接着又放在地板上，放进大橱里，最后，放到了衣帽间。我下楼进了城，到百货店买了些纸和绳子，将盒子包好。当天，我陪伴着衣帽间里父亲的骨灰在那家旅馆里过了夜。第二天，我来到父母住过的房子，同我的同父异母兄弟及其妻子、我的亲哥嫂以及我的姐姐、姐夫一道商量了送葬、执行遗嘱和分配遗产等事宜。在以后的几天里，我们这个家终于解体了。

名家简介

霍普特曼(1862~1946),全名盖哈特·霍普特曼,德国剧作家,一生写有剧本30多部。1912年获诺贝尔文学奖。

上学的第一天

【德】霍普特曼

随着岁月的流逝,上学第一天的阴影变得越来越浓厚。那是圣诞节后的一天,我母亲对我说"等春天来了,你就该上学了。这是必须迈出的严肃的一步。你得学会老老实实坐在那儿。总之你必须学习,学习,因为不然的话,你就只能成为一个废物。"

因此你必须得上学!必须!

自从向我宣布了这件事,我大为震惊。我应该成为一个什么样的人。难道我不已经是个这样的人?对此我真不理解。我的过去可跟我完全是一回事呀,就永远这样生存,活下去,是我过去唯一的、也几乎是本能的愿望,我就安于此。自由、太平、欢乐、独立自主;为什么人就应该想成为另一个样子?父母的各种管教都没打破这种状态。难道他们想要夺去我的这种生活,而代之以"应该"和"必须"吗?难道他们想要我违反一个尽善尽美的、完全适合我的生存形式吗?

我简直弄不懂这件事。

用别的方式而不是按照我所常用的有意无意的方法去学习,我既不感兴趣,又不实用,我过去可完全是精力充沛的、生气勃勃的。我掌握市井中的土话,就如我掌握父母所说的标准德语一样。直到今天我才知道,这当中有着多么了不起的智慧的成果,它是无法估量的,一个孩子更难看到这点。在玩耍中,在没有意识到已经学过什么的时候,我就在使用一部包罗万象的词典中的所有语汇概念,以及与此有关的想象世界中的一切语汇与概念。

不进学校我是不是也许真的能成长得更快、更好和更充实呢?

但是最糟糕的，也许是我所感受到的灵魂上的痛楚。我父母一定知道他们给我带来了什么。我曾经相信他们那无限的爱，而现在他们把我交到一个陌生的、令我恐惧的地方去。这难道不是像把我驱逐一样吗？他们承认他们有责任把我——一个只能在自由自在的氛围里，在自由的行动中才能生存的人——关在一个房间里。他们承认他们有责任把我交给一个凶老头儿，已经有人跟我讲起这老头儿，并且说以后有我受的。他用手打孩子的脸，用棍子打手心，以致留下红红的印记，或者是扒下裤子打屁股！

上学的第一天临近了。第一次走上学的路。我已记不得是拉着谁的手，我是怀着又害怕又畏缩的心情走过这段路的。当时我觉得那是一条长得无尽头的路，当我半个世纪后去寻访那古老的校舍，只是由于它从古老的“普鲁士皇冠”的窗口一眼就可望及的缘故却反而没找到它时，我确实感到很惊讶。

途中我曾几度绝望，送我上学的女人说了许多好话，当她在学校门口把我一个人留在集合在那里的孩子们中间之后，我昏昏沉沉的顺从就取代了绝望。

有短短的一段等候时间，在这期间同甘共苦的小伙伴们相互探询着，彼此认识了。当我们拥在学校前厅里的时候，一个小东西向我靠近，并且试图增强我的恐惧感而后快。他已经看出了我的害怕心理。这个肮脏的蛆虫和坏蛋选中了我作为他暴虐狂本能的牺牲品。他向我描述了学校里的情况，这一点他知道得并不比我更多。他把老师描绘成一个专门对学生进行刑罚的差役。当他看到我充满恐惧的哭丧的脸上流露出相信他的神情时，他高兴了。这个捣蛋鬼说：“你说话，他打你；你沉默不语，你打喷嚏，他也打你；你擦鼻涕，他也打你。他大声叫你时，就是要打你了。你要注意，你跨进屋里去，他也打你。”

就这样不知过了多久，他就用老百姓在街头巷尾所说的方言叨唠个不停。

一个小时以后，我回到家中，高高兴兴地一边和父母一起吃饭，一边吹牛，然后比往日更加高兴地冲向室外，奔向那童年时代无拘无束的、尚未失去的世界。

不，这所乡村学校，连同那位年老的、脾气总是很不好的老师布伦德尔，都没把我毁坏。我的生活空间没有被夺去，我的自由、我的生活乐趣依然如旧。

名家简介

列夫·托尔斯泰(1828～1910),全名列夫·尼古拉耶维奇·托尔斯泰,俄罗斯最伟大的批判现实主义作家。文学巨著有《战争与和平》、《安娜·卡列尼娜》、《复活》等。他还为少年儿童写了不少故事和童话,如《12辑故事》、《启蒙读本夕》、《新启蒙读本》。

跳 水

【俄罗斯】托尔斯泰

有艘大帆船环游了世界,驶回本国去。一个风平浪静的日人们都聚在甲板上。一只大猴子在人群中钻来钻去,逗得人人发笑。这猴子会翻跟头,会蹦跳,会扮鬼脸,还会学人样。看来它知道大家给它引得高兴了,因此越发调皮了。

它向一个十二岁的孩子——船长的儿子——跳过去,把他头上的帽子拿下来,戴在自己的头上,连蹦带跳地爬到桅杆上去。大家哄然笑起来。孩子的帽子给抢掉了,他不知道该笑呢,还是该生气。

猴子坐在第一档帆杠上,摘下了帽子,开始用牙齿和爪子乱扯。它好像和这孩子开着玩笑似的,故意扯给他看,还向他扮看鬼脸呢。

孩子吓唬它,吆喝它,可是猴子拿着帽子扯得更起劲。水手们笑得跟厉害啦。这时候,孩子涨红了脸,脱了外衣,朝桅杆扑过去抓猴子。他沿着绳子,一下子就攀到了第一档帆杠上。可是猴子比他灵活、敏捷,他刚想伸手抓帽子,猴子已经爬得更高了。

“看你往哪儿逃!”孩子大叫一声,又往上爬高了一些。

猴子再逗引他,爬得更高些,可是孩子已经憋着一肚子气,猴子和孩子就这样爬呀爬的,没多久就爬到最高的一层。

猴子在最高的一层,伸直身子,用一只后脚勾住绳子,把帽子挂在最高一档帆杠上,自己却爬上了桅杆的顶上,缩着身子,龇看牙,显得更得意。

从桅杆到挂着帽子的帆杠，有两俄尺远，要是两手不放开绳子和桅杆，就没法取得帽子。

这时候，孩子非常激动。他不假思索就放开了桅杆，踏在帆杠上。甲板上的人都哈哈大笑起来，看着猴子和船长的儿子在胡闹。但是当他们看到船长的儿子放开绳子，踏上帆杠的时候，全都吓呆了。

只要他脚底下一滑，就会掉到甲板上摔死。即使他平平稳稳走到最高一档帆杠，把帽子拿到手，也不容易掉转身。回到桅杆这边来。

大家一声不响地看着他，担心着将会发生些什么。

忽然有人惊叫一声，孩子给这喊叫声提醒了，往下一看。身子立刻就摇晃起来了。

正当这时候，船长——孩子的父亲从客舱里走出来。他拿着一管枪正准备打海鸥，突然看见儿子在桅杆上，马上就瞄准他，高声喊道："跳到水里去!快点跳到水里去呀!我要开枪啦!"孩子摇晃着，还搞不明白父亲的意思。"跳啊，不然我就开枪啦!一，二……"父亲一喊完"三"，孩子把头朝下一冲，跳下去了。

孩子的身体像颗炮弹一样"扑通"一声掉人海里，波浪还没把他淹没时，二十个勇敢的水手已经从船上跳到水里去了。大约经过四十秒钟——大家都觉得这段时间很长——孩子的身体才冒了出来。水手们把他救起，带到船上来。

过了一会儿，水从孩子的嘴里、鼻子里流了出来，孩子才开始转过气来。

船长见了这情景，突然大叫一声，好像有样东西卡住他的喉咙似的。他走进自己的舱房，因为他不愿意让任何人看见他哭。

失 火

【俄罗斯】托尔斯泰

在收获的时节，农夫和农妇们都到田里劳动去了。村子里留下的只是些老人和小孩。有一户农舍里留下一个老奶奶和三个小孙孙。老奶奶生好炉子后就去休息了。几只苍蝇在她的脸上爬。她就用手巾盖在头上，睡着了。这时候，她那三岁大的孙女玛莎打开炉子，把烧红的木炭耙到一块瓦片上，把它带到穿堂里。穿堂里堆着一些稻草。这些稻草是农妇们准备用来搓绳子的。玛莎把木炭拿来放在稻草堆下面，还用力地吹。稻草烧起来了，她高兴极啦，马上跑进屋子把仅仅一岁半、刚会走路的弟弟基留施卡拉出来，对他说："基留施卡，你瞧，我把炉子吹得多旺呀!"稻草烧得噼啪噼啪地响。等到穿堂里充满烟雾的时候，玛莎害怕了，她跑进屋里去。基留施卡在门槛上绊了一跤，鼻子跌肿了，大哭了起来；玛莎把他拉进屋里一起躲在长板凳下面。老奶奶什么也没听见，仍然睡她的大觉。就在这时候，她那八岁的大孙儿万尼亚正在街上。他一看见从自家穿堂里冒出一股黑烟，就连忙朝家门口奔去。他冲过烟雾，钻进屋里，叫醒奶奶；但是奶奶半醒半睡，糊里糊涂，早已把几个小孩忘了。这会儿她跳了起来，冲出院子到处去喊人。玛莎这时候躲在板凳下面一声不响；只有小弟弟在哭喊，因为他的鼻子给撞痛了。万尼亚朝板凳下瞧了瞧，大声喊玛莎："着火啦!快跑呀!"玛莎朝穿堂奔去，但是火焰和烟雾挡住了去路，走不过去，她又回到原处。这时候万尼亚抬起一扇窗门，叫妹妹爬出去。妹妹爬出去了，万尼亚一把拉住弟弟，拖着他走，但是弟弟很重，拖不动。弟弟还一边哭，一边推万尼亚。万尼亚把他拖到窗口的时候，自己连摔了两跤，屋子的门也已着火了。万尼亚把弟弟的头推到窗口，想把他推出去；但是弟弟害怕，用小手抓住他不放。这时候万尼亚喊玛莎："你抱住他的头!"他就在弟弟背后推。他就这样把弟弟推出窗口，到了街上，最后自己也跳了出去。

尤·邦达列夫(1924~),俄罗斯作家。主要作品有长篇小说《寂静》、《热的雪》、《岸》,剧本《解放》等。

父　亲

【俄罗斯】邦达列夫

中亚细亚夏天的傍晚,散发出一股尘土味;自行车的轮胎在水渠旁的小道上发出干磨的沙沙声,水渠两旁长满了榆树,柄梢沐浴在太阳下山之后的恬静的晚霞之中。

我坐在车座前边的硬架子上,紧抓车把,还被允许掌握那个扳铃儿,它有一个镀镍的半圆铃盖,还有一个弹簧小悬锤,手指按下去,它会弹回来。自行车急速驶向前,车铃儿不断响,叮叮,我显得像个大人,像个勇敢的人,这特别是因为背后有父亲在蹬车,皮革鞍座不时发出"咯吱咯吱"的响声,我觉得出他身上的温暖,觉得出他的膝盖在活动——他的膝盖时而触碰我那穿着凉鞋的脚。

我们是要去哪儿呢?是去附近一家茶馆,它在"护送队"大街萨马尔罕大街的拐角处。在水渠岸边的老桑树下,那渠水每晚呈绯红色,在两岸滑秸泥埂之间欢快地喃喃自语似地流着,然后,我们坐在一张小桌旁边,小桌上铺着一层有些发黏的漆布,散发着香瓜味。父亲要了啤酒。跟一位快活的茶馆伙计说着闲话。那人满脸胡子。和蔼殷勤,说话爽朗,晒得黝黑。他用抹布擦干净酒瓶,在我们面前放了两个杯子(尽管我不喜欢喝啤酒),同时连连向我使眼色,就像对待大人那样。最后,他用盘子端上来撒了盐的油炸扁桃仁……我还记得那些嚼着酥脆的小果仁的香味,还记得茶馆后面那种透明的柠檬色天空,还有那晚霞中的清真寺高塔和一棵棵金字塔形的白杨树环抱着的平屋顶……

年轻有力的父亲，穿一件白衬衫，微笑着看着我，这会儿我们好像是充分平等的男子汉，在工作了一天之后，在这里尽情地享受四周的安静和晚间水渠的清新，欣赏市内陆续点起的灯火，品尝冷啤酒和香喷喷的扁桃仁。

还有一个晚上，我也记得非常清楚。

在一间小房子里，他背窗坐着，黄昏的院子里一片寂静；纱窗帘微微摆动着；他身上那件保护色上衣使我觉得不习惯，他眉毛上方的一块膏药令人担心地发黑。我现在记不起来为什么父亲像是一个好久没有在家的男人的样子，坐在窗旁，为什么世界上有这种荒漠般的寂静，但是我觉得出他好像是从战争中回来的，负了伤，正在和母亲谈论什么事情（他们俩说话几乎没有声音）——这时有一种离别感，模糊和快乐的危险感，对寂静的院子外面那大得不可计量的空间的感觉，对不久前父亲在某个地方表现出的勇敢精神的想象，使我深为感动，觉得父亲很可亲，以致后来我每当想起我们一家在那一间小屋（像是一间床上蒙有白罩单的卧室）里重新团聚的天伦之乐，就几乎兴奋异常。

他同母亲谈了些什么——我不知道。我只知道当时不再有战争了，但是那寂静院子里的夏日黄昏，父亲鬓角上的膏药，他的军服外套，母亲若有所思的面容——所有这些都对我童年时代的想象力产生了影响，以致我现在还情愿相信。是的，就是在那天晚上，幸运而忧郁的父亲，从前线负伤回来了。不过，最令人惊奇的是另外一件事。过了多年之后，在胜利归来的某一时刻（在1945年），我，像父亲一样，也坐在父母那间卧室的窗旁，也像童年时代那样，又一次体验了团聚时的全部强烈的感受，酷似往事重演。莫非先前的感觉是后来我当兵的命运的预兆，所以我才走了父亲命中注定要走的道路，也就是说我做了、完成了他没有做完、没有完成的事情。在童年时期，我们往往出于虚荣心而过分夸大自己父辈的能耐，把他们想象成万能的宇宙豪杰，其实他们只不过是带着平凡的操心事死去的普普通通的人。

我至今还记得，有一天我看见父亲是我过去从未见过的样子（我当时十二岁）——这一感受一直作为一种深深的内疚留在我的心头。

那是春天。长长的白昼，阳光明媚，我和同学们正在家门口附近玩耍（在五月间干燥的人行道上玩“跳跳”），玩得满头大汗，兴致勃勃，突然发现在离家不远的地方有一个熟悉的个子不高的人的身影。这时,胡同里像通常春天一样,阳光普照,御寒围墙外面的杨树吐出了娇嫩而稀疏的绿芽。引人注目的是,他显得身材矮小,上衣短得难看,非常瘦小的裤子怪模怪样地吊在踝骨以上,一双相当破旧的老式皮鞋显得特别大,而一条带别针的新领带似乎是一个穷人不必要的装饰。难道这就是我的父亲?可是过去,他的脸上总是显露出善良、信心、力量和勇气,而不是这样无精打采;他的脸以往从来没有像现在这样皱纹密布和老相,没有这样窝囊和萎靡不振。

在春天的阳光下,这一切暴露得格外清楚——父亲身上的一切都突然变得如此灰暗、平庸、可怜,这使他、也使我在我的同学们面前有失尊严,他们默默地无礼地强忍住讥笑来瞧看这双穿破了的大鞋,特别是瞧这条细得像笛管似的裤子,就像看小丑那样。他们,我的同学朋友,马上就要取笑他,讥笑他那怪模怪样的走路姿势和稍微弯曲的双腿,而我,脸变得通红,又羞又恼,几乎要哭出来,很想立刻大声辩护,为父亲那令人不快的滑稽相辩护,很想猛扑过去狠狠地打一架,用拳头来维护神圣的尊严。

可是,我到底怎么了?为什么我没有扑过去跟自己的同学打架——是怕失去他们的友谊?或者是没敢冒险去试试自己会不会在交手时丢脸?

当时,我没有想到将来有这样的时候:我倒霉的某一个春日,我也会作为某人的父亲,显得可怜、可笑和怪模怪样,儿子也会因感到羞辱而保护我。